reinhardt

Anne Gold

HELVETIAS

Traum vom Glück

Kommissär
FERRARI

Friedrich Reinhardt Verlag

Lektorat: Claudia Leuppi
Gestaltung: Bernadette Leus, www.leusgrafikbox.ch
Illustration: Tarek Moussalli
ISBN 978-3-7245-1680-4

www.reinhardt.ch

O Menschenherz, was ist dein Glück?
Ein rätselhaft geborner
und, kaum gegrüsst, verlorner,
unwiederholter Augenblick!
Nikolaus Lenau

1. Kapitel

«Gewählt ist mit hundertfünfundzwanzig Stimmen, Herr Peter Weller.»

«Jetzt hat es das Ekelpaket doch noch geschafft!»

Kommissär Ferrari drehte sich zu seiner Assistentin um.

«Na ja, ein Wonneproppen ist er nicht gerade. Da gebe ich dir recht, Nadine.»

«Ein Arschloch im Quadrat! Hast du seine Kampagne verfolgt? ‹Frauen zurück an den Herd!› ‹Stolze Mütter sollt ihr sein!› Wo sind wir denn da? Und Ausländer müssen seiner Meinung nach Deutsch können, wenn sie in die Schweiz einreisen wollen. Sie sollen eine Prüfung ablegen. Sogar die bilateralen Verträge will er aufkündigen. Ein erzkonservatives Arschloch, das mit seiner Politik die Schweiz um Jahre, wenn nicht um Jahrzehnte zurückwirft.»

«Du übertreibst. Zudem ist er ja nur einer von sieben. Es gibt zum Glück noch andere Kräfte in unserem Land, die für den Fortschritt einstehen und sich nicht von einem Weller aufhalten lassen.»

«Man siehts, Francesco, man siehts.»

Nadine schüttelte den Kopf und versank in trübe Gedanken.

Der Kommissär stellte den kleinen Fernseher ab. Immerhin ist ein Basler in den Bundesrat gewählt worden. Schlechter Trost. Nadines Bemerkungen hallten in seinem Kopf. Erzkonservativ war wohl noch schmeichelhaft ausgedrückt. Ein Rechtsradikaler würde es wohl eher auf den Punkt bringen. Noch vor wenigen Tagen standen die Chancen schlecht, dass Weller den Sprung in den Bundesrat schaffen würde. Die Eidgenössische Fortschrittspartei hatte zwar in den letzten National- und Ständeratswahlen einen erdrutschartigen Sieg eingefahren. Ein aussergewöhnliches Ergebnis für eine Partei, die seit Jahren vor sich hin dümpelte. Wenn man sich jedoch die Parteispitze der EFP näher betrachtete, war die Verdoppelung ihrer Sitze innerhalb von vier Jahren nicht mehr so überraschend. Alle Querulanten der anderen bürgerlichen Parteien hatten sich nämlich mit Weller zur EFP zusammengeschlossen und ihre Anhänger nahmen sie gleich mit. Trotzdem – dieses Ergebnis hatte niemand erwartet. Für die gemässigte Schweiz, in der man sich auf politischer Ebene mit Samthandschuhen anfasste, war es eine Sensation. Die viel besungene und seit ein paar Jahren arg in Bedrängnis geratene Zauberformel schien ihr Ende zu nehmen und alle, die sich gegen Radikalismus jeglicher Art einsetzten, kassierten eine klatschende Ohrfeige.

«Ein Armutszeugnis! Ich schäme mich für die Schweiz. Ich verstehe nicht, dass sich die Bürgerlichen hinter diesen Weller stellen. Auch mein Vater! Der kommt mir heute Abend gerade recht.»

Armer Nationalrat Kupfer. Tja, da muss er durch.

«Das ist Demokratie, Nadine», versuchte Ferrari seine Kollegin zu beruhigen.

«Du findest das sicher auch noch lustig. Womöglich hast du ihn und seine sauberen Parteikollegen bei den National- und Ständeratswahlen auch gewählt. Heimlich versteht sich, um in der Öffentlichkeit sich darüber aufzuregen, dass er seinen Stimmanteil verdoppeln konnte. So seid ihr doch, ihr harmlosen Biedermänner. Gegen aussen hin tolerant und aufgeschlossen. Liberal, wie es doch so schön heisst. Aber, wenns gegen die eigenen Frauen und die Ausländer geht, dann immer feste draufhauen.»

«Also, das ist doch die Höhe! Das lass ich mir von dir nicht sagen. Ich wähle seit Jahren, was heisst seit Jahren, seit Jahrzehnten …»

«Nun, was wählst du, Ferrari?», schrie Nadine mit hochrotem Kopf. «Wen hast du gewählt, wenn nicht diesen Weller? Sicher seine Steigbügelhalter von den Bürgerlichen. Noch schlimmer. Jetzt zeigst du dein wahres Gesicht, Francesco! Du bist zu feige gewesen, Wellers Partei direkt zu wählen. Also wählst du die anderen, die ihn dann auf den Thron heben. Raffiniert! Damit wäschst du deine Hände in Unschuld. Sauber gemacht, Herr Kommissär! Bravo!»

Die letzten Worte hörte wohl auch Staatsanwalt Borer, der nach erfolglosem Klopfen das Büro betrat.

«Ah! Da kommt ja noch so ein Vollblutpolitiker. Wo ist der Champagner, Herr Staatsanwalt? Es gibt Tausende, was sage ich, Millionen von Gründen, um zu feiern. Die Herren der Schöpfung und die Ewiggestrigen sind die Gewinner des heutigen Tages. Aber die Schweiz hat verloren. Hier mieft es gewaltig. Ich muss raus an die frische Luft, bevor ich kotze.»

Nadine Kupfer stiess den Staatsanwalt zur Seite und warf die Tür hinter sich zu. Borer tippte sich mit dem Zeigefinger gegen die Schläfe.

«Ihre Assistentin ist wohl voll durch den Wind.»

Ferrari lächelte milde.

«Sie ist ein wenig erregt. Wellers Wahl hat ihr für heute den Rest gegeben.»

«Schlimme Sache! Wie konnte das nur passieren? Was wird das Ausland über uns denken? Der Mann ist politisch gesehen doch sehr weit rechts.»

«Nadine sagt es deutlicher. Er ist ein rechtsradikales Arschloch.»

«Harte Worte, aber in diesem speziellen Fall nicht ganz von der Hand zu weisen.»

Ferrari schaute den Staatsanwalt an. Irgendetwas schien ihn zu bedrücken.

«Ist Ihnen die Wahl von Weller so unter die Haut gegangen?»

Borer setzte sich.

«Nein … doch. Ich meine, nein.»

«Was nun? Ja oder nein?»

«Weller ist immerhin ein Basler», setzte Borer an.

«Stimmt. Es gibt rund zweihunderttausend Baslerinnen und Basler.»

«Aber nur einen von der Bundesversammlung gewählten Bundesrat, der aus Basel stammt.»

«Meines Wissens ist er nach Brenner und Tschudi der dritte Bundesrat aus Basel-Stadt. Bitte, Herr Staatsanwalt, könnten Sie etwas deutlicher werden?»

«Rechter Flügel, Bundesrat, Empfang in Basel … verstehen Sie, was ich damit sagen will?»

Ferrari nickte bedächtig. Traditionellerweise wurde ein neu gewählter Bundesrat mit allen Ehren in seinem Heimatort empfangen. Ein grosser Anlass für den Politiker, verbunden mit der symbolischen Übergabe des Stadtschlüssels durch den Stadtpräsidenten und einem Galadiner im Grossen Saal der Mustermesse. In kleineren Kantonen wurde die Wahl eines Bundesrates zum Volksfest. Die ganze Wohnortgemeinde stand Kopf und feierte ihren Bundesrat.

«Stadtpräsident Markwart hat mich kurz nach der Wahl angerufen. Er bat mich, beim Empfang für Weller … ich meine, Bundesrat Weller, einige Worte zu sagen. Lobesworte, versteht sich. Immerhin ist der neue Bundesrat ein Bürgerlicher … im weitesten Sinn.»

«Herzliche Gratulation!»

«Hören Sie auf, Ferrari. Markwart will mich schon lange kaltstellen und mit diesem Akt schafft er es womöglich auch.»

Freunde waren Markwart und Borer nicht gerade. Das munkelte man seit Längerem hinter den Kulissen. Nur, hatte Borer überhaupt Freunde?

«Vorsicht, Ferrari. Ihr Blick spricht Bände. Seien Sie unbesorgt, ich habe durchaus Freunde. Nur Markwart gehört nicht dazu. Da war vor Jahren so eine Geschichte … ich habe mich ihm entgegengestellt. Es ging um seine Ständeratskandidatur.»

«Wollten Sie an seiner Stelle kandidieren?»

«Gott bewahre! Nein! Aber wir stritten uns wieder einmal heftig in der Partei. Es ging um die politische Ausrichtung. Mehr nach rechts oder besser mehr nach links. Die eine, eher konservative Hälfte, war für Markwart, die andere für Schneider. Markwart wirft mir noch immer vor, dass eine Rede von mir den Ausschlag für Schneider gegeben habe.»

«Hat anscheinend ziemlich viel gebracht. Die Rede, meine ich.»

«Nur, weil wir Bürgerlichen uns für einmal einig waren und mit Schneider einen gemeinsamen Kandidaten ins Rennen schickten. Sonst wäre der Ständeratssitz noch immer in der Hand der Linken.»

«Tja, die Bürgerlichen schlagen sich in unserem Kanton oft selbst.»

«Ein wahres Wort. Und jetzt soll ich Weller küren. Das passt mir nicht. Das gefällt mir überhaupt nicht.»

«Das zum Thema Politik. Es tut mir leid, Herr Staatsanwalt, aber ich weiss nicht, wie ich Ihnen dabei helfen kann. Mich interessiert Politik nur am Rande.

Heute eigentlich nur, weil ich wissen wollte, ob Weller tatsächlich gewählt wird.»

«Könnten Sie nicht Ihre guten Beziehungen zum Basler Daig spielen lassen und mit Olivia Vischer sprechen?»

«Olivia? Was hat denn sie damit zu tun?»

«Markwart frisst ihr aus der Hand.»

«Sie meinen, wenn Olivia ihm gut zuredet, wird er einen anderen bestimmen und Sie sind fein raus.»

Borer rieb sich erfreut die Hände.

«Genau! Wir sind ein ausgezeichnetes Team, Ferrari. Ein hervorragendes Team sogar. Markwart wird nicht die Hand beissen, die ihn füttert.»

«Sie wollen damit sagen, dass Markwart auf Olivias Lohnliste steht?»

«Wie? Nein, nein, das missverstehen Sie vollkommen. Olivia unterstützt die Partei, das meine ich damit. Nun, rufen Sie für mich an? Olivia hört auf Sie. Sie hat den Narren an Ihnen gefressen seit damals, Sie wissen schon, seit dem Fall Brehm.»

Der Kommissär klopfte mit seinem Kugelschreiber auf den Tisch. Frank Brehm, ja, das war gut drei Jahre her. Olivia Vischer, aus wohlhabender und einflussreicher Familie stammend, hatte sich in den Künstler Brehm verliebt. Eine unglückliche Liebe mit einem tragischen Ende. Letztendlich war es Ferrari gelungen, den Fall zu lösen, wenn auch auf seine ganz persönliche Art und Weise. Eigentlich geht mich die Sache mit Markwart gar nichts an. Soll Borer die Kuh selbst vom Eis holen. Borer, das Ekelpaket oder, wie es Nadine bezeichnete, der Stinkstiefel. Gut, der Staatsanwalt half ihm auch hin und wieder, liess ihn mit seinen teils unüblichen Methoden gewähren und drückte zuweilen auch beide Augen zu. Zudem wollte er schon lange wieder einmal mit Olivia essen gehen. In den letzten Monaten hatten ihn einige komplizierte Fälle davon abgehalten. Jetzt wäre ein guter Zeitpunkt dafür.

«Gut, ich rufe Olivia an. Dafür schulden Sie mir aber einen Gefallen.»

«Wunderbar! Dann will ich Sie nicht weiter stören. Sie haben bestimmt viel um die Ohren», rief er und weg war er.

Typisch Borer! Kaum ist das Ziel erreicht, macht er einen Abgang. Ferrari kritzelte «Olivia wegen Borer anrufen» auf einen Zettel und stellte wieder seinen Fernseher an. Die Kommentatoren hielten sich vornehm zurück. Aber zwischen den Zeilen konnte man klar und deutlich herauslesen, dass die Schweizer Presselandschaft geschockt war. Niemand hatte mit der Wahl von Weller gerechnet. Der Bundeshauskorrespondent des Schweizer Fernsehens brachte es auf den Punkt: «Es müssen in den letzten Tagen geheime Absprachen stattgefunden haben. Anders lässt sich die Mehrheit für Weller nicht erklären. Der gesamte bürgerliche Block, mit Ausnahme von wenigen Dissidenten, hat Weller auf den Schild gehoben. Die politische Schweiz geht harten Zeiten entgegen.»

Das geht sie doch wohl schon seit geraumer Zeit, dachte Ferrari. Bei der Bewältigung der Wirtschaftskrise, für ihn eher eine Bankenkrise, bei der vor allem die Chefetage der Finanzinstitute über Jahre Monopoly mit den Anlegergeldern gespielt hatte, versagten sowohl Kontrollinstanzen wie auch die Politik. Zuerst sass der Bundesrat wie ein Kaninchen vor der Schlange, dann sorgte er mit verschiedenen, unglücklichen Interventionen für ein ziemliches Chaos. Das Vertrauen der Bevölkerung in Wirtschaft und Politik war an einem Tiefpunkt angelangt. Vielleicht war dies unter anderem einer der Gründe für den extremen Rechtsrutsch in den vergangenen Monaten. Mit Sicherheit waren die schlechte Konjunktur und die steigende Arbeitslosigkeit, vor allem auch unter jungen Menschen, ein guter Nährboden für eine Partei wie die EFP. Wenn dann ein Messias wie Weller auftaucht, der als erfolgreicher Unternehmer zahlreiche Stellen schafft, Lehrlinge ausbildet, denen er nach der Lehrzeit eine Festanstellung garantiert, liegt es auf der Hand, dass ihm die Stimmen zufliegen. Der neu gewählte Bundesrat gab strahlend sein erstes Interview. Er dankte den Wählerinnen und Wählern, die ihm vor zwei Monaten das Vertrauen bei den National- und Ständeratswahlen ausgesprochen hatten und selbstverständlich der Bundesversammlung für seine Wahl. In perfektem Hochdeutsch und danach nochmals das Ganze in perfektem Französisch, soweit der Kommissär das beurteilen konnte. Wenigstens einer, der sprachlich eine gute Falle macht. Ferrari lief es jedes Mal kalt den Rücken herunter, wenn einer der anderen Bundesräte auf Hochdeutsch ein Interview gab. Unverkennbar, dass er aus der Schweiz stammte. Langgezogene Worte, halb Hochdeutsch, halb Dialekt, meist durch tausend «Ähs» unterbrochen. Ganz anders dieser Weller. Ein smarter Fünfzigjähriger mit Charisma und einer perfekten Aussprache. Ferrari erinnerte sich an ein Fernsehinterview, in dem Weller über seine Studienjahre in Deutschland, Frankreich und in den USA gesprochen hatte. Also der richtige Mann für die Regierung, wäre da nicht seine politische Gesinnung.

Im Laufe des Tages war die Wahl Wellers natürlich auch im Kommissariat das Gesprächsthema Nummer eins. Die Meinungen gingen weit auseinander. Nach hitzigen Diskussionen nutzte Ferrari den restlichen Tag, um längst fällige Berichte zu schreiben. Eine Arbeit, die ihm wenig Vergnügen bereitete.

«Darf ich reinkommen?»

«Bitte. Ich habe mich schon gefragt, wo du bist. Irgendwo auf einer Voodoo-Frauen-Versammlung, rund um eine Weller-Puppe tanzend?»

«Ha, ha! Wie originell. Ich wollte mich entschuldigen.»

«Für was?»

«Na, du weisst schon. Für meinen Ausraster heute Vormittag.»

Ferrari lachte.

«Knüppel aus dem Sack und voll drauf hauen! Aber du hast damit den Falschen erwischt. Es gibt sicher mehr von denen, wie du sie geschildert hast. Aber ich gehöre nicht dazu.»

«Du warst halt der einzige Mann, der gerade da war.»

«So, so. Ein wahrhaft stichhaltiges Argument. Ich hoffe, dass du ein Geheimnis für dich behalten kannst. Ich bin nämlich ein verkappter Sozi. Ich war sogar einmal im Vorstand der jungen SP. Aber das ist schon eine Weile her.»

Nadine lachte und strich sich eine Haarsträhne aus dem Gesicht.

«Ich behalte das Geheimnis für mich.»

«Was meint dein Vater zur Wahl Wellers?»

«Er schäumt vor Wut. Er gehört zu denen, die in der Fraktion bis zur letzten Minute gegen Weller mobil machten. Leider ohne Erfolg. Weller versprach den Bürgerlichen den Himmel auf Erden. Das zieht immer, wie man ja auch in Deutschland sieht.»

«Ich habe Weller heute im Fernsehen beobachtet. Ein gewisses Charisma und ein professionelles Auftreten sind ihm nicht abzusprechen.»

«Ein Wolf im Schafspelz.»

«Warten wir doch einmal ab, wie sich das Ganze entwickelt, Nadine. Seine Partei ist zu klein, um etwas bewegen zu können. In jedem Land gibt es zwanzig Prozent Unzufriedene. Rechte und Linke, die mit dem System nicht klarkommen. Irgendwann werden die Bürgerlichen aufwachen. Dann ist Wellers Schonfrist vorbei. Vielleicht ist die Entwicklung sogar ganz gut. Es könnte durchaus sein, dass die gemässigten Bürgerlichen und die gemässigten Linken etwas näher zusammenrücken.»

«Deine Worte in Gottes Ohr und hoffentlich ...», weiter kam Nadine nicht, denn Jakob Borer stand plötzlich in der Tür.

«Haben Sie Olivia schon erreicht, Ferrari?»

«Nein, aber ich werde es morgen früh sofort versuchen.»

Etwas in Borers Stimme liess Ferrari aufhorchen.

«Das ist nicht mehr nötig. Schalten Sie Ihren Fernseher ein.»

Ferrari und Nadine starrten auf den TV-Sprecher. Das Programm wurde aus aktuellem Anlass unterbrochen.

«... wurde der frisch gewählte Bundesrat Weller vor seinem Haus auf dem Bruderholz ermordet. Vom Täter fehlt bisher jede Spur.»

«Kurze Amtszeit!», stellte Nadine trocken fest, während Ferrari den Staatsanwalt entsetzt anstarrte.

2. Kapitel

«Kommt überhaupt nicht in Frage!», ereiferte sich Ferrari, der mit Nadine zusammen in Borers Büro sass. «Wir haben weder Zeit noch Lust im Sumpf der Politik zu waten. Ausserdem steckt Christoph mit seinem Assistenten bereits voll in den Ermittlungen. Ich bin doch kein Kameradenschwein.»

«Aha, daher weht der Wind, Ferrari! Ihr Kommissäre haltet immer zusammen. Sogar dann, wenn einer von euch in einer Sackgasse landet. Ich habe von Anfang an gewusst, dass dieser Schmalspurermittler die Sache versaut.»

«Unsinn! Christoph ist ein guter, ein sehr guter Kommissär. Es gibt keinen Grund, ihn von diesem Fall abzuziehen.»

«Das ist er nicht!»

«Sehr wohl ist er das! Er hat bisher jeden Fall oder beinahe jeden gelöst. Also, was soll der Mist?»

«Es geht nicht voran, Ferrari. Ich will Ergebnisse sehen, ein Mörder muss her!»

«So ist das, es geht Ihnen zu langsam voran. Die Öffentlichkeit schreit nach einem Sündenbock. Dabei sind gerade mal vier Tage vergangen. Nein, wir übernehmen den Fall nicht.»

«Was erlauben Sie sich!» Borer war zitternd aufgesprungen und krallte sich an seinem Schreibtisch fest. «Wenn Sie diesen Fall nicht übernehmen, Ferrari, dann …»

Ferrari war ebenfalls aufgesprungen.

«Was dann, Herr Staatsanwalt?»

Die beiden standen sich kampfbereit gegenüber, wie zwei Boxer. Wortlos verstrich Sekunde um Sekunde. Niemand rührte sich. Dann liess sich Borer unvermittelt in seinen bequemen Polstersessel fallen und wischte sich den Schweiss von der Stirn. So einen Stuhl wollte Ferrari schon lange … Die unüberwindbaren Hierarchien liessen jedoch grüssen. Dann erhob sich der Staatsanwalt mit einem Ruck, griff nach der Giesskanne und begann, mit dem Rücken zu Nadine und dem Kommissär, seine Pflanzen zu giessen. Der spinnt total, der Alte! Ferrari sah Hilfe suchend zu Nadine, die ihn mit dem süssesten Lächeln der Welt bedachte.

Nach einiger Zeit drehte sich Borer um.

«So kommen wir nicht weiter», sülzte der Staatsanwalt. «Nehmen Sie wieder Platz, Ferrari. Es beruhigt mich, wenn ich meine Lieblinge hegen und pflegen darf. Es ist schon ein richtiger kleiner Urwald geworden. Sehen Sie diese hier, eine besonders seltene Orchidee, die hat mir meine Frau zu meinem Geburtstag geschenkt …»

«Weshalb lassen Sie sie dann nicht zu Hause?», brummte Ferrari genervt.

«Weil ich hier viel mehr Zeit verbringe. Meine Frau versteht das. Also, wie gesagt, diese Orchidee, sehen Sie, wie sie es hier am Fenster geniesst. Nicht zu warm, nicht zu kalt, der ideale Ort.»

Borer bückte sich zur Blume und schien sie zu streicheln.

«Ja, Pflanzen sind gute Freunde. Wie geht es eigentlich Ihren beiden?»

«Meinen … sie … sie sind verdorrt.»

«Sie sollten sich Neue zulegen. Das beruhigt ungemein.»

«Ich bin die Ruhe selbst.»

«Man siehts … man siehts! Wo waren wir noch … Ah, ja … Sie sind mein bester Mann. Ich brauche Ihre Hilfe. Christoph Suter wird den Fall nie und nimmer lösen. Der Mann kann einfache Arbeiten erledigen. Mehr nicht. Er war bei mir und flehte mich praktisch auf den Knien an, ihn von dem Fall abzuziehen.»

«Christoph will den Fall abgeben?», fragte Ferrari misstrauisch.

«Na ja, gesagt hat er es so nicht ganz. Aber er liess anklingen, dass er nicht unglücklich wäre, wenn er von diesem Fall abgezogen würde.»

Vorsicht, Ferrari! Das ist eine Falle, sagte seine innere Stimme.

«Das glaube ich nie und nimmer.»

«Was?! Sie zweifeln an meinem Wort. Das ist ungeheuerlich, Ferrari. Dann gibt es nur eines. Ich befehle Ihnen, den Fall zu übernehmen.»

«Sie können mich mal! Kreuzweise!»

«Das ist … das ist Missachtung eines klaren Befehls, Ferrari!»

«Und wenn schon. Ich bin bereit, mit Nadine den Fall zu übernehmen, wenn Christoph mir klar sagt, dass er von den Ermittlungen zurücktritt.»

«Und wenn er sich weigert?»

«Dann gehört der Fall ihm. Er wurde ihm zugeteilt. Und nach vier Tagen kann niemand, und ich meine niemand, bereits mit einer Erfolgsmeldung aufwarten. Geben Sie ihm einen Monat Zeit und Sie werden erkennen, dass es noch andere gute Teams gibt.»

«Einen Monat!», stöhnte Borer. «Bis dann machen mich alle platt. Nein, so spielen wir dieses Spiel nicht. Hier geht es um mehr, als um die Befindlichkeiten einiger Kommissäre, Ferrari. Das hier ist kein Wunschkonzert! Und Ihre Seilschaften unter Kollegen sind mir schon lange ein Dorn im Auge. Sie übernehmen den Fall und damit basta.»

«Ich übernehme den Fall nicht und damit basta.»

Dingdong – die Boxer gehen in die zweite Runde, dachte Nadine amüsiert.

«Was ist Ihre Meinung, Frau Kupfer?»

Interessant! Normalerweise Spinnefeind, aber jetzt sucht der gewiefte Schweinepriester in Nadine eine Verbündete.

«Ich glaube, dass sie demnächst die Schraube macht.»

Borer und Ferrari sahen sie überrascht an.

«Ich verstehe nicht …»

«Ihre Orchidee! Die sieht nicht gut aus. Vielleicht haben Sie ihr zu viel Wasser gegeben.»

«Unmöglich! Kommen Sie her, Frau Kupfer. Das kann nicht sein. Ich halte mich immer an die Beschreibung auf dem Zettel hier.»

Sie standen beide mit dem Rücken zum Kommissär vor der Orchidee.

«Sehen Sie, sie verliert ein Blatt.»

«Jetzt, wo Sie es sagen, sehe ich es auch. Um Himmels willen, sie wird doch nicht eingehen? Meine Liebste, du musst durchhalten! Ich werde dir in den nächsten Tagen kein Wasser geben und mich erkundigen, was ich tun kann, damit du dich wieder erholst.»

Die spinnen jetzt wohl vollkommen, die zwei! Ferrari räusperte sich.

«Ah … Danke, Frau Kupfer! Das werde ich Ihnen nicht vergessen. Wo waren wir gleich noch? Ah ja, Sie übernehmen den Fall und zwar ohne Widerrede!»

«Nein, das ist mein letztes Wort. Ich bin keine Kameradensau! Christoph wird den Fall sicher lösen.»

«Ihr letztes Wort, Ferrari?»

«Mein allerletztes! … Nun sag du doch auch mal etwas, Nadine!»

«Wir übernehmen den Fall.»

Ferrari stocherte wild im Kaffee herum, den er von Nadine serviert bekam.

«Brunnenvergifterin!»

Nadine lachte.

«Nun komm schon, Francesco. Der Fall reizt dich doch.»

«Überhaupt nicht. Ich will nichts mit Politikern zu tun haben.»

«Das erzähl ich meinem Paps.»

«Er ist die löbliche Ausnahme. Ich begreife sowieso nicht, dass er es so lange im Nationalrat aushält.»

«Paps ist ein Vollblutpolitiker. Der Nationalrat ist sein Ein und Alles.»

«Christoph wird mich sein ganzes Leben lang hassen.»

«Da bin ich gar nicht so sicher. Noldi teilt Borers Ansicht. Christoph wird den Fall nie und nimmer lösen.»

«Wenn dein lieber Noldi das schon so sicher weiss, dann könnte er doch Kommissär werden und den Fall selbst in die Hand nehmen.»

«Es gefällt ihm sehr gut im Labor», schmunzelte Nadine. «Und, um deiner nächsten Frage zuvorzukommen, er hat es mir gestern Nacht im Bett zugeflüstert.»

«Und hat er beim Bettgeflüster auch gesagt, wie er zu dieser Vermutung kommt?»

«Christoph ist anscheinend ziemlich frustriert. Er ist noch keinen Schritt weitergekommen. Vor allem befürchtet er, dass er nicht an die richtigen Informationen kommt. Ganz anders unser Schickimicki-

Kommissär mit den besten Beziehungen zur High Society. Möchtest du noch einen Kaffee?»

«Hm! Sag Christoph, dass ich ihn sprechen möchte. Du kannst ruhig dabei sein. Schliesslich bist du an dem ganzen Schlamassel schuld.»

Er hörte Nadines fröhliches Lachen im Gang auf dem Weg zu Kollege Suter.

Borer und Noldi schienen mit ihren Ansichten recht zu haben. Ein Kollege, der bei einem unverbindlichen ersten Gespräch schon die wenigen Ermittlungsakten mitbringt, ohne darum gebeten worden zu sein, für den war der Fall praktisch erledigt.

«Hast du mit Borer gesprochen, Christoph?»

«Er will, dass du den Fall übernimmst, Francesco.»

«Das weiss ich. Aber, was willst du?»

«Ich?»

«Ja, was willst du? Ist es dir egal, den Fall abzugeben, oder willst du weiter ermitteln?»

«Eigentlich möchte ich die Untersuchungen schon weiterführen.»

Ferrari schob den Ordner über den Tisch zurück zu seinem Kollegen.

«Dann ist es dein Fall, Christoph. Wenn ich dir irgendwie behilflich sein kann, lass es mich wissen. Wir stehen dir mit Rat und Tat zur Seite.»

Kommissär Suter griff sich den Ordner und ging langsam zur Tür.

«He! Moment mal. So geht das nicht», mischte sich

Nadine ein. «Staatsanwalt Borer verlangt ausdrücklich, dass Francesco den Fall übernimmt.»

«Nadine, halt dich da raus. Christoph will den Fall selbst lösen. Das ist absolut legitim.»

«Dummes Zeug! Was soll das, Christoph? Du weisst genauso gut wie ich, dass du nicht an die richtigen Leute rankommst.»

«Nadine!», drohte Ferrari.

«Was, Nadine? Ich behaupte nicht, dass Christoph ein schlechter Polizist ist. Aber er verfügt längst nicht über dein Beziehungsnetz. Natürlich will er den Fall behalten. Schon allein aus dem Grund, damit die anderen Macho-Arschlöcher hier im Kommissariat nicht mit dem Finger auf ihn zeigen. Auf einen Versager, der sich hinter dem Rockzipfel von Ferrari verkriecht. Nun gut, Christoph. Behalte deinen Fall. Viel Spass und gutes Gelingen.»

Sie schob ihn zur Tür raus.

«Der will doch den Fall gar nicht, diese weiche Schelle.»

«Immer schön mit dem Holzhammer draufhauen! So gewinnst du viele neue Freunde, Nadine.»

«Muss ich das? Es geht doch nicht um die Quantität, sondern um die Qualität. Aber darüber können wir gern ein anderes Mal diskutieren. Christoph ist im falschen Moment im Dienst gewesen. So einfach ist das. Jetzt hat er einen Fall am Hals, der seine Möglichkeiten übersteigt. Bloss zugeben will er das nicht. Glaubst du wirklich, dass sich ihm die Türen zu den

Politikern öffnen werden? Oder gar zur Wirtschaft?»

«Wieso zur Wirtschaft?», stutzte Ferrari.

«Weller ist nicht nur Politiker, sondern ein erfolgreicher Unternehmer gewesen. Ihm gehört die Logistik AG. Ich glaube, dass er der grösste Transporteur der Schweiz ist … war.»

«Ermittelst du bereits?»

«Unsinn. Das weiss man einfach … Christoph ist ein anständiger Polizist. Mehr nicht. Du hingegen bist genial.»

«Danke für die Blumen.»

«Das weisst du doch selbst und auch, dass nur du den Fall lösen kannst. Weshalb zierst du dich so?»

«Weil es nicht unser Fall ist.»

«Männerlogik! Manchmal frage ich mich schon, wie das Gehirn eines Mannes funktioniert. Ziemlich einseitig vermutlich. Dein Freund Christoph wird untergehen und dann erst recht zum Gespött der Kollegen werden.»

Hinter Nadine räusperte sich Christoph Suter.

«Darf ich nochmals reinkommen?»

«Setz dich, Christoph.»

Er schob den Ordner über den Tisch.

«Nadine hat recht! Ich bin der Falsche für diesen Fall. Ich wäre froh, wenn du die Ermittlungen leiten würdest, Francesco. Es fällt mir nicht leicht … aber die letzten Tage waren ein einziger Horror. Ich komme mit dieser Schicht Leute, mit denen Weller verkehrte, nicht klar.»

Ferrari sass mit verschränkten Armen da.

«Gut, wir versuchen den Mord aufzuklären, Christoph. Aber nur unter einer Bedingung.»

«Und die wäre?»

«Du musst einen unserer Fälle übernehmen, bei dem wir nicht vorwärtskommen. Vielleicht gelingt es dir, den Mord an dem ‹Capri›-Beizer aufzuklären. Wir verfolgen zwar eine Spur, doch bisher ohne nennenswerte Resultate.»

«Einverstanden!»

Der Tauschhandel war perfekt. Ordner Weller gegen Ordner «Capri»-Bar. Suter war die Erleichterung anzusehen, als er das Büro verliess.

«Dem ‹Capri›-Mörder sind wir doch dicht auf den Fersen», wunderte sich Nadine.

«Ach ja? Dann wird ihn Christoph sicher schnappen», schmunzelte der Kommissär.

Die spärlichen Akten, eigentlich nur eine Schilderung des Tathergangs und der Obduktionsbericht, waren schnell gesichtet. Weller war nach der Wahl im Bundeshaus in Bern mit dem Zug am späten Nachmittag nach Basel gefahren, wo er von seinem Chauffeur abgeholt wurde. Beim Bahnhof SBB kam es zu einem Zwischenfall. Ein Demonstrant bewarf den neu gewählten Bundesrat mit einem Farbbeutel. Nach diesem unrühmlichen Intermezzo wurde Weller von seinen Helfern über die Passerelle zur Meret Oppenheim-Strasse eskortiert, wo sein Fahrer mit dem schwarzen Mercedes wartete. Gefolgt von einer weiteren Limousine mit vier Bodyguards, wurde Weller ins nahe Villenviertel Bruderholz chauffiert. Auch dort lieferten sich bereits vor seinem Eintreffen Anhänger und Gegner ein kleines Scharmützel. Die Polizei, die mit solchen Aktionen gerechnet hatte, schritt ein und bildete einen Kordon zwischen Freund und Feind. Bundesrat Weller stieg bestens gelaunt aus seiner Limousine und liess sich inmitten seiner Anhänger feiern. Eine weitere Eskalation schien laut Polizeibericht nicht mehr erfolgt zu sein. Die unbewilligte Demonstration war unter Kontrolle, nur einzelne autonome Demonstranten hätten die Polizisten noch mit Steinen beworfen.

«Das war kein einfacher Einsatz für Robi und seine Leute», bemerkte Nadine.

«Es gibt immer mehr solcher Chaoten. Denen geht es doch nicht um Weller oder die Politik insgesamt, sondern nur darum, Krawall zu machen. Das nimmt zu. In der Politik, im Fussball, überall. Du könntest dich morgen mit Robi unterhalten. Vielleicht hat er mehr gesehen, als hier im Protokoll steht.»

Acht Polizisten wurden bei dem Einsatz verletzt, siebzig Demonstranten vorübergehend verhaftet. Während den Attacken auf die Polizei feierten die EFP-Anhänger ungerührt ihren neuen Bundesrat. Eigentlich pervers! Hier jubeln Menschen jeglichen Alters ihrem Messias zu, während fünfzig Meter davon entfernt sich seine Gegner mit der Polizei anlegen. Als eine Anhängerin dem neuen Bundesrat einen Blumenstrauss überreichte, brach er zusammen. Eine vermummte Gestalt hatte ihn mit einem Messer attackiert und konnte unerkannt in der Menge abtauchen.

«Wo waren denn seine Bodyguards?»

«Eine Frage, die wir dem Chef des Bewachungsdienstes stellen werden, Nadine.»

Der Täter hatte sein Werk vollbracht. Weller wurde zwar sofort mit einem Polizeiauto ins Bruderholzspital gefahren, doch die Stiche waren tödlich gewesen. Die Ärzte konnten nur noch seinen Tod feststellen. Vor der Villa der Familie Weller spielten sich inzwischen unglaubliche Szenen ab. Die Anhänger, von einem Parteimitglied aufgestachelt, gingen auf die Demonstranten los. Einsatzleiter Robert Kunz versuchte zunächst mit seinen Leuten, die gegnerischen Parteien weiterhin voneinander getrennt zu halten, sah jedoch bald ein, dass seine Leute auf verlorenem Posten standen, und blies zum Rückzug. Was folgte, war eine richtige Schlacht zwischen den beiden Gruppierungen. Ferrari zeigte auf die vor ihnen ausgebreiteten Fotos.

«Wie nach einem Bombeneinschlag!», staunte Nadine.

«Die haben sich zuerst gegenseitig die Hucke voll gehauen und danach auf dem Weg runter in die Stadt alles kurz und klein geschlagen. Autos, Gartenzäune, Fenster. Mich wundert, dass es keine Toten gab.»

«Die Menschheit spinnt!»

Kunz hatte Verstärkung angefordert. Und so gelang es dann doch noch, die Ausschreitungen in den Griff zu bekommen, unten im Gundeli.

«Vielleicht war der Mörder dabei. Und wir haben ihn am Morgen wieder freigelassen», sinnierte Ferrari.

«In den Akten steht immer nur der Mörder. Weshalb ist Christoph so sicher, dass es sich nicht um eine Mörderin handelt?»

«Gute Frage! Der Täter war vermummt. Mich erstaunt, dass die Person problemlos entkommen konnte. Sie sticht zu und verschwindet.»

«Mit dem Messer!»

«Richtig. Das Messer wurde am Tatort nicht gefunden.»

Christoph Suter und sein Assistent liessen den Tatort sofort absperren und begannen mit den Ermittlungen. Die Spurensuche ergab keinerlei Resultate, was angesichts der Menschenmenge kein Wunder war. Auch die ersten Befragungen blieben ergebnislos, weder der engste Kreis der Parteispitze noch die Bodyguards konnten ein genaues Signalement des Täters abgeben. Es sei alles viel zu schnell gegangen. Und Wellers Gattin hatte einen Schock erlitten und konnte bisher nicht vernommen werden.

«Nicht viel, was wir wissen.»

«Besser gesagt, gar nichts. Niemand konnte den Täter beschreiben. Was nun, Herr Kommissär?»

«Du unterhältst dich morgen früh zuerst einmal

mit Robi. Und dann wäre es sicher nicht schlecht, wenn du mal deinen Paps anrufst …»

« … der mir sagen soll, ob die Bundeshaushyänen irgendwelche Skandale hinter vorgehaltener Hand über Weller tratschen.»

«Genau. Ich werde versuchen, mit Frau Weller zu reden. Die Wellers wohnen übrigens Haus an Haus mit Olivia Vischer. Da könnte ich auf einen Sprung bei Olivia vorbeischauen.»

«Nun denn, es lebe die Politik!»

Ferrari verliess das Kommissariat. Es war saukalt und der Wind verstärkte die Kälte noch. Gefühlte null Grad. Der Kommissär zog seinen Schal bis unter die Nase, beinahe wie einer der Vermummten auf den Demonstrationsfotos. In der Steinenvorstadt blieb er vor einem Kino stehen. Wann sind Monika und ich zum letzten Mal im Kino gewesen? War es der letzte «James Bond»? Nein, «Ice Age 3» vor mehr als einem Jahr. Wir sollten öfters ins Kino gehen oder etwas unternehmen. Aber wann? Monika, Ferraris langjährige Partnerin, hatte mit der Leitung ihrer kleinen Apothekenkette sehr viel zu tun und er konnte sich auch nicht gerade über Langeweile beschweren. Nebenan unterhielten sich drei junge Frauen rauchend über den Sinn oder aus ihrer Sicht den Unsinn des Rauchverbots in den Basler Restaurants. Damit sich die Raucher auch in der Kälte einigermassen wohlfühlten, stellten die Beizer vor ihren Lokalen kleine Bars mit Heizaggregaten auf. Aber wirklich gemütlich war es nicht, und von Genuss konnte schon gar keine Rede sein. Nach wenigen Zügen schnippten sie frierend ihre Kippen in einen grossen, designten Aschenbecher und verzogen sich wieder ins warme Innere. Der Umsetzung des Verbots waren hitzige Diskussionen vorausgegangen. Ferrari hatte sich daran wohlweislich nicht beteiligt, im Gegensatz zu Monika, die sich voll ins Zeug gelegt hatte. Im Kommissariat hielten sich die beiden Fraktionen in etwa die Waage, während Monikas Freundinnen, eine Ansammlung von akademischen Intelligenzbestien, wie Kamine rauchten und somit klar gegen ein Verbot waren. Sie seien eine Gruppe von Süchtigen, hatte der Kommissär einmal blauäugig in die Runde geworfen und wäre dafür beinahe auf dem Altar des Rauchgottes geopfert worden. Wenn das monatliche Hexentreffen, das alternierend mal hier, mal dort stattfand, bei ihnen zu Hause tagte, wurde die ganze Sippe von seiner Freundin in den Wintergarten verbannt. Ein Kompromiss, mit dem sich anscheinend alle zufrieden gaben. Kam Ferrari so kurz nach Mitternacht nach Hause, denn ein Abend mit den hochintelligenten, anstrengenden Damen wäre über seinen Verhältnissen gewesen, herrschte Villa Durchzug, damit der Rauch auch wirklich aus jeder Ritze des Hauses hinausgeblasen wurde. Am anderen Morgen beklagte sich Monika über fürchterliche Kopfschmerzen. Ferrari enthielt sich jeglichen Kommentars, denn bei negativen Äusserungen über ihre Freundinnen verstand sie keinen Spass. Der Kommissär rauchte zwar selbst nicht, aber es störte ihn auch nicht, wenn jemand in seiner Gegenwart eine Zigarette anzündete. Einzig auf der Fussballtribüne im St. Jakob-Park, wenn vor ihm irgendein Idiot auf die Idee kam, eine Zigarre zu rauchen, drehte er durch und wurde zum militanten Nichtraucher. Zigarette ja, aber jemand vor sich zu wissen, der dir eine Halbzeit lang genüsslich den Rauch ins Gesicht bläst, das war selbst für ihn eine Zumutung.

Am Barfüsserplatz stieg er in den Dreier Richtung Birsfelden. Sein Lieblingsplatz im hintersten Wagen vorne rechts war besetzt. Er stellte sich neben die alte Dame, die ihn krampfhaft blockierte. Nach fünf Minuten und einer Vollbremsung, die ihn beinahe in die Fensterscheibe fliegen liess, gab er auf und setzte sich hinter die Frau, nicht ohne noch schnell an den Sitz zu stossen.

«Pardon!», liess der Kommissär scheinheilig verlauten. Sie soll ruhig wissen, dass sie auf meinem Platz sitzt. Eine halbe Stunde später war er zu Hause. Monika und ihre Tochter Nicole stritten sich heftig.

«Kommt nicht in Frage! Am sechsundzwanzigsten bist du daheim.»

«Ich bin kein kleines Kind mehr. Alle anderen dürfen, nur ich nicht. Diese Scheissweihnacht!»

Nicole rauschte an Ferrari vorbei.

«Hallo, Töchterchen!»

Ferrari hörte nur noch, wie sie ihre Zimmertür zuschlug, eine Antwort bekam er nicht.

«Ciao, Darling», Ferrari küsste Monika, setzte sich an den Küchentisch und schenkte sich ein Glas Rotwein ein. «Ich muss wohl nicht fragen, wie es dir geht.»

«Ich habe eine Scheisslaune. Diese kleine Hexe bringt mich immer wieder auf die Palme.»

«Es geht um das Fest der Liebe?»

«Pah! Mir ist Weihnachten schon verleidet, bevor es richtig angefangen hat.»

«Ich geniesse es immer, Monika. Niemand dekoriert das Haus so schön wie du. Die vielen Kleinigkeiten, die du aufstellst, gefallen mir. Und ich finde immer wieder etwas Neues. Das Haus strahlt dann eine ganz besondere Stimmung aus. Eben weihnachtlich. Ich möchte es nicht missen.»

«Nikki will am Stephanstag zu einer Freundin.»

«Was spricht dagegen?»

«Ich habe Gotte und Götti eingeladen.»

«Ein Argument, das besticht. Dann bleibt sie eben zu Hause.»

«Und macht Terror. Sprich du mit ihr, Francesco. Ich komme im Augenblick nicht an sie ran.»

«Mach ich, aber nicht mehr heute.»

«Am Heiligabend kommen die Mütter.»

Ferrari verzog das Gesicht.

«Du kannst dich ja nach dem Essen abseilen. Wie

immer», lachte Monika. «Dann machen wir einen Weiberabend aus dem Heiligabend.»

«Wann stellen wir den Weihnachtsbaum auf?»

«Weiss nicht. Eigentlich ist mir gar nicht danach, einen Baum zu schmücken.»

«Kein Baum an Weihnachten?»

Monika sah ihn an.

«Jetzt siehst du wie ein kleiner, enttäuschter Junge aus, Francesco. Du bist schon ein komischer Kauz. Es erstaunt mich immer wieder, wie du an solchen Dingen hängst.»

«Weihnachten ohne einen wunderschönen von dir geschmückten Baum ist wie … wie die Super League ohne FC Basel.»

«Ein toller Vergleich!»

«Es ist mir nichts Besseres eingefallen. Ich wollte damit nur sagen …»

«Das weiss ich doch. Dass du Weihnachten mit einem geschmückten Baum, Weihnachtsliedern und Geschenken liebst.»

«Nur auf die beiden Weihnachtsmütter könnte ich verzichten.»

«Die gehören halt auch dazu. Es wird dich schon nicht umbringen.»

«Deine Mutter geht ja noch, aber meine! Spätestens um zehn, nach zwei Gläsern Wein, wird sie zum alljährlichen Rundumschlag ausholen. Was ist nur aus dir geworden? Schau dich an. Ein Polizist! Dabei hat Vater Tag und Nacht gerackert, eine Firma aufgebaut.

Und dann ist er aus lauter Gram gestorben, weil er nicht mehr mit ansehen konnte, wie seine erfolgreiche Firma in fremde Hände überging.»

«Da musst du durch, Francesco. Es kommt ja nur einmal pro Jahr vor.»

«Damit verdirbt sie mir jedes Mal den Heiligabend.»

«Sie ist eine liebe Frau. Nur in diesem Punkt hat sie eine Macke.»

«Mit der ich mich nicht abfinden kann. Jedes Jahr versuche ich ihr zu erklären, dass Vater mich verstanden hat. Er war stolz auf mich und ist nicht aus Gram gestorben, sondern an einem Herzinfarkt, weil er das Leben in vollen Zügen genossen hat, vielleicht ein wenig zu sehr. Die Liebe zum Wein habe ich von ihm geerbt.»

«Das versteht sie eben nicht, auch wenn du es ihr noch hundert Mal erklärst. Gotte und Götti mit Anhang am sechsundzwanzigsten sind dir recht?»

«Selbstverständlich. Die vier mag ich gut.»

«Yvonne hat Probleme mit Hans-Jürgen. Anscheinend ist er fremdgegangen.»

«Hat sie ihn erwischt? Ich könnte mir das gut vorstellen. Er ist ja ein ziemlich lockerer Vogel.»

«Sie vermutet es nur. Aber sie ist ihm auf der Spur.»

«Das kann ja gemütlich werden. Nadine schläft übrigens auch mit Noldi.»

«Endlich. Das dauerte länger, als ich dachte. Wie hast du es erfahren?»

«Sie hat es mir erzählt.»

«So, so! Gehört das zu eurer Arbeit?»

«Nicht wirklich, sie sah mir die Frage an …»

«Sie ist eine sehr attraktive Frau.»

«Keine Sorge, ich bleibe dir treu.»

Monika musste lachen.

«Weshalb lachst du?»

«Das klang jetzt so wie, ich bleibe dir treu, weil ich ein tappiger Bär und zu faul bin, um mit Nadine ein Verhältnis anzufangen.»

«Hm! … Und ihr Typ bin ich auch nicht.»

«Da wäre ich hingegen nicht so sicher. Es zeichnen sich zwar ein kleines Bäuchlein und kahle Stellen ab …»

«Ich bekomme keine Glatze!»

«Na, hier oben lichtet es sich aber schon gefährlich», sie strich ihm durchs Haar. «Sonst bist du noch recht attraktiv. Auch für eine schöne Frau wie Nadine. Aber im Augenblick muss ich ja nichts befürchten, solange Noldi in ist. Hat dich Borer rumgekriegt?»

«Wieso weisst du davon?»

«Ich habe hinter deinem Rücken mit Nadine konspiriert.»

«Hm. Christoph ist es nicht leicht gefallen, den Fall abzugeben.»

«Das ist eine Schlafkappe. Der kann zwar einen normalen Mord aufklären, aber keinen, bei dem es um mehr geht.»

«Wer sagt denn, dass es um mehr geht?»

«Weller hat polarisiert. Frauen zurück an den Herd, Ausländer raus aus der Schweiz. Die Schweiz den

Schweizern. Seine Wahlveranstaltungen waren eine einzige Show. Populismus in Reinkultur!»

«Also ein ganz einfacher Fall. Der Mörder ist ein politischer Gegner oder ein Ausländer.»

«Richtig. Ein politischer Gegner ermordete ihn am Tag, als er das Zenith erreichte. Vielleicht liess er ihn auch ermorden. Keine Geschichte für Christoph, sondern eine für dich. Da muss ich Jaköbeli Borer ausnahmsweise zustimmen. Ausserdem gerät Borer weniger unter Druck, solange du ermittelst. Dich schont die Presse. Und auch Stadtpräsident Markwart wird Borer mehr Zeit geben, wenn er erfährt, dass du ermittelst.»

Von dieser Seite hatte es der Kommissär noch gar nicht betrachtet. Raffiniert! Markwart würde sich wegen seiner Kontakte zu Olivia Vischer so lange wie möglich zurückhalten, wodurch sie wertvolle Zeit gewannen. Dem Staatsanwalt war nämlich klar, dass die Ermittlungen bis ins neue Jahr hineinreichen würden, wenn sie überhaupt jemals zum Erfolg führen sollten. Monika holte noch eine Flasche Wein und kuschelte sich zu Ferrari aufs Sofa.

3. Kapitel

Nadine stellte ihren Porsche beim Restaurant «Aqua» auf den Parkplatz. Das tat sie immer dann, wenn sie den Tiefgaragenkoller hatte. Und heute war es wieder einmal so weit. Sie konnte ihre tiefe Abneigung nicht wirklich erklären, vielleicht hatte es mit der unpersönlichen und kühlen Atmosphäre zu tun. Sie wolle einzig und allein mit ihrem Auto protzen, meinte Ferrari dann jeweils mit einem verschmitzten Lächeln auf den Lippen. Wie auch immer, Nadine schlenderte in Gedanken versunken über die Strasse zum Waaghof. Beinahe wäre sie von einem heftig bimmelnden Tram angefahren worden. Der Tramchauffeur fuchtelte wild mit den Armen, als er mit seinem tonnenschweren Gefährt an ihr vorbeirauschte.

«Idiot!», schrie sie ihm nach, obwohl sie wusste, dass er es nicht hören konnte. Zuerst unterhalte ich mich mit Robert Kunz, dann rufe ich Paps an. In dieser Reihenfolge. Kollege Kunz, ein kurz vor der Pension stehender Polizist, wartete bereits in ihrem Büro.

«Hallo, Robi. Wartest du schon lange auf mich?»

«Fünf Minuten. Ich war noch kurz bei Christoph. Er erzählte mir, dass Francesco die Ermittlungen jetzt leitet.»

«Damit klare Verhältnisse herrschen, nicht ganz freiwillig. Borer wollte es so.»

«Und du spielst dabei eine unrühmliche Rolle, wie ich gehört habe.»

Nadine errötete.

«Wie meinst du das?»

«Francesco wollte eigentlich nicht, munkelt man. Aber du hast ihn dazu angestachelt.»

«Glaubst du tatsächlich, dass Francesco sich von mir einen Fall aufs Auge drücken lässt?»

«Er frisst dir doch förmlich aus der Hand. Damit von meiner Seite auch alles klar ist, Nadine, ich finde dein Verhalten absolut lausig. Christoph ist ein guter Mann. Und du, du kannst hier nur eine grosse Lippe riskieren, weil du Francesco eingeseift hast. Glaub nur nicht, dass du mich mit deiner hübschen Larve ebenfalls einlullen kannst.»

Nadine zitterte leicht, versuchte krampfhaft, locker zu bleiben.

«Dann wird es wohl besser sein, wenn du dich mit Francesco unterhältst.»

«Wie du willst. Dann soll mir Francesco sagen, wann es ihm passt. Im Austeilen bist du stark, im Einstecken nicht.»

Nadine rang um ihre Beherrschung.

«Ich … ich habe es mir anders überlegt, Robert. Bitte setz dich. Ich möchte das Gespräch mit dir zu Ende führen.»

«Wie du willst», Robert Kunz lächelte süffisant.

«Ganz, wie du willst. Das hier ist dein Revier. Ich bin nur Gast.»

«Kannst du … kannst du mir erzählen, was am Abend … in der Nacht … am 8. Dezember geschah?»

Er bringt mich vollkommen aus dem Konzept! Und er geniesst es. Heute Nachmittag wissen alle, dass er mich fertig gemacht hat.

«Das steht alles in den Akten. Die hast du doch sicher gelesen.»

«Das … ja, sicher. Nur allzu viel steht da nicht drin. Eigentlich nur, wie du den Einsatz geleitet hast. Und, dass du deine Leute zurückziehen musstest, als die beiden Gruppen aufeinander losgingen.»

«Was meinst du damit? Wirfst du mir Feigheit vor?»

«Überhaupt nicht. Ich wiederhole nur, was in dem Bericht steht. Du hast dann Verstärkung angefordert, die für Ruhe sorgte.»

«Es gefällt mir nicht, wie du das sagst.»

«Was gefällt dir nicht?»

«So, wie du es beschreibst, heisst es, dass wir uns wie Feiglinge verhalten haben.»

«Das ist deine Interpretation.»

«Merk dir genau, was ich dir jetzt sage! Bist du schon einmal bei solch einem Einsatz dabei gewesen?»

«Nein.»

«Genau das ist dein Problem. Wir halten für die Bevölkerung den Arsch hin. Meine Leute stehen dort draussen Tag für Tag im Einsatz, der immer härter wird. Und ihr hockt hier drinnen und klopft grosse

Sprüche. Ihr kommt immer erst dazu, wenn alles vorbei ist. Am 8. Dezember sind acht meiner Leute im Spital gelandet. Zwei davon, eine Kollegin und ein Kollege, sind seither dienstunfähig, wahrscheinlich zwei bis drei Monate lang. Und du Schlampe reisst hier das Maul auf und wirfst mir vor, dass ich ein Versager bin!»

«Das … das habe ich nicht gesagt!»

«Habe ich eben das Wort Schlampe gehört?», fragte Jakob Borer zuckersüss vom Eingang her. «Entschuldigen Sie, dass ich hier so reinplatze. Aber man hört Sie bis zu meinem Büro hinüberschreien, Herr Kunz.»

Nadine zitterte am ganzen Körper.

«Hören Sie genau zu, Kollege Kunz. Kommissär Ferrari hat von mir den Auftrag erhalten, diesen Fall zu lösen, und Nadine Kupfer ist seine Assistentin. Also tragen Sie gefälligst zur Lösung des Falles bei, so gut, wie Sie können. Ob Sie nun Frau Kupfer mögen oder nicht, spielt in diesem Fall keine Rolle. Ist das klar?»

«Jawohl, Herr Staatsanwalt.»

«Gut. Und noch was. Nadine Kupfer hat niemanden eingeseift, weder mich noch Kommissär Ferrari. Sie ist eine ausgezeichnete Kraft. Ich beurteile Mitarbeiter nicht nach ihrem Aussehen, sondern nach ihrer Leistung. Klar?»

«Jawohl, Herr Staatsanwalt.»

«Dann verstehen wir uns. Beantworten Sie also die Fragen von Frau Kupfer, und zwar in normalem Ton. Ich fühle mich nämlich in meinem Büro gestört. Ah ja, noch etwas zum Thema Schlampe. Ich denke, da wäre eine Entschuldigung Ihrerseits fällig. Das können Sie aber unter vier Augen erledigen. Zum Schluss nur noch eines», Borer stellte sich breitbeinig vor den ihn um einen Kopf überragenden Polizisten. «Bei Gott! Wenn Sie es nochmals wagen, eine Kollegin als Schlampe zu bezeichnen, werden Sie mich von einer Seite kennenlernen, die Sie nie für möglich gehalten hätten, Kunz. Dann mache ich Ihnen Ihre letzten Dienstjahre zur Hölle, wobei die Hölle nur das Vorwort ist. Haben Sie mich verstanden?»

Kunz salutierte eingeschüchtert.

«Jawohl, Herr Staatsanwalt!»

Borer verliess den Raum. Sekunden vergingen, bis Nadine die unerträgliche Stille durchbrach.

«Möchtest du einen Kaffee, Robert?»

«Gern … sehr gern.»

Nadine huschte im Gang an Borer vorbei zum Kaffeeautomaten, drehte sich rasch um und hauchte leise «Danke».

Robert Kunz trank den Kaffee in kleinen Zügen. Die eben erfahrene Zurechtweisung zeigte Wirkung.

«Ich wollte in keiner Weise sagen, dass du deine Arbeit nicht richtig machst, Robi. Falls ich dich provoziert habe, tut es mir leid.»

«Das mit der Schlampe ist mir auch so rausgerutscht, entschuldige.»

«Kein Problem, schon vergessen. Wollen wir uns über den 8. Dezember unterhalten?»

«Ja, gut. Allerdings steht alles, was ich weiss, im Protokoll.»

«Hast du gesehen, wie Weller erstochen wurde?»

«Nein, ich stand mit dem Rücken zu ihm. Weller stieg aus, liess sich wie ein König im Bad der Menge feiern. Für die Gegner war das zu viel. Ich glaube sogar …»

«Was glaubst du?»

«Es ist nur eine Vermutung. Ich glaube sogar, dass Weller bewusst die Gegner angeheizt hat. Er wandte sich ihnen immer wieder hämisch lachend und mit beiden Daumen nach oben zeigend zu. Dadurch fühlten sie sich provoziert. Als sich dann seine Fans um ihn scharrten, verstärkte ich den Kordon bei seinen Gegnern.»

«Woher hattest du die Leute?»

«Die zog ich bei Wellers Anhängern ab. Er wurde ja von seinen Bodyguards beschützt. Ich dachte, dass von dieser Seite keine Gefahr besteht.»

«Es war ja auch nicht vorhersehbar, dass ein Irrer mit dem Messer auf ihn losgeht.»

«Mit den zusätzlichen Leuten konnte ich seine Gegner im Zaum halten. Das Chaos ging dann vollends los, als Weller niedergestochen wurde.»

«Du konntest also den Tathergang nicht sehen.»

«Nein. Ich drehte mich erst um, als die Leute zu schreien begannen. Da lag er aber schon am Boden. Ich bin sofort mit vier Mann zu ihm hin. Die Lage war ernst, sehr ernst. Wir konnten nicht warten, jede

Sekunde zählte. Deshalb trugen wir ihn unverzüglich in einen unserer Wagen und Markus ...»

Nadine schaute ihn fragend an.

«Markus Seiler, mein Stellvertreter, ist mit Blaulicht ins Bruderholzspital gerast. Dort konnten die Ärzte nur noch Wellers Tod feststellen. Inzwischen informierte ich Christoph, liess den Tatort absperren und unterhielt mich dann noch kurz mit Edgar Huber.»

«Wer ist das?»

«Der Chef von Wellers Bewachungstruppe, ein ehemaliger Polizist. Er wurde vor einigen Jahren von Weller abgeworben. Huber wusste nicht viel. Es ist ja alles sehr schnell gegangen. Die Menge drängte Huber, seine Leute, Bundesrat Weller und dessen Parteifreunde zurück bis ans Eingangstor. Huber liess das Tor öffnen, weil er befürchtete, dass das Gedränge zu gross werden könnte. Die Leute strömten dann in den Garten. Du musst dir eine englische Villa mit Einfahrt vorstellen. Dort, im Dunkeln, stach dann der Täter zu und entwischte.»

«Konnte jemand sehen, wohin er verschwand?»

«Nein. Aber mit Sicherheit ist er durchs Tor und hat sich unter die Menge gemischt.»

«Wie viele Leute waren dort?»

«Hundertfünfzig bis zweihundert Sympathisanten und ebenso viele Gegner. Vielleicht wäre der Täter erwischt worden, wenn sich alles auf der Strasse abgespielt hätte.»

«Weshalb?»

«Die Strasse ist ziemlich gut beleuchtet. Die Einfahrt lag im Dunkeln. Man kann sie zwar beleuchten, aber es wurde lediglich das Tor geöffnet, ohne die Lichter einzuschalten. Optimal für einen Mörder.»

«Das kann man sagen. Wer war von der Partei dabei?»

«Die gesamte Führungscrew.»

«Und Wellers Familie?»

«Die auch. Frau, Tochter und Sohn. Ines Weller ist neben ihrem Mann zusammengebrochen. Hubers Leute wollten sich um sie kümmern. Sie wehrte sich und warf sich auf ihren Mann. Ich flehte sie dann an, ihren Mann loszulassen, damit wir ihn ins Spital bringen konnten. Schliesslich liess sie sich von Huber ins Haus führen.»

«Unvorstellbar! Du musst mit ansehen, wie dein Mann umgebracht wird, stehst hilflos daneben, kannst nichts, absolut gar nichts tun.»

«Sie hat anscheinend einen Schock erlitten, sagt Christoph.»

«Francesco ist zu ihr gefahren. Vielleicht kann er mit ihr sprechen. Wie ging es dann weiter?»

«Ich versuchte, Ordnung ins Chaos zu bringen. Die beiden Gruppen lieferten sich mit Steinen und Ästen ein Gefecht. Dann trieben sie sich gegenseitig in die Stadt hinunter und verwüsteten alles, was im Weg stand. Mit der Verstärkung bekamen wir die Situation einigermassen in den Griff, aber leider erst im Gundeli unten. Es war eine schreckliche Nacht. Ich bin dann nochmals zu den Wellers rauf. Christoph unterhielt sich mit Cornelia und Andreas Weller.»

«Tochter und Sohn?»

«Ja. Und mit Edgar – ich meine Edgar Huber, Patrick Stolz und, so viel ich sehen konnte, Lutz Wagner.»

«Parteisekretär Stolz. Wer ist Wagner?»

«Wellers Stellvertreter in der Transportfirma und Mädchen für alles. Mehr weiss ich nicht. Edgar benahm sich wie ein Irrer.»

«Das steht aber nicht im Protokoll, Robi.»

«Es ist mir auch erst jetzt wieder eingefallen. Er schrie seine Leute wie verrückt an. Doch irgendwie wirkte alles nur gespielt.»

«Seltsam. Wieso sollte er eine Show abziehen?»

«Sicher bin ich nicht, aber ich hatte dieses Gefühl … Wahrscheinlich war es einfach seine Reaktion darauf, dass er den Einsatz verbockt hatte. Auf jeden Fall flüsterte er kurz darauf Cornelia Weller etwas zu und plötzlich stritten sich die beiden ziemlich heftig. Wieso kann ich dir auch nicht sagen. Dann ist sie zurück ins Haus gerannt. Das steht übrigens auch nicht in den Akten. Du bist die Erste, die mich so konkret auf die Abläufe anspricht.»

«Ich bin sehr froh, dass du dich daran erinnern kannst. Jedes Detail ist wichtig. Es wird sich zeigen, ob es für den Fall relevant ist oder nicht.»

Kunz erhob sich unsicher.

«Was ich da vorhin gesagt habe …»

«Schon gut, Robi. Schwamm drüber.»

Kaum war Robert Kunz auf dem Flur, konnte Nadine die Tränen nicht mehr zurückhalten. Eine explosive Mischung aus Wut, verletztem Stolz und Betroffenheit machte sich Luft. Im Austeilen bin ich Weltmeister, im Einstecken eine Null! In dieser Beziehung hatte ihr Kollege ins Schwarze getroffen. Was hingegen ihre Fähigkeiten betraf, das … das war doch die Höhe, eine Frechheit sondergleichen! Von wegen Francesco frisst mir aus der Hand, ganz geschweige davon, dass ich ihn eingeseift habe. Der hat doch keine Ahnung! Keiner weiss so gut wie ich, was für ein sturer Esel der Herr Kommissär sein kann. Da nützt weder Charme noch gutes Aussehen, was zählt, sind Fakten, gute Argumente, messerscharfer Verstand, Spürsinn und Intuition. Und ab heute habe ich auch den Staatsanwalt Jakob Borer eingelullt. Mit Sicherheit kursierte dieses Gerücht bereits. Nadine weinte hemmungslos. Es läuft immer alles schief. In Bern ging alles daneben und jetzt hier in Basel auch. Ich ziehe das Pech magisch an. Als es klopfte, wischte sie sich rasch die Tränen ab. Einzig die roten Augen verrieten ihre wahre Gemütslage. Es war Noldi, der sie zum Mittagessen einladen wollte. Nadine warf sich dem vollkommen überrumpelten IT-Spezialisten in die Arme und heulte sich die Seele aus dem Leib.

4. Kapitel

Kommissär Ferrari stieg beim Restaurant «Bruderholz» aus dem Tram. Eine halbe Weltreise von Birsfelden bis hier hoch zum Villenhügel. Ferrari wich auf dem Trottoir einem Lieferwagen aus, der Früchte und Gemüse ins exklusive Lokal brachte. Ein einziges Mal waren Monika und er auf Einladung von Olivia Vischer in diesem Gourmettempel gewesen. Die Damen hatten es genossen, wobei er nicht sicher war, ob sie sich mehr am Essen oder an seiner Unsicherheit ergötzten. An den anderen Tischen sassen Promis und Möchtegernpromis aus der ganzen Region. Olivia hatte einen, wie es sich für eine Vischer gehört, zentralen Tisch reserviert. Die Folge davon war, dass das Spiessroutenlaufen bereits beim Eintreten ins Lokal begann. Selbstverständlich wurden sie am Eingang persönlich begrüsst und zu ihrem Tisch geleitet, verfolgt von den Augen der anderen Gäste. Im Laufe des Abends kam mal dieser, mal jener an ihren Tisch, um Olivia seine Aufwartung zu machen, die ihrerseits Monika und Francesco als ihre besten Freunde vorstellte. Ferrari erinnerte sich später nicht mehr daran, was er gegessen und getrunken hatte, denn sein einziger Gedanke während des ganzen Abends war, endlich fliehen und diese Tortur beenden zu können. Immerhin, für Monika war es ein besonderer Anlass gewesen, den sie nur allzu gern wiederholen wollte. Ferrari verzog unbemerkt das Gesicht. Alles, nur das nicht!

Keuchend ging er den Hügel hoch, entlang den Villen. Ein bisschen Jogging oder besser Velo fahren könnte der Kondition nicht schaden. Der Wind hatte sich seit gestern nochmals verstärkt. Ferrari zog den Kragen seines Mantels hoch. Es liegt Schnee in der Luft. Vielleicht gibt es sogar weisse Weihnachten, zwar eine Seltenheit in Basel, aber wünschen darf man sich das ja.

Vor dem geschlossenen Eisentor der Weller'schen Villa blieb er nach Luft ringend stehen. Erst zur Ruhe kommen und dann die Aufwartung machen. Ein wirklich schönes Anwesen. Ein wenig kleiner als das von Olivia, jedoch auch nicht zu verachten. Über dem Eingangstor hing eine Kamera. Ferrari ging ein wenig nach links, die Kamera schwenkte mit. Gemäss den Ermittlungen war sie am Mordabend abgeschaltet gewesen. Warum wusste niemand. Natürlich hatte man nicht mit einem Mordanschlag gerechnet, seltsam war es trotzdem. Jetzt lief sie. So oder so, der Mord geschah auf dem Gelände der Villa und die Kamera war auf die Einfahrt gerichtet. Der Kommissär ging rückwärts. Wahrscheinlich war die Strasse abgesperrt worden, sonst hätten sich hier keine dreihundert bis vierhundert Personen aufhalten können. Ferrari warf einen Blick zu Olivias Villa hinüber. Ich werde sie nachher kurz besuchen. Vielleicht kann sie mir einiges über die Wellers erzählen. Die Spuren der «Schlacht auf dem Bruderholz», wie die Schlagzeile des «Blicks» gelautet hatte, waren weitgehend beseitigt worden. Bei einem Einfamilienhaus auf der anderen Strassenseite war noch eine Fensterscheibe mit Karton zugeklebt. Das konnte natürlich auch andere Ursachen haben. Zwei Maler entfernten an der Aussenmauer von Wellers Villa Sprayereien. Ferrari konnte sich noch etwas wie «rechte Sau» zusammenreimen. Der Kommissär drehte sich zur Stadt hin um. Hier lässt es sich gut leben. Eine Idylle oberhalb der Stadt. Früher sind es die Burgherren gewesen, die von ihren Festungen aus die umliegenden Ortschaften fest im Griff hielten. Heute sind es die Familien hier oben, die mit ihrem Geld, ihren Geschäften, ihren Beziehungen von entscheidender Bedeutung für die Stadt sind. Die Vischers mit ihrem Pharmakonzern, die Sarasins und Merians mit ihren Bankgeschäften oder eben die Wellers mit ihrer gigantischen Transportfirma. Vieles hat sich im Laufe der Zeit geändert. Nicht aber die Tatsache, dass nach wie vor einige wenige das Schicksal der grossen Mehrheit bestimmen.

Bevor Ferrari auf die Klingel drücken konnte, öffnete sich das Tor wie von Geisterhand.

«Herzlich willkommen, Kommissär Ferrari!»,

begrüsste ihn eine Frauenstimme aus der Gegensprechanlage. Spinn ich? Misstrauisch ging der Kommissär die Einfahrt zur Villa hoch.

«Überraschung! Hallo, Francesco!»

«Olivia! Was machst du denn hier?»

«Ich kümmere mich ein wenig um Ines. Aber komm erst einmal rein. Es ist saukalt, wahrscheinlich schneit es bald. Häng deinen Mantel an die Garderobe. Wir haben dich erwartet.»

Ferrari legte seinen Wintermantel ab, blickte auf dem Weg ins Wohnzimmer noch kurz in einen Spiegel und strich sich eine nicht vorhandene Strähne aus dem Gesicht. Ines Weller sass im Morgenmantel auf einer Couch. Er hatte sie sich ganz anders vorgestellt. Elegant, so wie Olivia. Eine Frau von Welt. Doch vor ihm sass eine zierliche, ältliche Person, die alles andere als attraktiv war. Olivia drückte ihn auf einen Stuhl.

«Einen Kaffee?»

«Ja, gern. Ich bin beinahe erfroren auf dem Weg hier rauf.»

«Immer schön mit dem Tram unterwegs. Eine seiner Macken, Ines. Er fährt nie oder fast nie mit dem Auto. Dabei regt er sich im Tram immer über seine Zeitgenossen auf.»

Ines Weller versuchte zu lächeln.

«Olivia ist eine Spötterin. Aber das muss ich Ihnen nicht sagen, Herr Kommissär», hauchte sie kaum verständlich.

«Und trifft damit oft ins Schwarze, Frau Weller.»

«Ines … bitte nennen Sie mich Ines.»

«Entschuldigen Sie, Ines, dass ich Ihnen in dieser schwierigen und traurigen Situation ein paar Fragen stellen muss. Man sagte mir, dass Sie einen Schock erlitten haben und bisher nicht befragt werden konnten. Wenn es Ihnen nicht gut geht, komme ich ein anderes Mal wieder.»

Ihr Gesicht entspannte sich.

«Du hattest recht, Olivia. Er gefällt mir. Nein, Francesco, ich darf Sie doch Francesco nennen? Es geht schon. Ich versuche, Ihre Fragen zu beantworten. Und falls ich nicht mehr kann, sage ich es.»

«Zuerst … es tut mir sehr leid … mein herzliches Beileid.»

«Danke. Es ist alles noch so unverständlich, so irreal. Am Morgen komme ich in die Küche, denke, dass er schon am Tisch sitzt und seinen Kaffee trinkt. Dann wird mir plötzlich klar, dass er nie mehr da sein wird.»

Tränen kullerten über ihre Wangen.

«Das verstehst du sicher am besten, Olivia. Dir ist es vor ein paar Jahren genauso ergangen. Wir leben in einer schlimmen Zeit. Die Leute haben keinen Respekt mehr vor dem Leben anderer. Vor nichts mehr …»

Francesco warf Olivia einen Hilfe suchenden Blick zu. Sie gab ihm zu verstehen, dass er seine Fragen stellen solle.

«Können Sie mir schildern, was genau passiert ist?»

«Es … es ging … alles so schnell. Nur einige Sekunden. Ich … ich stand neben Peter. Eine Frau kam auf ihn zu und überreichte ihm einen Blumenstrauss. In diesem Augenblick ist eine schwarze Gestalt wie aus dem Nichts aufgetaucht und dann … dann ist Peter einfach zusammengebrochen.»

«Konnten Sie die Person erkennen? Können Sie sie beschreiben?»

«Beschreiben? Nein, einfach jemand in schwarzer Kleidung. So, wie der Schatten aufgetaucht ist, war er auch schon wieder verschwunden. Aufgetaucht aus dem Nichts, verschwunden ins Nichts – wie ein Phantom.»

Ferrari strich sich durch die Haare. Ines tat ihm leid, unendlich leid.

«Peter und ich … unsere Ehe war keine richtige Ehe mehr, sondern nur noch eine Lebensgemeinschaft. Wir gingen beide unsere eigenen Wege. Eigentlich hielten uns nur noch unsere Kinder zusammen und Peters Politik.»

«Dass Kinder verbinden, das verstehe ich gut. Wieso aber die Politik?»

«Sein grosser Traum war, Bundesrat zu werden. Da gerade in seiner Partei die Familie eine zentrale gesellschaftliche Rolle spielt, machte ich ihm zuliebe mit. Peter kümmerte sich um das Geschäft und verwirklichte seinen Traum, während ich vor allem in Stiftungen tätig bin. Die Kinder sind ja schon gross. Peter und ich … wir haben uns einfach auseinander gelebt. Als er jedoch so vor mir lag … mit traurigen, weit geöffneten Augen … als er auf einmal so hilflos war, dieser unheimlich starke Mann, dieser Gigant … in diesem Moment wusste ich, dass ich ihn immer noch liebe, dass er mir fehlen wird. Ich stürzte mich auf ihn, klammerte mich an ihm fest … ganz fest, weil es einfach nicht sein konnte, nicht sein durfte …»

Olivia reichte Francesco ein Taschentuch. Ferrari wischte sich verlegen eine Träne weg.

«Ines … ich muss Ihnen noch eine Frage stellen. Hatte Ihr Mann Feinde?»

«Ja, viele, Francesco. Leider. Aufgrund seiner politischen Meinung, die ich übrigens nicht teile, schuf er sich viele Feinde. Es gab sogar telefonische und schriftliche Drohungen, bis hin zu Morddrohungen und natürlich immer wieder Sprayereien. Um uns sicherer zu fühlen, liessen wir eine Mauer um das Anwesen bauen. Jetzt werden wir wohl in Ruhe gelassen … Peter hat immer darüber gelacht. ‹Viel Feind, viel Ehr› war einer seiner Sprüche. Und jetzt ist er tot …»

Ferrari erhob sich und setzte sich neben Ines Weller auf die Couch.

«Es tut mir unsagbar leid, Ines. Ich werde alles unternehmen, um den Mörder zu finden. Das verspreche ich Ihnen.»

«Oft trügt der Schein, Francesco. Es laufen viele Mörder in der Gegend herum. Auch solche, die keinen Mord begangen haben.»

Ferrari sah Olivia irritiert an. Sie gab ihm zu verstehen, dass Ines nicht mehr wusste, was sie sagte. Er stand auf und küsste Ines auf beide Wangen.

«Ich danke Ihnen, dass Sie sich die Zeit genommen haben. Für heute ist es genug. Wenn Sie erlauben, würde ich gern nochmals vorbeikommen und mich mit Ihrer Tochter und Ihrem Sohn unterhalten.»

«Ich freue mich auf Ihren Besuch, Francesco. Sie sind jederzeit herzlich willkommen», hauchte sie. «Olivia, begleitest du Francesco hinaus? Danke, ich möchte noch einen Augenblick allein sein.»

«Mach ich. Ich muss dich jetzt sowieso verlassen, Ines, weil ich am Mittag einen Termin in der Stadt habe. Kann ich dich bis um drei allein lassen?»

«Sicher. Keine Angst, ich mache keine Dummheiten. Wir sehen uns morgen, Francesco.»

Sie winkte ihm zaghaft lächelnd.

Olivia hakte sich beim Kommissär unter. Ohne ein Wort zu sprechen, verliessen sie die Villa.

«Eine traurige Geschichte», brach Ferrari die Stille.

«Ja, sehr. Ich bin froh, dass du den Fall untersuchst und nicht dieser Suter.»

«Du kennst Kommissär Suter?»

«Nein, aber Jakob hat mir von ihm erzählt. Und was er berichtete, wollte mir gar nicht gefallen.»

Ferrari schaute Olivia von der Seite an.

«Aha! Jetzt verstehe ich. Du steckst dahinter! Du hast Borer befohlen, Christoph den Fall wegzunehmen.»

«Befohlen? Wie könnte ich. Ich bat lediglich meinen Studienkollegen Jakob, etwas diskreter ermitteln zu lassen. Dass er dich dann mit dem Fall beauftragt hat, überrascht selbst mich.»

«Schwindlerin! Aber, wenn wir schon bei Geständnissen sind. Steht Regierungspräsident Markwart auf deiner Lohnliste?»

«Wolfgang? Nicht, dass ich wüsste. Ich habe ihn mehrmals bei seinen Kandidaturen finanziell unterstützt. Ziemlich erfolglos, muss ich gestehen. Aber die Bürgerlichen haben sowieso einen Knall und sorgen mit ihrem Knatsch untereinander dafür, dass sie unwählbar sind. Die Linke braucht eigentlich gar keinen Wahlkampf zu führen. Sie muss nur stillhalten. Übrigens, damit du keine schlechte Meinung von mir hast, ich unterstütze die Linken und die Bürgerlichen. Ich bin sozusagen politisch neutral», schmunzelte sie. «Kommst du noch auf einen Kaffee zu mir? Ich fahre dich dann in die Stadt. Ich bin mit Jakob zum Mittagessen verabredet.»

«Ja, sehr gern.»

«Oder nehmen wir einen Drink?»

«Nein, dafür ist es noch zu früh. Lieber einen Kaffee.»

«Für einen Drink ist es nie zu früh, Francesco.»

«Denk ans Autofahren.»

«Mein Auto fährt auch ohne Führerschein.»

«Hast du deine Kunstsammlung erweitert?»

«Ausgetauscht. Mich von der Vergangenheit getrennt. Endlich. Es war höchste Zeit.»

«Und wie geht es dir wirklich?» fragte Ferrari, der ihr die neue Lockerheit nur bedingt abnahm.

«Eigenartige Frage. Gut. Viel zu tun und ab und zu eine Affäre. Nichts Festes. Oder wirst du demnächst frei?»

«Nein», lachte Ferrari. «Aber frag mal bei Monika nach. Vielleicht hat sie genug von mir.»

«Das wird wohl nicht der Fall sein. Schade. Dich würde ich nehmen. Männer in deinem Alter sind entweder in festen Händen oder Schrott, sprich in Scheidung oder psychisch angeknackst. Dann halt ich mich eben weiter an Jüngere, bis ich dich kriege.»

«Ines tut mir echt leid.»

«Mir auch. Sie und ich sind seelenverwandt. Deshalb verstehe ich sie so gut. Es tun sich zwischen uns immer neue Parallelen auf, wenngleich Frank und Peter grundverschieden waren. In zwei Punkten glichen sie sich allerdings wie eineiige Zwillinge – ihre Arbeit war das Wichtigste überhaupt und zum Ausgleich suchten sie ein Abenteuer nach dem anderen. So wurden wir Frauen sehr oft wegen einer anderen zur Seite geschoben, um zum Zeitpunkt X besänftigt und mit leeren Versprechungen überhäuft wieder hervorgeholt zu werden, wenn die Herren der Schöpfung in der Klemme steckten.»

Ferrari nickte.

«Weller hatte also Affären.»

«Und dies nicht zu knapp. Irgendwann einmal hätte ihm eine davon das Genick gebrochen. Aber anscheinend nahm es die Öffentlichkeit bisher nicht wahr.»

«Erzähl mir von ihm.»

«Ein charismatischer Egozentriker. Ein genialer Kopf. Scharfer Verstand. Kompromisslos. Einer, der über Leichen geht.»

«Sonst wäre er nicht ganz nach oben gekommen.»

«Geschäftlich schon, aber politisch sicher nicht.»

«Das verstehe ich nicht.»

«Die Logistik AG gehört Ines. Er konnte sich da ins gemachte Bett setzen und baute dann die Firma mit Erfolg aus. So viel ich weiss, existieren jedoch komplizierte Verträge. Falls er sich von Ines getrennt hätte, wäre er leer ausgegangen. Dafür hatte Ines' Vater, der alte Widmer, gesorgt. Die Logistik AG geht an Cornelia und Andreas über, wenn Ines stirbt.»

«Und wer führt momentan den Konzern?»

«Vermutlich Lutz Wagner. Aber ich denke, dass auch Patrick Stolz in Zukunft ein Wort mitreden will.»

«Der Parteisekretär?»

«Ja. Nach Peters Tod steht die EFP auf verlorenem Posten. Das weiss auch Stolz. Da wird es einen Hahnenkampf absetzen. Ich tippe darauf, dass Patrick Stolz gewinnt. Der wird Wagner aus dem Rennen werfen. Wobei ...»

«Ja?»

«Vielleicht steigt Ines ein.»

«Ines? Entschuldige, aber ich glaube nicht, dass sie

einen Konzern leiten kann. Sie macht eher den Eindruck einer …»

«… grauen Maus. Ich weiss. Doch der Schein trügt. Vor ihrer Heirat führte sie den Konzern bereits, ziemlich erfolgreich. Und in den letzten Jahren, nachdem sich ihr Göttergatte der Politik verschrieben hatte, nahm sie die Fäden wieder in die Hand, wenn auch im Hintergrund. Es wäre für mich keine Überraschung, wenn Ines plötzlich auf dem Chefsessel sitzen würde.»

Ferrari biss sich auf die Lippe. Wieder einmal liess er sich von einer Momentaufnahme, von einem flüchtigen ersten Eindruck blenden. Ines Weller hatte anscheinend bedeutend mehr auf dem Kasten, als er ihr zutraute.

«Der erste Anblick kann täuschen. Das mussten schon einige, auch gewieftere als Kommissär Francesco Ferrari, am eigenen Leib erfahren. Sie hat in der Transportbranche den Ruf einer korrekten, aber knallharten Geschäftsfrau.»

«Sie sagte vorhin etwas Eigenartiges. Lass mich überlegen … Nicht jeder Mörder ist ein Mörder oder so.»

«Sie sagte, es laufen viele Mörder in der Gegend herum. Auch Mörder, die keinen Mord begangen haben.»

«Genau. Was meint sie damit?»

Ferrari schrieb sich den Satz auf einen Zettel.

«Sie denkt viel über das Leben nach. Beschäftigt sich mit Philosophie, vor allem mit dem Gedankengut von Jeanne Hersch. Es geht um das Sein, um die Wahrheit und darum, dass es keine Freiheit ohne Verantwortung gibt.»

«‹Das philosophische Staunen›», ergänzte der Kommissär.

«Du hast das Werk gelesen?»

«Nein, wo denkst du hin. Das übersteigt meinen Horizont. Ich lese höchstens mal einen Krimi.»

«Nur nicht so bescheiden, Francesco. Du bist immer für eine Überraschung gut. Ehrlich gesagt, ich stehe auch nicht so drauf. Aber zurück zu Ines. Sie meinte vermutlich, dass ein Mensch einen anderen auch rein psychisch töten kann. Physisch lebt er zwar noch, doch unter Qualen, ohne Perspektive und ohne jede Hoffnung. Eine sehr traurige Vorstellung. Aber was und wen sie konkret gemeint haben könnte, weiss ich nicht. Ines ist ziemlich am Ende. Ich kann das sehr gut nachvollziehen. Eigentlich weisst du, dass die Beziehung keine Zukunft mehr hat, doch du lebst nach dem Prinzip Hoffnung. Irgendwann kommt er wieder ganz zu dir zurück. Du musst nur Geduld haben. Geduld und nochmals Geduld. Plötzlich liegt Peter sterbend vor ihr. In diesem Moment weisst du, dass du ihn mit niemandem mehr teilen musst, und gleichzeitig hast du den geliebten Menschen für immer verloren. Diese Gewissheit, Francesco, ist viel schlimmer als das Warten auf die Rückkehr, denn es ist endgültig, unwiederbringlich. Was bleibt, ist einzig und allein die Erinnerung.»

«Wie bei Frank Brehm …»

«Genau so und nicht anders. Es braucht Jahre, um darüber hinwegzukommen. Vielleicht gelingt es nie. Die Narben, sie bleiben für immer.»

«Hast du den Verlust überwunden?»

«Manchmal denke ich ja. Dann holt mich die Vergangenheit wieder ein, packt mich fester als je zuvor und lässt mich nicht mehr los. Ich werde Frank nie vergessen. Das will ich auch gar nicht. Aber es wäre schön, wenn ich mich nochmals in jemanden verlieben würde. In so ein wildes Tier wie dich», sie zwinkerte Ferrari zu und zog ihn sanft am rechten Ohr.

«He! Lass das! … Hatte Weller Feinde?»

«Wie Ines sagte, viele. Ich gehe weiter – er hinterliess jede Menge Leichen. Peter war schon ein hartes Schwein.»

«Super! Dann kann ich einen öffentlichen Aufruf machen und die potenziellen Mörder werden vor dem Waaghof Schlange stehen. Das sind die besten Voraussetzungen für eine schnelle Lösung des Falls.»

«Die ärgsten Gegner finden sich bestimmt im eigenen Lager und unter einigen Linken. Ingrid Rust …»

«Die Präsidentin der SP?»

«Ja, Ingrid erzählte mir einige Müsterchen. Peter liess nichts aus, um seine Gegner in Misskredit zu bringen. Seine Partei ist straff organisiert und er verfügte über ein Heer von Mittelsmännern, die ihm laufend alle Schwächen der Gegenspieler zutrugen. Dieses Insiderwissen nutzte er skrupellos aus. Nicht nur, dass er seine Gegner blossstellte, er schreckte auch vor Erpressung nicht zurück, um seine Ziele zu erreichen. Deshalb erstaunt es mich nicht, dass er getötet wurde.»

«Es könnte also auch einer aus den eigenen Reihen gewesen sein.»

«Natürlich. Stellt sich bloss die Frage, weshalb gerade jetzt? Die Partei ist dank Weller auf einem Höhenflug. Ihn jetzt aus dem Weg zu räumen, käme einem politischen Harakiri gleich. Stolz hat niemals das Format von Peter. Ich bin überzeugt, für die Partei, auch für jene Mitglieder, die zu Wellers Feinden gehören, ist der Tod von Peter eine einzige Katastrophe.»

«Dann also ein politischer Gegner.»

«Oder sonst ein Spinner. Von denen laufen ja genügend frei in der Gegend rum. Soll ich dich jetzt zum Waaghof fahren oder hast du Angst, mit einer leicht alkoholisierten Dame erwischt zu werden?»

Ferrari nahm das Angebot an. Schlimmer als Nadine würde Olivia bestimmt nicht fahren, einen Drink hin oder her. Unterwegs begann es zu schneien. Einfach wunderbar. Leise und behutsam legte sich eine weisse Decke auf die Stadt.

5. Kapitel

Noldi wollte sich am liebsten mit Robert Kunz anlegen. Nadine hatte mit ihren Tränen seinen Beschützerinstinkt geweckt und benötigte nun all ihre Überredungskünste, um ihren Freund davon abzuhalten. Nachdem sie sich einigermassen erholt und Noldi das Versprechen abgerungen hatte, keine Vergeltung zu üben, griff sie zum Telefonhörer.

«Hallo, Paps! Wie geht es dir?»

«Gut», dröhnte es aus der Muschel. «Und dir, Töchterchen?»

«Es geht so.»

«Oha! Probleme mit deinem Ferrari?»

«Er ist nicht mein Ferrari. Nein, nur eine Auseinandersetzung mit einem Kollegen.»

«Und, hast du ihm ordentlich deine Meinung gesagt?»

«Ja und nein … weisst du, er war nicht bei allem im Unrecht.»

«Soll ich nach Basel kommen?»

«Weshalb? Um deine kleine Tochter zu beschützen?» Wut stieg in ihr hoch. «Das schaffe ich allein. Bleib du gefälligst in deinem beschaulichen Bern.»

«Oho! Anscheinend hat dich dein Kollege wirklich geärgert.»

«Und du jetzt auch. Ich will nicht weiter darüber sprechen.»

«Alles klar, Frau General. Aber du rufst mich sicher an, weil du mit mir über Peter Weller reden willst!»

«So ist es.»

«Dachte ich mir. Wenn ein Promi mir nichts, dir nichts abgestochen wird, dann ist Kommissär Francesco Ferrari nicht weit. Und wo Ferrari auftaucht, findet sich auch mein Töchterchen.»

«Lass gut sein, Paps. Borer hat uns mit dem Fall betraut. Ich brauche von dir einige Informationen.»

«Schiess los, Töchterchen!»

«Was weisst du über Peter Weller?»

«Reich, geschäftlich erfolgreich, ein hemdsärmliger Politiker, der alles abräumt, was sich ihm in den Weg stellt, und ein Frauenheld!»

«Viele Affären?»

«Niemand weiss es genau, aber alle tratschen darüber. Du weisst ja, wo Rauch ist, ist auch Feuer. Einer aus seiner Fraktion, der Name spielt ja wohl keine Rolle, sprach von wilden Orgien, an denen Politiker aus verschiedenen Parteien teilnahmen. Auch eine Methode, sich Freunde zu machen.»

«Kannst du mir erklären, wie er es zum Bundesrat geschafft hat? Doch wohl nicht, indem er mit Politikern aus allen Lagern Orgien feiert.»

«Kennst du die aktuelle politische Situation?»

«Nein, Paps. Ich interessiere mich noch immer nicht für Politik.»

«Solltest du aber, wenn du in diesem Mordfall ermittelst. Also, die politischen Verhältnisse sind im Wandel begriffen. Früher gab es klare Fronten, auf der einen Seite die Bürgerlichen, auf der anderen die Linken. Heute lösen sich diese Blöcke auf, die Grenzen sind fliessend. Jeder steigt sozusagen mit jedem ins Bett.»

«Dann spielt die EFP überhaupt keine Rolle im Konzert der Grossen.»

«Eben doch. Das darfst du nicht unterschätzen. Weller ist … war mit seinen Leuten ein Mehrheitsmacher.»

«Seine Wähler sind alles Rechtsradikale. Die EFP kann unmöglich plötzlich linke Politik unterstützen.»

«Peter Weller war ein grosser Stratege. In der letzten Woche verkündete er öffentlich, dass die EFP Sachentscheiden verpflichtet ist.»

«Was heisst denn das nun wieder?»

«Das bedeutet, dass die EFP einmal aufseiten der Linken, dann wieder aufseiten der Bürgerlichen steht. Je nach Thema. Die Botschaft ist bei meinen Parteifreunden angekommen, wie du siehst. Sie wählten ihn in der Hoffnung, dass sich Weller im richtigen Moment daran erinnert, wer ihn krönte. Damit besiegelten sie einen Pakt mit dem Teufel.»

«Der von kurzer Dauer war. Wer wird nachrücken?»

«Die momentane Situation ist echt spannend. Wahrscheinlich stellt die Partei Patrick Stolz als Kandidaten auf. Nur, der ist absolut nicht wählbar.»

«Weshalb?»

«Er ist extremer als extrem. Es klingt zwar brutal, doch für die schweizerische Politik ist der Tod von Weller ein Geschenk.»

«Ein Geschenk? Das verstehe ich nicht.»

«Ohne Weller ist diese Partei nichts wert. Glaub mir, die löst sich in null Komma nichts auf.»

«Und wer erbt die Sitze der EFP?»

«Die anderen bürgerlichen Parteien, aber erst bei der nächsten Wahl. Es sei denn, einige EFP-Nationalräte wechseln noch in dieser Legislaturperiode die Partei, was durchaus möglich ist.»

«Hast du ihn gewählt?»

«Nein! Wo denkst du hin?!»

«Man weiss ja nie bei euch Politikern … Für mich ist und bleibt die Politik ein Drecksgeschäft.»

«Ich liebe es, Töchterchen! Im Nationalrat zu sitzen und Politik zu machen, das ist mein Leben. Man muss eine Vision haben, man muss …»

«Schon gut, Paps. Lieber du als ich.»

«Jedem das Seine. Deinen Job möchte ich auch nicht. Immer auf der Jagd nach Verbrechern, Auge in Auge mit dem Bösen, ganz geschweige von der Gefahr. Übrigens, was läuft eigentlich so in Sachen Liebe? Werde ich bald Grossvater?»

«Das sage ich dir dann schon rechtzeitig.»

«Also ist da nichts los. Du wirst doch nicht eine alte, verhutzelte, frustrierte Schachtel?»

«Deine Sorgen möchte ich haben!»

Ferrari sah Nadine an, dass sie geweint hatte. Sie erzählte ihm emotionslos, wie es ihr ergangen war. Der Kommissär notierte sich auf einem Zettel «mit Christoph und Robert reden».

«Misch dich ja nicht ein. Ich bin selber gross.»

«Gut. Obwohl … es betrifft auch mich. Irgendwelche Idioten tuscheln vermutlich, dass wir ein Verhältnis haben. Was mich zwar ehrt, aber du weisst, wie sehr ich Gerüchte und Intrigen jeglicher Art hasse.» Ferraris Stirn legte sich in unzählige Falten. «Anstatt dumm in der Gegend rumzutratschen, sollten unsere geschätzten Kollegen lieber arbeiten. Dann gäbe es einige unaufgeklärte Fälle weniger. Ich bin dafür, dass du mit Christoph redest. Wir haben ihn nicht gezwungen, den Fall abzugeben. Dazu soll er gefälligst stehen. Und wehe ihm, wenn er selbst solchen verdammten Humbug in die Welt gesetzt hat …»

«Wenn du meinst», antwortete Nadine versöhnlich. Sie würde mit Christoph sprechen und hoffen, dass damit der Fall erledigt sei. Zumindest nahm sie es sich vor. «Übrigens, Noldi lässt dich grüssen. Wir waren zusammen essen.»

Immerhin! Noldi bemüht sich um seine Prinzessin. Er gibt alles! Ob das reicht? Lassen wir uns überraschen. Ferrari nahm den Obduktionsbericht von Nadines Schreibtisch.

«‹ … zwei Stiche mit grosser Wucht. Vermutlich handelt es sich bei der Tatwaffe um ein ganz normales Küchenmesser›», las er laut vor. «Na prima, so ein

Messer findet sich in jedem Haushalt. Und wer noch keines hatte, besitzt bestimmt seit der Superpunkteaktion von Coop ein ganzes Set davon. So wie wir. An und für sich eine praktische Sache, aber mühsam, bis man die blöden Punkte zusammen hat.»

Ferrari wusste, wovon er sprach. Von Punkten des Anstosses, wie er sie nannte. Während Monika sie akribisch sammelte, für sich und ihre Freundinnen, und das waren nicht wenige, vergass er regelmässig beim Wochenendeinkauf, der in seinen Kompetenzbereich fiel, diese Dinger einzustecken. Was folgte, kann sich jeder denken. Unsägliche Diskussionen über verlorene Punkte, über irgendwelche Gläser, Pfannen und anderes, dessen niemand bedurfte. Da lob ich mir die Rabattmarken, die ich als Kind mit Begeisterung eingeklebt und, wenn das Büchlein voll war, gegen Bargeld eingelöst habe. Natürlich durfte ich meist einen Batzen behalten. Ja gut, inzwischen konnte man mit Superpunkten bei ausgewählten Sortimenten auch bezahlen, was allerdings voraussetzte, dass er diese Karte beim Einkauf dabei hatte …

«Bevor ich es vergesse», holte ihn Nadine wieder in die Gegenwart zurück, «Robi erzählte mir noch etwas Interessantes. Nur eine Vermutung, aber man weiss ja nie. Dieser Huber habe kurz nach dem Mord seine Leute wie verrückt angeschrieen, sich wie ein Irrer benommen. Aber Robi hatte das Gefühl, er ziehe nur eine Show ab.»

«Aus welchem Grund?»

«Keine Ahnung. Vielleicht eine Reaktion auf das Geschehene, aus Angst um seinen Job. Robi ist ein guter Polizist und mit den Jahren kann man zwischen echt und unecht unterscheiden. Ich glaube, da ist was dran.»

«Wieso steht das nirgends in den Akten?»

«Weil Christoph ihn nicht danach fragte.»

«Das passt dir natürlich voll in den Kram.»

«Zugegeben, ein wenig. Aber es kommt noch besser. Cornelia stritt sich mit Edgar Huber abseits von den anderen. Robi hat es beobachtet.»

«Das finde ich jetzt schon um einiges interessanter. Weller liegt tot auf dem Boden beziehungsweise befindet sich auf dem Weg ins Spital, alle sind aufgeregt und die beiden streiten sich im Hintergrund.»

«Und das hat der liebe Christoph auch nicht herausgefunden.»

«Hm!»

«Ja genau, hm. Lass uns kurz durchgehen, was wir bisher wissen. Peter Weller war ein erfolgreicher Geschäftsmann und Politiker, der auch mal zu Drohungen oder gar Erpressung griff, um seine Ziele zu erreichen. Die Wahl zum Bundesrat verdankte er politischem Kalkül. Seine Partei konnte je nach Konstellation Wahlen entscheiden, die EFP ist das Zünglein an der Waage. Ich denke, wir müssen den Mörder im politischen Spektrum suchen.»

«Oder ganz wo anders, Nadine. Bei den Chaoten, bei seinen Geschäftspartnern oder in seinem privaten

Umfeld. Wenn nur die Hälfte von dem stimmt, was dein Vater und Olivia sagen, ist ein Beziehungsdelikt nicht ausgeschlossen.»

«Du meinst einen gehörnten Ehemann oder eine abservierte Geliebte. Gut möglich. Und jetzt?»

«Jetzt suchen wir einmal den designierten Nachfolger von Weller auf. Weisst du, wo sich das Parteisekretariat befindet?»

«In der Zentrale der Logistik AG auf dem Dreispitzareal.»

«Sehr gut. Dann schlagen wir gleich zwei Fliegen mit einer Klappe. Zuerst Patrick Stolz, dann Lutz Wagner. Es wird wohl besser sein, wenn wir uns anmelden, sonst riskieren wir einen Leerlauf. Und lass uns vorher noch einen kleinen Umweg machen, ich würde mich gern mit Edgar Huber unterhalten.»

Edgar Hubers Sicherheitsdienst befand sich in der Efringerstrasse im Kleinbasel, ganz in der Nähe des Messegeländes.

«Hallo, Francesco, schön dich zu sehen.»

«Gleichfalls, das ist meine Kollegin Nadine Kupfer.»

«Hallo, Nadine, kommt doch bitte rein.»

Edgar hatte sich in den vergangenen Jahren überhaupt nicht verändert, soweit es Ferrari beurteilen konnte. Immer noch der muskelbepackte Strahlemann mit Glatze. Im Kommissariat nannten ihn alle nur Meister Proper.

«Wir wollen dich nicht lange aufhalten, Edgar. Du

kannst dir vorstellen, weshalb wir hier sind?»

«Ja, natürlich. Wegen Peter Weller. Das ist eine Katastrophe, Francesco. Der Kerl hätte nie an Peter rankommen dürfen … Einfach unfassbar das Ganze.»

«Bist du sicher, dass es ein Mann war?»

«Ziemlich sicher sogar. Eine Frau hätte sich nicht mit solcher Wucht zwischen mich und Patrick werfen können. Soweit ich es sehen konnte, war er ziemlich sportlich, gelenkig, schnell und vor allem kräftig. Also, wenn du mich fragst, ein junger Mann. Eindeutig.»

«Bitte erzähl uns doch kurz den Tathergang.»

«Wir wurden von der Menge zurückgedrängt. Ich gab den Befehl, das Tor zu öffnen. Es blieb mir gar nichts anderes übrig, denn die Chaoten drängten uns förmlich gegen das Gitter. Wir sind immer weiter zurückgewichen, ich behielt aber die ganze Zeit über die Meute im Auge. Dann bin ich für einen kurzen Augenblick durch Lutz abgelenkt worden. Er kam ins Stolpern und ich half ihm hoch. Und genau in diesem Augenblick fand die Attacke auf Peter statt. Der Kerl tauchte wie aus dem Nichts auf und verschwand genauso schnell wieder im Niemandsland. Ich hatte nicht den Hauch einer Chance. Wenn uns diese Chaoten nur nicht so bedrängt hätten, dann wäre Peter noch am Leben.»

«Seid ihr schon öfters mit den Chaoten zusammengerasselt?»

«Zwei oder drei Mal.»

«Dann kennst du sicher den einen oder anderen.»

«Es sind immer die gleichen Spinner, die das grosse Wort führen. Vor allem drei stehen im Vordergrund: Ruedi Fink, Bodo Stein und eine Frau ist auch dabei, Dagmar Lesser.»

«Weisst du, wo wir sie finden?»

«Fat Georg weiss es bestimmt, Francesco.»

Ferrari nickte. Wenn einer wusste, wer sich wo in Basel aufhielt, dann Georg Kaufmann kurz Fat Georg, wie alle den hundertdreissig Kilo schweren Fahndungschef nannten.

«Sie haben sich anscheinend nach dem Mord ziemlich über Ihre Truppe aufgeregt», schaltete sich Nadine ins Gespräch ein.

«Das kann man wohl sagen. Ich bin total ausgerastet. Schliesslich trug ich die Verantwortung für Weller.»

«Wo standen denn Ihre Leute?»

«Sie waren in einem Halbkreis positioniert, gut einen Meter von Peter Weller entfernt. Wie konnte sich der Kerl nur unbemerkt anschleichen und ungehindert zustossen? Ich verstehe das einfach nicht …»

«Weshalb haben Sie sich eigentlich mit Cornelia gestritten?»

«Mit Cornelia? Wer sagt das? Da irren Sie sich.»

«Es gibt Zeugen.»

«Das war doch kein Streit. Sie warf mir vor, dass ich am ganzen Schlamassel schuld sei. Ich versuchte mich zu rechtfertigen. Verständlicherweise wurde sie wütend. Auf ihren Vater war soeben ein Anschlag verübt worden und wir konnten es nicht verhindern. Verdammt noch mal! Das war keine Heldentat, absolut nicht. Ines hat uns zwar noch nicht rausgeworfen, aber es sieht nicht rosig aus. Bisher hatten wir einen echt guten Ruf. Das ist jetzt Schnee von gestern.»

«Du kannst immer noch zurückkommen, du bist ein ausgezeichneter Polizist.»

«Danke, Francesco. Aber mir gefällt es gut, auf eigenen Füssen zu stehen. Weisst du, das hat etwas mit Freiheit zu tun. Solltest du jemanden kennen, der Personenschutz braucht, bin ich über eine Empfehlung natürlich sehr dankbar.»

«Klar, das mache ich gern.»

«Sieht gut aus, der Kerl. Dieser Body …»

«Wenn Noldi dich so hören würde. Ich glaube nicht, dass ihm das gefällt.»

«Ich bin nicht mit Noldi verheiratet. Wir schlafen zusammen und ja, ich mag ihn. Mehr ist aber nicht.»

Ferrari enthielt sich eines Kommentars. Die jungen Leute sind anders als wir damals. Die nehmen alles eine Spur lockerer. Liebe und Sex sind nicht zwingend miteinander verbunden, die Beziehungen unverbindlich. Treue ist bedeutungslos. Natürlich gab es dies zu allen Zeiten, bloss nicht in diesem Ausmass. Die Unverbindlichkeit, gepaart mit Oberflächlichkeit, erobert die Welt. Wo aber bleibt die Verantwortung für den Mitmenschen? Unwillkürlich dachte Ferrari an den Fuchs, der dem kleinen Prinzen vor Augen führte, dass dessen Rose einzigartig war. Denn nur sie hegte und pflegte er Tag für Tag, nur mit ihr verband ihn eine tiefe Beziehung, die mit Verantwortung, Rücksichtnahme und Respekt einherging. Man ist zeitlebens für das verantwortlich, was man sich vertraut gemacht hat. Genau.

«Huber sieht zwar top aus, aber er ist ein schlechter Lügner», riss ihn Nadine aus seinen Gedanken.

«Was meinst du?»

«Zuerst sagt er, dass sie sich nicht gestritten haben. Kaum fühlt er sich ertappt, kehrt die Erinnerung zurück.»

«Vielleicht hat er es verdrängt. Es ging um das Bewachungsdesaster. Was ja eigentlich logisch ist.»

«Blödsinn! Das muss etwas anderes gewesen sein.»

«Und was, bitte sehr?»

«Das weiss ich auch nicht. Du bist ja hier der grosse Supermacker. Also bemüh dich ein wenig, Herr Kommissär!»

«Hm!»

Nadine fuhr mit ihrem Porsche langsam durchs Dreispitzareal. Eine reine Industriezone. Ziemlich ineinander verflochten. Nach einigen Minuten hielt sie bei einer Orientierungstafel.

«Frankfurtstrasse, Stuttgartstrasse, Lyonstrasse, nur die verdammte Florenzstrasse finde ich nicht.»

«Du hättest dein GPS aktivieren sollen», murmelte Ferrari.

«Schon gut. Ich kann auf deine Kommentare verzichten.»

Sie studierte die Tafel, stieg wieder ein, rauschte um drei Ecken und war am Ziel.

«Na also, hier ist sie ja.»

Der Kommissär schaute heimlich auf seine Armbanduhr.

«Zehn Minuten zu spät. Das ist doch nicht die Welt. Du nervst, Francesco!»

Der Sekretär der Eidgenössischen Fortschrittspartei erwartete sie bereits. Im Sitzungszimmer hingen die neusten Wahlplakate, der Kommissär schaute sich interessiert um. Er hatte längst nicht alle gesehen. Die Plakate waren raffiniert in Schwarz-Weiss gehalten, eingerahmt vom Schweizer Rot, der Farbe der Partei. Schwarze, schemenhaft gezeichnete Ausländer, die auf einen am Boden liegenden harmlosen Bürger eintraten. Eine einzelne weisse Person, die von fremdländisch wirkenden Menschen an den Rand gedrängt wurde. Ein weiteres Motiv zeigte arbeitende Ausländer und einen traurig dreinblickenden jungen Schweizer, der anscheinend arbeitslos war. Insgesamt gab es sechs verschiedene Motive, jedes den drei Hauptthemen der Partei verschrieben: Überfremdung, Kriminalität und Arbeitslosigkeit, wobei die letzten beiden in Verbindung zur Ausländerthematik standen. In einigen Kantonen wurde die EFP wegen diskriminierender Werbung verklagt, woraufhin die

Plakate zurückgezogen wurden. Den Zweck hatten sie aber längst erfüllt. Peter Weller nutzte die Medienpräsenz geschickt, um gegen die Scheinheiligen und Heuchler im Lande einen heiligen Krieg anzuzetteln. Die Stimmungsmache hatte Erfolg. Ganz offensichtlich.

«Unsere Plakatkampagne der National- und Ständeratswahlen.»

«Nicht zu übersehen!», zischte Nadine.

«In einigen Kantonen wurde sie verboten. Das brachte den politischen Gegnern aber nichts. Unsere Demokratie ist einzigartig. Die lässt sich nicht einfach verbieten.»

«Was bitte ist an diesen Plakaten demokratisch?»

«Ich vermute, dass Sie keine Anhängerin unserer Politik sind, Frau Kupfer.»

«Da vermuten Sie richtig.»

«Ihrem Dialekt nach stammen Sie aus Bern. Da gibt es einen hervorragenden Nationalrat, der Ihren Namen trägt.»

«Das ist mein Vater!»

«Ein wirklich genialer Politiker. Er hat viel für unser Land getan. Wir würden uns glücklich schätzen, einen solch profilierten Mann in unserer Partei zu haben. Bitte nehmen Sie doch Platz.»

Ferrari schmunzelte. Die erste Runde ging nach Punkten eindeutig an Stolz.

«Ihre Kampagne zeigt schon ein wenig ein eigenartiges Bild der Schweiz, Herr Stolz», nahm der Kommissär den Faden auf.

«Eigenartig? Nur die Realität.»

«Glauben Sie wirklich, dass wir im Vereinten Europa isoliert eine Chance haben?»

«Wir sind eine starke Nation, Herr Kommissär. Starke Menschen brauchen keine Hilfe von anderen, schon gar nicht von der EU. Was bringt diese Gemeinschaft den wichtigen Industriestaaten denn? Unkontrollierte Einwanderung, Lohndumping und hohe Verbrechensraten. Das wissen Sie doch am besten. Wer sitzt in unseren Gefängnissen? Kriminelle Ausländer, Ausländer und nochmals Ausländer. Wir füttern ein Heer von Kriminellen durch, anstatt sie einfach abzuschieben.

«Sie zu eliminieren und auszurotten!», polterte Nadine.

«Na, na, das haben Sie gesagt, nicht ich. Wenn auch Ihr zynischer Unterton andere Schlüsse zulässt, Frau Kupfer. Es ist unsere vaterländische Pflicht, für Ruhe und Ordnung zu sorgen. Und genau dafür kämpfen wir. Wir stehen für unseren Staat und für unseren Glauben ein. Aber das darf man anscheinend heute nicht mehr, sonst heisst es sofort, ihr seid Rechtsradikale.»

«Ich muss leider die interessante Diskussion unterbrechen. Wir sind nicht hier, um über die Politik der EFP zu debattieren, vielmehr müssen wir einen Mord aufklären. Wir hätten dazu einige Fragen an Sie, Herr Stolz.»

«Ist es üblich, dass mehrere Kommissäre an einem Fall arbeiten? Einer Ihrer Kollegen befragte mich bereits.»

«Kollege Suter ist mit einem anderen wichtigen Fall beschäftigt und bat uns um Unterstützung. Wenn es Ihnen recht ist, würden wir Sie gern nochmals befragen.»

«Natürlich. Entschuldigen Sie, ich habe Ihnen im Eifer des Gefechts nicht einmal etwas zu trinken angeboten.»

Patrick Stolz verliess den Raum.

«Ich reisse diesem Luftheuler den Arsch auf!»

«Super! Das bringt uns sicher tolle Informationen.»

«Wie kannst du nur so ruhig bleiben und den Mistkerl ernst nehmen?»

«Er ist …»

Stolz kam mit Mineralwasser zurück und füllte drei Gläser.

«Eine tragische Sache. Unfassbar. Der Schock sitzt tief. Peter war unser Vorbild, unser Führer. Ohne ihn wird es nicht mehr das Gleiche sein.»

Beim Wort Führer zuckte Nadine zusammen und wollte aufspringen. Ferrari hielt sie jedoch am Arm zurück.

«Wenn ich ehrlich sein will, trifft uns der hinterhältige Mord an unserem Vorsitzenden bis ins Mark. Ich mache mir keine Illusionen, Herr Kommissär. Mit dem Tod von Peter verlieren wir auch unseren Bundesratssitz, denn bei den anstehenden Neuwahlen werden die Bürgerlichen wieder einen der FDP krönen.»

«Dann geht das Taktieren hinter den Kulissen wieder von vorne los, oder?»

«Aha! Ich vermute, dass Sie sich mit Ihrem Herrn Papa unterhalten haben. Das ist uns ein zu grosses Risiko, denn gewisse Parteimitglieder wollen jetzt nach Peters Tod die Seiten wechseln. Einige werden sich der CVP, einige der FDP und die meisten der SVP anschliessen. Dieser Entwicklung können wir nur entgegenwirken, indem wir uns ruhig verhalten, mit den Bürgerlichen zusammenarbeiten und in den nächsten vier Jahren eine gute Politik machen, die unser Land vorwärts bringt. Und nicht wie ein Fähnchen im Wind mal auf dieser, mal auf jener Seite stehen, wie es Peters Linie war. Wir wollen den Bürgerlichen ein verbindlicher Partner sein.»

«Und nach vier Jahren lassen Sie die Sau raus, hoffen, Ihren Stimmenanteil nochmals zu erhöhen und stellen erneut die Forderung nach einem Bundesratssitz. Darf ich raten, wer als Kandidat in Frage kommen wird? Patrick Stolz.»

Stolz lächelte milde und verständnisvoll.

«Die Säue können wir nicht rauslassen, Frau Kupfer. Die sind bereits überall auf unseren Strassen unterwegs. Wir können höchstens einen Stall bauen und sie einsperren, damit sie nicht unser schönes Land zertrampeln. Und wer letztendlich Bundesratskandidat wird, entscheidet die Partei.»

«Um bei Ihrem Vergleich zu bleiben, Herr Stolz. Wir sind auf der Suche nach einem dieser Schweine und hoffen, dass Sie uns bei der Suche helfen können.»

«Da Sie sich ja so gut im Saustall auskennen …», ergänzte Nadine.

Stolz' Lächeln ging in ein Grinsen über.

«Wenn ich dazu beitragen kann, den Mörder meines Freundes Peter zu fassen, dann können Sie jederzeit mit meiner Hilfe rechnen, Frau Kupfer.»

Ferrari sah, dass Nadine innerlich kochte. Eine Eskalation war wohl nicht mehr fern. Nun denn, wenn es knallen soll, bitte schön. Manchmal ergab sich auch aus solchen Situationen ein konstruktives Moment.

«Noch etwas Mineralwasser?»

Ferrari hielt ihm sein Glas hin.

«Wo standen Sie, als Peter Weller niedergestochen wurde?», setzte der Kommissär die Unterhaltung fort.

«Rechts von ihm. Der Täter ist zwischen mir und Huber durchgerannt und stiess mich um. Bevor einer von uns wusste, was geschah, lag Peter bereits in einer Blutlache am Boden.»

«War es eine Frau oder ein Mann?»

«Ich dachte, dass Sie das fragen. Wenn ich die Heftigkeit des Stosses in Betracht ziehe, dann muss es ein Mann gewesen sein oder eine sehr starke Frau. Ich denke, dass so eine zierliche Person wie Frau Kupfer mich nicht einfach hätte umwerfen können.»

«Wir können es ja einmal ausprobieren!»

«Wenn Ihnen daran liegt, Frau Kupfer, stehe ich Ihnen gerne zur Verfügung.»

«Also ein Mann. Können Sie ihn beschreiben?»

«Etwas kleiner als ich, so um einen Meter achtzig rum. Ganz in Schwarz vermummt, die Mütze hatte nur ein paar wenige Schlitze. Aber da liefen noch mehr solcher Gestalten herum. Es war an jenem Abend ziemlich kalt und die Leute mussten lange auf Peter warten. Von daher ist es schwierig abzuschätzen, ob jemand sich aus Schutz vor der Kälte einhüllte oder weil er unerkannt bleiben wollte.»

«Haben Sie eine Vermutung, wer der Täter sein könnte?», fragte Nadine sachlich.

Sie hat sich wieder im Griff. Zum Glück! Ferrari atmete erleichtert auf.

«Wahrscheinlich ein Auftragskiller, beauftragt von politischen Gegnern. Denn offen Peter anzugreifen, Mann gegen Mann, hätte dieses Saupack nicht gewagt.»

«Weshalb sind Sie so sicher, dass die Tat politisch motiviert ist?»

«Eine komische Frage, Frau Kupfer. Weil die Classe politique Angst hat. Angst vor bevorstehenden Umwälzungen, vor notwendigen Veränderungen und letztendlich vor der wahren Zukunft. Wir sind die Partei von morgen. Die Zahlen sprechen eine eindeutige Sprache; waren es gestern noch sieben Prozent, sind es heute bereits vierzehn und morgen, morgen erobern wir die Mehrheit. Durch uns wird sich die Schweiz endlich wieder auf ihre eigenen Werte besinnen und zu den helvetischen Wurzeln zurückkehren. Bodenständig, traditionell, aufrichtig, sauber und stolz, so sind wir Schweizer. Und andere Länder werden unserem Vorbild folgen. Es wird zu einem vereinten Europa kommen, unter ganz anderen Vorzeichen. Für Ausländer gibt es dann keinen Platz mehr.»

«Na ja, in einem vereinten Europa sind wir doch alle irgendwo Ausländer, Herr Stolz.»

«Sie wissen ganz genau, was ich meine. Unsere Vision ist ein aus den wichtigsten Nationen bestehendes Europa.»

«Ich verstehe, die armen Länder sind unerwünscht.»

«Exakt. Es entspricht nun mal der menschlichen Natur, dass die Starken überleben. Wir sind stark und wir stehen für unser Land ein, selbstverständlich auf demokratische Art und Weise.»

«Drehen Sie sich um, Stolz, schauen Sie sich Ihre Plakate an. Wo zum Teufel ist Ihre Demokratie?»

«Was wissen denn Sie schon? Wir werden tagtäglich von Menschen aus anderen Kulturkreisen unterlaufen, die nur ein Ziel haben, uns ihren Stempel aufzudrücken. Sie drängen uns immer mehr zurück, nehmen uns die Arbeit weg und heiraten sogar unsere Frauen! Das lassen wir nicht länger zu», Stolz erhob sich und ging im Büro auf und ab, «wir sind die Einzigen, die das verhindern können und auch verhindern werden. Jetzt ist Schluss mit falschen Kompromissen. Sie sehen ja, wie weit uns das linke Gedankengut gebracht hat.»

Ferrari rutschte nervös auf seinem Stuhl hin und her.

«Ich möchte nochmals auf den Todestag von Peter Weller zurückkommen.»

Patrick Stolz setzte sich mit glänzenden Augen auf seinen Stuhl.

«Bitte!»

«Konnten Sie erkennen, wohin der Täter flüchtete?»

«Ich … ich bin mir nicht sicher. Aber ich glaube, dass er sich unter die Menge beim Tor mischte. Es ging alles so schnell … und es war ziemlich dunkel. Edgar Huber und seine Leute hatten alle Hände voll zu tun, um Peter abzuschirmen. Zum Glück kam dann sofort die Polizei und brachte Peter ins Bruderholzspital. Leider gab es keine Rettung mehr …», Stolz verstummte und faltete andächtig seine Hände wie zum Gebet.

«Nehmen wir einmal an, dass es sich um keinen politischen Auftragsmord der gegnerischen Parteien handelt. Wer könnte dann ein Interesse daran haben, Peter Weller umzubringen?»

«Niemand.»

«Andere Parteimitglieder?»

«Ich wüsste nicht wer. Es gab von Zeit zu Zeit Unstimmigkeiten innerhalb der Partei, doch Peter war unbestritten. Falls Sie mich verdächtigen, sind Sie auf dem Holzweg. Ich bin, das darf ich von mir behaupten, ein guter Parteisekretär. Vielleicht werde ich auch zum Vorsitzenden gewählt, mit grösster Wahrscheinlichkeit sogar. Aber meine Nase gefällt vielen Leuten nicht. Als Bundesrat komme ich nicht in Frage.»

«In der Firma?»

«Da kenne ich mich zu wenig aus. Diese Frage kann Ihnen Ines … Frau Weller am besten beantworten.»

«Und im Privatleben?»

«Da gibt es mit Sicherheit niemanden, der in Frage kommt. Peter führte eine harmonische Ehe und pflegte einen kleinen auserwählten Freundeskreis.»

«Wie sieht es mit Personen aus dem weiteren Umfeld aus?»

«Ich verstehe Ihre Frage nicht, Frau Kupfer.»

«Vielleicht eine von Wellers Geliebten? Oder ein gehörnter Ehemann?»

Stolz fuhr hoch.

«Sie wagen es, mit Ihren verleumderischen Bemerkungen unseren Vorsitzenden in den Schmutz zu ziehen? Ich verbitte mir das! Das Gespräch ist beendet. Sie wissen ja, wo der Ausgang ist. Guten Tag!»

«Nicht so schnell, mein lieber Herr Stolz. Sie sprechen hier die ganze Zeit von schweizerischen Werten, verwenden Worte wie aufrichtig, offen und sauber, doch wenn man ein wenig am Lack kratzt, drehen Sie gleich durch. Für mich ein klares Indiz, dass Sie mehr wissen, als Sie sagen wollen. Was sind Sie doch für ein verfluchter Heuchler!»

«Wagen Sie es nicht, weiter in diesem Ton mit mir zu reden, Frau Kupfer.»

«Drohen Sie mir? Bleiben wir sachlich. Sie wissen so gut wie wir, dass Peter Weller kein Kind von Traurigkeit gewesen ist. Es würde mich nicht wundern …»

«… es würde uns nicht wundern, wenn Sie ab und zu Herrn Weller aus der Verlegenheit geholfen hätten», unterbrach Ferrari seine Assistentin. «Wie Frau Kupfer bemerkte, kennen wir Wellers sexuelle Eskapaden. Das ist verbürgt. Deshalb auch unsere Frage. Gibt es in diesem Umfeld Personen, die für den Mord in Frage kommen?»

Stolz schloss die Tür.

«Garantieren Sie mir, dass dieses Gespräch unter uns bleibt?»

«Uns liegt ebenso wie Ihnen an Diskretion.»

«Gut. Peter und Ines waren längst nur noch eine Zweckgemeinschaft. Und je stärker Peters Machtanspruch wurde, andere würden wohl Machtgier sagen, desto mehr suchte er nach einem Ventil, um Dampf abzulassen.»

«Um es klar auszudrücken; er kompensierte seinen Alltag mit wilden Sexorgien.»

«So liesse sich das auch umschreiben.»

«Orgien mit Prostituierten?»

«Wo denken Sie hin, Frau Kupfer. Nein, nur mit Gleichgesinnten. Weiblichen Parteimitgliedern oder Anhängerinnen von Peter. Manchmal nahmen auch Parteifreunde teil.»

«Und wo fanden diese Treffen statt?»

«Peter besass in Haute-Nendaz ein repräsentatives Chalet. Dort fanden meist die Versammlungen der Parteispitze statt und eben auch seine Partys.»

«An denen Sie selbstverständlich nie teilnahmen.»

«Ob Sie es glauben oder nicht, Frau Kupfer, ich habe nie daran teilgenommen.»

«Aber später das eine oder andere geregelt.»

«Das war meine Pflicht. Peter ist … ist ein sehr grosszügiger Mensch gewesen. Und die, sagen wir, Abfindungen liefen alle über mich. Ich schliesse jedoch mit absoluter Sicherheit aus, dass eine der Damen eine solche Wut auf ihn hatte, die einen Mord rechtfertigen würde.»

«Haben Sie eine Liste seiner Bekanntschaften, die Sie uns geben könnten?»

«Das ist doch wohl nicht Ihr Ernst, Frau Kupfer? Ich werde Ihnen diese nie und nimmer aushändigen. Das würde einige der angesehensten Damen der Schweiz kompromittieren. Ich bin Ihnen bei der Aufklärung des Mordes gern behilflich, aber dieses Ansinnen geht zu weit.»

«Gut, lassen wir es vorerst. Falls es sich abzeichnet, dass es sich um eine Beziehungstat handeln könnte, kommen wir nochmals auf Sie zu», lenkte Ferrari ein.

«Und falls die Liste dann wider Erwarten verschwunden wäre, packen wir Sie am Arsch», säuselte Nadine.

Stolz nickte nachdenklich und begleitete sie zum Ausgang.

«Wo finden wir Lutz Wagner?»

«Im zweiten Stock.»

Draussen auf dem Flur atmete der Kommissär tief durch. Nadine schüttelte unentwegt ihren Kopf.

«Ein sauberes Bürschchen.»

«Aalglatt und mit allen Wassern gewaschen», stimmte Ferrari zu.

«Immer darauf bedacht, dass die Schweiz sauber bleibt. Und was nicht sauber ist, wird sauber gewaschen, damit kein Staubkörnchen auf den Vorsitzenden, pardon, den grossen Führer fällt.»

Sie waren für einmal zu früh. Lutz Wagner hatte noch eine Besprechung mit einer Zollagentur. Seine Mitarbeiterin führte sie ins Sitzungszimmer.

«Herr Wagner wird bald da sein. Darf ich Ihnen einen Kaffee oder Mineralwasser anbieten?»

«Ja gern, zwei Mineralwasser bitte», entgegnete Nadine.

Ferrari blätterte die Firmenchronik durch. Gegründet im Jahr 1948, also kurz nach dem Zweiten Weltkrieg. Zuerst fuhr Widmer mit einem einzelnen, klapprigen Lastwagen als Auftragsfahrer für andere Firmen durch die Gegend. In den 1960er-Jahren, als das Wirtschaftswunder in voller Blüte stand, expandierte er. Den Standort Basel behielt er bei. Gut zwanzig Jahre später verfügte er über einen Fuhrpark von hundert Wagen, die ihre Fracht in ganz Europa verteilten. Wenn man dem Gedruckten glauben durfte, gehört die Logistik AG zu den erfolgreichsten Speditionsfirmen in Europa. In einem kleinen Kasten wurden auch die Verdienste von Ines Weller-Widmer gewürdigt. Olivia hatte nicht übertrieben. Nach einem Unfall ihres Vaters trat sie in dessen Fussstapfen und leitete das Unternehmen mit Erfolg. Als sie dann Peter Weller heiratete, zog sie sich aus dem Geschäft zurück. Ferrari schloss die Chronik, die zum sechzigsten Geburtstag der Firma erschienen war.

«Und? Klüger?»

«Dieser Widmer hat eine imposante Firma aufgebaut. Solche Menschen faszinieren mich. Mein Vater …»

In diesem Moment trat Lutz Wagner mit hochrotem Kopf ein. Trotz der Kälte schwitzte er unter einem ärmellosen T-Shirt, das eng anlag und seinen trainierten Körper so richtig zur Geltung brachte. Nadine schmunzelte beim Versuch des Kommissärs, seinen Bauch so gut als möglich einzuziehen, um neben dem Muskelpaket nicht ganz abzufallen. Wagner warf einen Blick auf die Wanduhr.

«Fast pünktlich. Versuche pünktlich zu sein. Hasse Leute, die einen warten lassen.»

Seine Sekretärin brachte ihm einen Tee.

«Danke, Ruth. Sehe, Ruth hat Sie schon bedient. Ausgezeichnet. Was kann ich für Sie tun?»

«Sie können uns helfen, den Mörder zu finden», eröffnete Nadine das Gespräch.

«Verfluchte Sache. Schon zwanzig Jahre für Peter tätig. Mal gings hoch, mal gings runter. Hat er nicht verdient, so einen Tod.»

«Das verdient niemand. Wo waren Sie, als es geschah?»

Er überlegte lange.

«Rechts von ihm Patrick, links von ihm Ines. Edgar neben Patrick und ich neben der Frau mit Blumen. Schöner Blumenstrauss.»

«Sie standen also zwischen der Blumenfrau und Edgar Huber, richtig?»

«Ja. Gab plötzlich Stress. Ich fiel um, Edgar half. Peter sackte zusammen. Leute schrieen. Polizei kam. Peter ins Spital. Dauerte nur Sekunden.»

«Konnten Sie den Täter erkennen?»

«Nein. Zu dunkel. Kerl ganz in Schwarz. Wie im Fernsehen, wie heissen die gleich noch?»

«Sie meinen den Schwarzen Block bei Demonstrationen?»

«Genau. War von ihnen. Linke Sau wollte nicht, dass Peter in den Bundesrat kommt.»

Nadine sah Hilfe suchend zu Francesco, der seinerseits amüsiert der kuriosen Unterhaltung folgte.

«Sie sind also schon zwanzig Jahre für Peter Weller tätig. In welcher Funktion?»

«Zuerst Chauffeur, dann Disponent, dann Chefdisponent, dann Stellvertreter, bin stolz darauf. Jetzt so eine Art Geschäftsführer, bis Ines kommt oder Nachfolger von Peter.»

«Sie tragen jetzt eine grosse Verantwortung.»

«Macht Spass. Verstehe das Metier. Nie etwas anderes gemacht. Business hart. Konkurrenz immer grösser. Konkurrenz aus Oststaaten. Alles Schrottkisten. Nicht gewartet. Werden schon fertig damit.»

«Was machen Sie, wenn Ines die Firma wieder übernimmt oder einen neuen Geschäftsführer einstellt?»

«Werde sehen. Habe immer gesagt, Peter passiert was, führe ich den Laden. Wenn Ines will. Abwarten, wie Ines entscheidet.»

«Sie glauben, dass ein politischer Gegner Peter Weller ermordet hat?»

«Sicher.»

«Niemand aus seinem persönlichen Umfeld? Jemand, der an … sagen wir … seinen Partys teilnahm?»

«Nein. Woher stammt Information über Partys?»

«Aus einer sicheren Quelle.»

«Niemand von denen. Weiter kein Kommentar. Einer von diesen Querulanten.»

«Edgar Huber nannte uns drei Namen. Ruedi Fink, Bodo Stein und Dagmar Lesser. Kennen Sie die?»

«Glaube nicht. Wer sind die?»

«Sie würden dazu linke Chaoten sagen.»

«Nein, kenne ich nicht.»

Ferrari erhob sich.

«Danke für Ihre Unterstützung. Falls wir noch etwas wissen müssen, melden wir uns nochmals bei Ihnen.»

«Jederzeit.»

Sie verabschiedeten sich und fuhren mit dem Lift hinunter.

«Das war wohl eines der sonderbarsten Gespräche, die wir in letzter Zeit geführt haben. Ein irrer Kauz.»

«Pünktlich, korrekt und kein Wort zu viel. Tja, Menschen gibts, Nadine. Ich denke immer, dass mich nichts mehr in Erstaunen versetzt. Doch dieser Wagner hat es geschafft.»

«Oh! Ein Abschiedsständchen der Belegschaft für uns. Wie nett.»

Draussen hatte sich ein Teil der Belegschaft versammelt und musterte sie eindringlich. Argwohn, Missmut und unbändige Wut lagen in der Luft. Lutz Wagner war die Treppe hinuntergerannt und trat aus der Menge auf Ferrari zu.

«Kommissär!»

«Ja, Herr Wagner.»

«Meine Leute! Finden Sie Mörder vor uns. Sind wir schneller, richten wir ihn. Klar?»

Ferraris Antwort ging im Gegröle des tobenden Mopps unter.

Selten war der Kommissär so froh gewesen, in Nadines Porsche zu sitzen. Ein Auto vermittelte eben doch einen gewissen Schutz und ja, Geborgenheit. Nadine blickte auf die Uhr. Kurz nach fünf. Die Dunkelheit hatte den Tag längst vertrieben.

«Wie wärs, wollen wir uns noch mit Cornelia Weller treffen? Der Streit mit Edgar Huber geht mir einfach nicht aus dem Kopf», schlug sie vor.

«Gute Idee.»

Nachdem Ferrari Ines um die Handynummer gebeten hatte, vereinbarten sie mit Cornelia Weller ein Treffen im «Café Beschle» am Aeschenplatz. Der Kommissär gönnte sich zum Kaffee einen kleinen Pariserring, den er genüsslich schmatzend Löffel für Löffel in den Mund schob.

«Hör auf zu schmatzen!», fauchte Nadine.

«Aber so schmeckt er mir am besten», antwortete Ferrari mit halbvollem Mund.

«Wenn du jetzt noch rülpst, steh ich auf und setz mich an einen anderen Tisch.»

Eine junge Frau Mitte zwanzig trat an ihren Tisch.

«Sind Sie die Kommissäre Ferrari und Kupfer? Sorry, die Lesung an der Uni hat etwas länger gedauert. Der Prof ist ziemlich schräg drauf. Über Mittag macht er Yoga auf dem Tisch und heute Nachmittag lag er wie tot auf dem Boden. ‹Konzentration, meine Liebe, Konzentration!›», äffte sie ihn nach.

«Ich nehme auch so einen kleinen Pariserring und einen Cappuccino», wandte sie sich an die Bedienung.

«Entschuldigen Sie die Frage, Frau Weller …»

«Cornelia oder Conny!»

«… Conny, aber kannst du dich nach den schrecklichen Ereignissen überhaupt konzentrieren?»

«Es bleibt mir nichts anderes übrig. Es sind die letzten Tage im alten Jahr, da wollen die Professoren noch alles Mögliche reinpacken. Wenn ich nichts verpassen will, muss ich es wohl oder übel durchziehen. Irgendwie lenkt es mich ein wenig ab, aber es fällt mir natürlich nicht leicht.»

«Und jetzt kommen wir noch und belästigen dich mit unseren Fragen», entschuldigte sich Ferrari.

«Das ist voll in Ordnung. Obwohl ich nicht glaube, dass ich eine grosse Hilfe bin.»

«Konntest du den Mörder sehen?»

«Nur kurz, ich stand ja etwas im Hintergrund. Ich bin nicht ganz sicher, aber ich glaube, dass er vom Tor her kam, sich bei Edgar und Patrick durchzwängte, zustiess … und … verschwand. Es ging sehr schnell. Ich habe erst realisiert, was geschehen ist, als ich Papa am Boden liegen sah. Ich stand einfach nur da … konnte mich nicht rühren. Es lief ein krasser Film vor meinen Augen ab, total surreal … Dann drängten mich einige Polizisten weg und Mam wurde ins Haus gebracht.»

«Weisst du noch, mit wem du dich danach unterhalten hast?»

«Mit Lutz … mit Patrick … und mit Edgar.»

«Den anderen ist aufgefallen, dass du dich mit Edgar gestritten hast.»

«Stimmt und zwar zu Recht! Er hat meinen Vater auf dem Gewissen! Edgar ist ein Versager, seine ganze

Truppe eine Ansammlung von Losern. Das schrie ich ihm ins Gesicht, woraufhin er mich ziemlich heftig schüttelte. Er meinte, ich soll damit aufhören. Niemand hätte das vorhersehen können. Mein Gott … es ist alles so schrecklich!»

Sie war dem Weinen nahe. Ferrari stellte noch einige belanglose Fragen und bot Conny an, sie aufs Bruderholz fahren zu lassen.

«Vielen Dank, aber ich habe noch in der Stadt abgemacht.»

Nadine fuhr quietschend den Porsche auf ihren Parkplatz.

«Hast du eigentlich Winterreifen drauf?»

«Nein. Wieso auch? Für die drei Tage im Jahr, in denen es in Basel schneit? Es sind praktisch neue Sommerpneus. Deine Sorgen möchte ich haben. Du klingst beinahe schon wie mein Paps. Themenwechsel: Was sagst du zu Conny? Das war doch sauber mit Edgar Huber abgesprochen, jede Wette.»

«Quatsch. Das bildest du dir ein. Es ist doch logisch, dass sie Edgar die Schuld zuschiebt. Immerhin wurde ihr Vater ermordet.»

«Hm. Und was für neue Erkenntnisse hat uns der Ausflug ins Dreispitz gebracht, Herr Kommissär?»

«Ladys first.»

«Ich würde sagen nicht viel. Ausser, dass wir jetzt die äusserst interessante Gesinnung von Patrick Stolz kennen und die rhetorisch hochstehenden, wenn auch spärlichen Aussagen von Lutz Wagner vernehmen durften.»

«Im wahrsten Sinn des Wortes spärlich. Und wir wissen, dass Wagner mit seinem Trupp den Mörder auf eigene Faust jagen will, sofern es nicht nur leere Worte in der Hitze des Gefechts waren.»

«Lutz Wagner machte einen ziemlich entschlossenen Eindruck, wenn du mich fragst. Was Edgar Huber betrifft, so bleibe ich dabei, er belügt uns. Zumindest teilweise. Oh, Noldi wartet bereits auf mich. Wir gehen heute Abend essen.»

«Wohin, wenn ich fragen darf?»

«Du darfst. In den ‹Besenstiel›.»

«Wow! Nicht ganz günstig. Noldi hat die Spendierhosen an.»

«Eine Einladung meinerseits zu seinem Geburtstag.»

Ferrari gratulierte dem Kollegen und keuchte dann die Treppe hoch. Ich muss unbedingt mehr Sport machen, Joggen, Schwimmen oder besser Biken. Genau, nach den Weihnachtstagen fange ich an. Jetzt bringt es auch nichts mehr. Zudem, wer isst denn sonst die feinen Weihnachtsgutzi? Eben. Ich werde ganz langsam beginnen und mich kontinuierlich steigern. Nicht Ehrgeiz und Verbissenheit sind gefragt, sondern Hingabe, Gelassenheit und Freude. Schön formuliert. Staatsanwalt Borer schien auch noch zu arbeiten.

«Guten Abend, Herr Staatsanwalt.»

«Hallo, Ferrari. Na, wie gehts mit dem Fall voran?»

«Schleppend, um ehrlich zu sein. Wir haben heute die Akten gesichtet und erste Gespräche geführt. Wie gehts Ihrer Orchideensammlung?»

«Ich nenne nur eine einzelne Orchidee mein Eigen. Man merkt, dass Sie nichts von Pflanzen verstehen. Ihre Kollegin hat mir einen guten Rat gegeben. Das weiss ich sehr zu schätzen.»

«Das freut mich. Wäre doch schade, wenn Ihre Orchidee kaputt ginge.»

«Wirklich? Irgendetwas sagt mir, dass Ihre Anteilnahme an meinen Pflanzen nicht ehrlich gemeint ist.»

«Aber ich bitte Sie! Ich leide förmlich mit Ihnen mit, Herr Staatsanwalt.»

«Schon gut, schon gut! Jetzt haben Sie sich endgültig verraten. Übrigens, Markwart jappst bereits nach ersten Ergebnissen. Als er hörte, dass Sie den Fall bearbeiten, gab er klein bei. Er fährt am Freitag in die Ferien und ist sich bewusst, dass er bis dann keinen Mörder serviert bekommen wird. Wir sollen ihn auf dem Laufenden halten.»

«Kein Problem. So, ich erledige noch einigen Schreibkram, dann mache ich auch Feierabend.»

«Ich habe Ihnen vorhin die Akte Körner auf den Tisch gelegt. Da fiel mein Blick zufälligerweise auf einen Zettel.»

«Ein Zettel?»

«Ja, Robert Kunz und Christoph Suter stand drauf. Was wollen Sie von den beiden?»

Zufälligerweise! Da lachen ja die Hühner.

«Ein Gespräch unter Kollegen.»

«Das können Sie sich sparen. Dieses Gespräch habe ich heute schon geführt.»

«Wegen Nadine? Sie setzen sich für Frau Kupfer ein? Wer hätte das gedacht.»

«Bilden Sie sich nur nichts ein. Es geht um die allgemeine Disziplin hier im Haus und nicht um Frau Kupfer. Ich kann es nicht dulden, dass eine Kollegin dumm angemacht wird. So geht das nicht. Das habe ich den Herren in aller Deutlichkeit mitgeteilt … was gibt es da zu lachen? Ich bin für die Ordnung hier im Hause zuständig. Und ich setze mich für jede andere Kollegin in gleicher Weise ein … und hören Sie gefälligst mit Ihrem dummen Grinsen auf, Ferrari!»

Der Dreier liess auf sich warten, die angegebene Zeit auf der elektronischen Anzeige war längst abgelaufen. Ein paar Schneeflocken und die gesamte Infrastruktur kommt zum Erliegen. Ferrari fror und zog den dicken Mantel enger um seinen Körper. Jetzt die Füsse hochlegen, ein Glas Wein trinken und dazu frisches Nussbrot mit Manchego und hauchdünn geschnittenem Parmaschinken geniessen. Göttlich. Bei diesem Gedanken lief ihm förmlich das Wasser im Mund zusammen. Endlich fuhr das Tram ein. Ferrari stieg in den hinteren Wagen und beschlagnahmte den vordersten Platz rechts. Langsam und bedächtig setzte sich der Tramzug in Bewegung. Kurz vor dem Aeschenplatz raste ein Autofahrer in allerletzter Sekunde vor dem Tram durch. Der Chauffeur reagierte prompt, leitete eine Notbremsung ein und konnte so eine Kollision mit dem Personenwagen verhindern. Minuten später liess sich die Tür unmittelbar hinter Ferrari nicht mehr schliessen. Der Tramführer kam fluchend nach hinten, stellte auf Handbetrieb um und verschloss die Tür.

«Kommen Sie bitte mit mir nach vorne», wandte er sich an Ferrari.

«Wieso denn das?»

«Weil die Tür kaputt ist.»

«Dann steige ich ganz hinten aus. Mir gefällts hier im Anhänger ganz gut. Ich bin gern allein.»

«Ganz wie Sie wollen. Ihr könnt mich alle …», entgegnete der Chauffeur kopfschüttelnd.

An der Endstation überlegte sich Ferrari kurz, ob er sich den Chauffeur für seine Bemerkung zur Brust nehmen sollte. Aber der stritt sich bereits mit einem anderen Passagier. Die Nerven der Leute lagen blank. Irgendwie verständlich. Wahrscheinlich ging es dem armen Kerl schon den ganzen Tag so. Knapp an Unfällen vorbeigeschrammt, unzufriedene Passagiere, die wegen den Verspätungen murrten und keinerlei Verständnis aufbrachten. Ganz abgesehen von störrischen Fahrgästen, die krampfhaft ihren Platz verteidigten. C'est la vie. Ferrari drückte sich an den beiden Streithähnen vorbei, die sich lautstark über den Service der Basler Verkehrsbetriebe unterhielten.

«Das darf man doch wohl noch sagen, oder?»

«Aber nicht in diesem Ton!»

«Ha! Ich musste mehr als zwanzig Minuten in der Kälte warten. Soll ich mich dafür auch noch bedanken? Wo bleibt die viel gelobte Kundenfreundlichkeit?»

«Für das Scheisswetter kann ich auch nichts.»

«Ein bisschen Schnee und schon geht gar nichts mehr. Ab morgen nehme ich wieder das Auto. CO_2-Ausstoss hin oder her.»

«Von mir aus fahren Sie, mit was und wem Sie wollen. Auf solche Fahrgäste können wir locker verzichten.»

«Das ist eine Frechheit. Eine bodenlose Frechheit. Ich will jetzt auf der Stelle wissen …»

Was er wissen wollte, hörte Ferrari nicht mehr. Er spazierte durch den dunklen Wald nach Hause. Wie schön alles aussah! Der Schnee hatte die Natur verzaubert. Der Kommissär spürte, wie eine wunderbare Ruhe und eine innere Zufriedenheit von ihm Besitz ergriffen. Monika stand auf einer Leiter und schmückte das Fenster zum Garten mit einer Lichterkette. Leise schlich sich Ferrari an und kniff ihr in den Hintern. Die Wirkung war enorm. Monika schrie fürchterlich und fiel ihm rückwärts in die Arme.

«Das ist eine Begrüssung ganz nach meinem Geschmack!»

«Lass mich sofort los, Francesco! Du mit deinen albernen Spässen. Irgendwann kriege ich einen Herzinfarkt.»

Ferrari trug sie ins Wohnzimmer und setzte sich mit ihr auf die Couch.

«Lass mich los, Francesco.»

«Erst, wenn du bitte sagst.»

«Kommt nicht in Frage.»

Sie wehrte sich heftig, sodass beide lachend auf den Boden rutschten.

«Was macht ihr denn da?», fragte Nikki erstaunt auf dem Weg in ihr Zimmer.

«Francesco wollte mich nicht loslassen. Ich habe mich wie eine Löwin gewehrt, drum liegen wir jetzt am Boden und wälzen uns über den Teppich.»

«Mann, seid ihr peinlich. Wenn euch meine Freunde so sehen würden, könnte ich nie mehr zur Schule! Voll peinlich!»

Mehr war nicht zu hören, nur noch die Zimmertür, die heftig zugeschlagen wurde. Ferrari half seiner Partnerin hoch.

«Aufstehen, du peinliche Apothekerin!»

«Danke, du peinlicher Kommissär!»

6. Kapitel

Am nächsten Morgen erkundigte sich Nadine als Erstes bei der Fahndung, wo sich die Alternativen, wie sie es nannte, trafen. Hauptmann Kaufmann, der Leiter der Fahndung, der endlich einmal die Gelegenheit bekam, der schönen Nadine einen Dienst zu erweisen, war nicht zu bremsen. Er liess es sich nicht nehmen, persönlich vorbeizukommen. Eine Sensation, denn der hundertdreissig Kilo schwere Koloss verbrachte den Tag am liebsten hinter seinem Schreibtisch mit Organisieren und Koordinieren. Die kleinste Bewegung war ihm zu viel.

«Ich wäre auch zu dir gekommen, Georg. Es ist mir natürlich eine Ehre, dass du mich besuchst.»

«Gern geschehen, Nadine.»

In der nächsten halben Stunde wurde Nadine zugeleiert. Georg wusste alles und kannte jeden in der Stadt. Geduld war angesagt. Mit der Zeit kam er auf das eigentliche Thema zu sprechen. Nadine atmete auf. Die Alternativen trafen sich meist im «Hirschi», eine Beiz, die ihr von einem früheren Fall her bekannt war. Als Geheimtipp galt jedoch ein altes besetztes Mehrfamilienhaus in der Delsbergerallee. Auf eine Anzeige des Besitzers hin räumte die Polizei das

Gebäude und mauerte Parterre und erste Etage zu. Das Haus sollte im Frühjahr abgerissen werden. Wieder würde also günstiger Wohnraum verschwinden, in diesem Fall zugunsten der Europazentrale irgendeines Konzerns. Das brachte die Alternativen so richtig auf die Palme. Irgendwie verständlich, dachte Nadine, zumal überall in der Stadt Büros zu vermieten waren.

«Jetzt steht es einfach bis zum Abbruch leer?»

«Stand! Ein paar Alternative haben Leitern aufgestellt, sind hochgeklettert und wohnen inzwischen wieder dort.»

«Ihr habt doch sicher Strom und Wasser abgestellt, oder?»

«Klar, aber auf höheren Befehl hin rückgängig gemacht. Es ist Weihnachtszeit, da geschehen noch Zeichen und Wunder. Selbst unsere Bosse und gewinnorientierten Hauseigentümer werden schwach und zeigen Herz. Man hat mit den Leuten einen Deal ausgehandelt. Sie können bis Ende Januar bleiben, dann müssen sie raus. Ob sie wirklich freiwillig gehen, ist eine andere Sache. Wir werden sehen. Und inzwischen können sie dort fröhlich Weihnachten feiern.»

«Ist doch gar nicht so schlecht.»

«Findest du? Ich denke, dass es eher ein Zeichen von Schwäche ist. Wir haben nachgegeben. Reich denen den kleinen Finger und sie nehmen deine ganze Hand.»

«Ein bisschen Menschlichkeit zur Weihnachtszeit ist doch schön.»

«Wie du meinst. Willst du zum ‹Hirschi› und danach in die Delsbergerallee?»

«Das bespreche ich zuerst mit Francesco.»

«Gib mir Bescheid, Nadine. Ich gebe euch einige meiner Leute mit. Man weiss ja nie, auf was ihr euch da einlässt.»

Keuchend verliess Georg das Büro und trottete am total erstaunten Ferrari vorbei zum Lift.

«Eine Halluzination? Oder gab uns tatsächlich der Koloss von Rhodos die Ehre?»

«Nicht uns, mir!»

«Wow! Ich wäre jede Wette eingegangen, dass er Tag und Nacht auf seinem gut gepolsterten Stuhl sitzt, buddhaähnlich, ohne sich zu bewegen, nur mit seiner Funkanlage und seinem Handy, mit denen er seine Leute durch Basel dirigiert. Und jetzt das! Damit ist die Welt endgültig aus den Fugen geraten.»

«Siehst du, meinem Charme erliegen sogar die Hartgesottensten. Also, es gibt zwei Treffpunkte der Alternativen, das ‹Hirschi› und ein Mehrfamilienhaus an der Delsbergerallee.»

«Das sagt mir was … Ja, genau! Das illegal besetzte Gebäude wurde von Georgs Leuten gestürmt und jetzt hat die Regierung zum Rückzug geblasen. Weihnachtsstimmung überall!»

«Da fahren wir nach Wellers Beerdigung hin. Wir müssen uns beeilen, Francesco, die ist um zehn auf dem Hörnli.»

Nach entstellten Toten war dies mit Abstand das Schlimmste für Ferrari, eine Trauerfeier mit weinenden Menschen. Nur selten konnte er in solch bewegenden und aufwühlenden Momenten die Tränen unterdrücken. Die Polizei war vorsorglich mit einem riesigen Aufgebot vor Ort. Alles blieb ruhig und so nahm die Beerdigung von Peter Weller ihren würdigen Verlauf. Politische Anhänger, aber auch einige Gegner, zahlreiche Geschäftspartner, die gesamte Belegschaft seiner Firma, unzählige Freunde und Bekannte sowie die ganze Familie nahmen vom grossen Staatsmann, Unternehmer, Freund, Gatte und Vater Abschied, wie es der Bundespräsident in seiner bewegenden Rede formulierte. Nadine und Ferrari hielten sich im Hintergrund. Nach dem offiziellen Anlass in der Kapelle, die bei Weitem nicht ausreichte, um die grosse Trauergemeinde aufzunehmen, wurde der Bundesrat auf Wunsch von Ines im engsten Familienkreis zu Grabe getragen.

«Da läuft so ziemlich alles herum, was Rang und Namen hat.»

«Sogar die politischen Gegner, Nadine. Mich wundert, dass es ruhig bleibt.»

«Georg hat die ganze Gegend hermetisch abriegeln lassen. Da kommt nicht einmal eine Maus durch. Schau dir die vielen Kameras an. Irgendwie schräg, die ganze Welt will teilhaben. Wollen wir? Das Ganze löst sich langsam auf.»

»Ja, nichts wie weg. Auf ins ‹Hirschi›. Da werden Jugenderinnerungen wach.»

«He, du kannst doch hier nicht einfach auf dem Trottoir parkieren.»

«Das kann ich sehr wohl. Wir sind im Dienst, somit ist der Porsche ein Dienstfahrzeug.»

Im «Hirscheneck» lümmelten einige wenige Personen herum. Nadine ging zur Theke und zeigte dem Mann, der Gläser trocken rieb, ihren Ausweis.

«Wir suchen drei Personen. Ruedi Fink, Bodo Stein und Dagmar Lesser.»

«Kenne ich nicht!»

Nadine ging zu den Gästen und wiederholte ihre Frage. Dann schlenderte sie nochmals zur Theke zurück.

«Wir wollen uns mit den dreien nur unterhalten. Reine Routine.»

«Kann jeder sagen.»

«Also kennst du sie?»

«Kennen. Wer kennt schon jemanden? Vielleicht habe ich sie schon einmal gesehen. Schon einmal von ihnen gehört. Aber kennen, nein, ich kenne sie nicht.»

«Und jetzt?», Nadine schaute Ferrari an.

«Jetzt wissen wir, dass der Mann hinter der Theke die drei kennt. Und jetzt müssen wir nur noch herausfinden, wie gut er sie kennt und wo sie sich befinden.»

«Tolles Spiel! Also, dann auf ein Neues. He, du, jetzt platzt mir gleich der Kragen.»

Der Mann sah sie verständnislos an und rieb ein weiteres Glas trocken.

«Du kennst die drei.»

«Bist du schwerhörig? Ich habe gesagt, dass ich sie nicht kenne.»

«Und du weisst, wo sie sich aufhalten. Jetzt gibt es zwei Möglichkeiten. Erstens, du sagst uns, wo sie sind, oder zweitens, ich rufe einen Streifenwagen, der dich ins Kommissariat bringt. Dort unterhalten wir uns so lange, bis wir wissen, ob du sie kennst oder nicht.»

«Von mir aus, ruf deinen Streifenwagen, Zicke.»

Ferrari mischte sich ein.

«Und alles, weil wir mit den drei sprechen wollen. Das ergibt doch keinen Sinn. Wenn du Pech hast, verbringst du eine Weile in der Untersuchungshaft. Bloss, weil du voll auf stur machst.»

Der Mann unterbrach seine Arbeit und dachte angestrengt nach.

«Was wollt ihr von denen?», fragte er misstrauisch.

«Reden, sonst nichts.»

«Ich glaube, Sie sind im Gundeli, in der Delsbergerallee. Sicher bin ich mir aber nicht.»

«Wie erkennen wir sie?»

«Ruedi hat so ein Geissenbärtchen. Dagmar läuft immer im Hippielook rum. Bodo kann ich nicht beschreiben.»

«Weshalb hast du das nicht gleich gesagt?», wunderte sich Nadine.

«Weil ich nicht wollte. Und jetzt will ich.»

Nadine verliess kopfschüttelnd das Lokal.

«Der spinnt doch, der Trottel.»

Wo sie recht hat, hat sie recht!

Die Rutschpartie ins Gundeli dauerte eine kleine Ewigkeit, denn von einer normalen Fahrt konnte bei diesem Wetter keine Rede sein. Schon gar nicht mit Sommerpneus. Ferrari klammerte sich so gut es ging am Sitz fest. Wie schön wäre es jetzt im Tram …

«Wofür bezahlen wir eigentlich Steuern, wenn es den Idioten nicht einmal gelingt, die Strassen frei zu kriegen?»

Winterreifen kann man zwar nicht von den Steuern absetzen, doch sie sind in dieser Jahreszeit einfach viel sicherer und würden auch dem Nervenkostüm gut tun, besonders seinem. Ganz abgesehen davon, dass man den Versicherungsschutz riskiert, denn die Fahrt mit Sommerreifen im Winter kann als grobe Fahrlässigkeit gewertet werden. Doch Ferrari hütete sich, seine Gedanken auszusprechen.

«Das muss das Haus sein, da hängt ein Transparent.»

Nochmals dem Sensemann von der Schippe gesprungen! Ferrari schaute sich das Gebäude an. Ziemlich verlottert und bis zur ersten Etage zugemauert.

«Sieht aus wie eine Burg. Wie kommen wir da rein?»

«Dort steht eine Leiter. Nun komm schon, hilf mir, die Leiter ans Gebäude zu stellen, Francesco.»

Ferrari stöhnte.

«Muss das wirklich sein? Das Ding ist voll Schnee. Meinst du nicht, dass wir Georg anrufen sollten? Er könnte ein paar Leute schicken. Vielleicht reagieren die da oben negativ, wenn wir unangemeldet ans Fenster klopfen. Lass uns eine gute Strategie …»

«Vorwärts, du Memme! Nimm die Leiter und stell sie an die Wand.»

Fluchend begann der Kommissär, den Schnee von der Leiter zu wischen. Ich hätte Handschuhe mitnehmen sollen und eine Mütze. Mit einem kräftigen Ruck stemmte er die Leiter und tastete sich vorsichtig vor. Schritt für Schritt. Ich werde mich erkälten. Mir womöglich eine Lungenentzündung holen. Und alles, weil sich ein paar Chaoten in einem vergammelten Gebäude verschanzen. Ferrari stellte die Leiter an das Gebäude und prüfte deren Standfestigkeit.

«So etwas Ungeschicktes wie dich gibt es kein zweites Mal, Francesco», hänselte Nadine. «Lass mich das machen. Das ist etwas für eine Superfrau.»

Mir nichts, dir nichts kletterte sie die Leiter hoch und klopfte ans Fenster. Nach einer kurzen Diskussion drehte sie sich um.

«Es ist alles paletti. Du kannst kommen», und schon war sie im Innern verschwunden.

Langsam kletterte Ferrari hoch. Am Fenster standen die Ziege und die Hippiefrau und halfen ihm rein.

«Puh! Danke!»

Drinnen wars schön warm. Herrlich. Ferrari rieb sich die kalten Hände und schaute sich um. Das Zimmer war zirka zwanzig Quadratmeter gross. An den Wänden hingen ein paar Fotos und auf dem Boden lagen mehrere Matratzen. Alles wirkte aufgeräumt und ordentlich. Ganz wider Erwarten, dachte der Kommissär. Nadine sass bereits an einem runden Tisch, vor sich einen heissen Kaffee. Irgendetwas roch ziemlich stark, aber nicht unangenehm.

«Möchten Sie auch einen Kaffee?», fragte der Ziegenbart.

Ferrari folgte dem intensiven Geruch, der vom Tisch her kam.

«Was ist das?»

«Glühwein, selbst gemacht. Möchten Sie probieren?»

Ferrari übersah bewusst Nadines warnenden Blick.

«Gern. Aber nur einen kleinen Schluck.»

Er setzte sich an den Tisch und nippte genussvoll am Becher.

«Schmeckt sehr gut.»

«Ein altes Rezept meiner Grossmutter. Nehmen Sie, so viel Sie wollen.»

«Danke. Ich hätte nicht erwartet, dass wir einfach so reingelassen werden.»

«Joe gab eine Warnung durch. Wir haben dann kurzerhand einen Krisenrat einberufen und entschieden, dass es besser ist, wenn wir mit euch reden. Sonst fahrt ihr doch nur mit grossem Geschütz auf.»

Nadine warf Ferrari einen vielsagenden Blick zu. Von wegen Verstärkung und guter Strategie! Schon gut, werte Kollegin, das ist dein Spielfeld. Ich werde mir noch einen klitzekleinen Schluck Glühwein genehmigen.

«Wir können uns vorstellen, weshalb ihr hier auftaucht», fuhr der junge Mann fort.

«So, weshalb?»

«Wegen der Demo gegen Weller.»

Damit sind wir doch schon mitten im Gespräch. Der Glühwein ist wirklich ausgezeichnet. Vielleicht kann ich dem Ziegenbart das Rezept abluchsen.

«Seid ihr dort gewesen?»

«Ja, Dagmar, ich und einige Freunde, die aber nicht hier sind. Damit eines klar ist, mit dem Mord am Alten haben wir absolut nichts zu tun. Wir demonstrierten draussen vor dem Tor. Die haben dann das Tor geöffnet und sind hineingeflüchtet, die feigen Ärsche. Was drinnen passiert ist, konnten wir nicht sehen. Die Bullen hielten uns ziemlich auf Trab.»

«Ist keiner von euch nachgerückt?»

«Nein, das ging gar nicht», mischte sich Dagmar ein. Sie füllte Ferrari nochmals den Becher.

«Danke … danach ist aber genug.»

«Die Bullen konzentrierten sich voll auf uns. Da hatten wir keine Chance reinzukommen. Und dann war da noch dieser Exbulle, der ist sowieso ganz scharf auf uns.»

«Edgar Huber?»

«Ich weiss nicht, wie er heisst. So ein Bodybuilder. Wir sind vor einigen Wochen bei einer Demo gegen diese rechtsextremen Schweine auf dem Dreispitzareal aneinandergekesselt. Sie mischten uns voll auf. Dagmar schlugen sie sogar bewusstlos.»

«Habt ihr Anzeige erstattet?»

«Ha! Super Joke. Und dann? Ihr Bullen haltet doch alle zusammen. Was bringt das schon.»

Nadine schnaufte. Vorurteile allenthalben. Ferrari nahms gelassen und gab sich ganz dem Glühwein hin.

«Ich bin sicher, dass sich der Exbulle unsere Gesichter gemerkt hat. Er lächelte uns nämlich vor der Villa zu. Reine Provokation. Er wollte, dass es eskaliert, um uns dann nochmals so richtig fertig zu machen. Zusammen mit den Bullen.»

«Die Polizei hätte da nie und nimmer mitgemacht», meinte Ferrari mit leichtem Zungenschlag.

«Ach was! Ich habe genau gesehen, wie er mit dem Oberbullen sprach und auf uns zeigte. Da war mir klar, dass wir sehr vorsichtig sein müssen.»

«Das heisst aber, dass ihr nicht vermummt gewesen seid.»

«Wir sind nie vermummt. Der Schwarze Block gehört nicht zu uns. Wir demonstrieren friedlich und gewaltlos. Nur, wenn es nicht anders geht, verteidigen wir uns.»

«Na ja, so ganz stimmt das nicht. Ihr besetzt immerhin dieses Haus und bei der ersten Räumung habt ihr nicht als Pazifisten geglänzt», konterte Ferrari.

«Stimmt schon. Hier gehts aber auch um viel. Die ganze Häuserzeile soll abgerissen und durch einen Bürokomplex ersetzt werden. Das hier war alles günstiger Wohnraum. Wissen Sie, wer in diesem Haus wohnte?»

«Nein, Dagmar. Ich darf dich doch beim Vornamen nennen?»

«Ja, das darfst du, Francesco Ferrari. Ich habe dich übrigens schon ein paar Mal im Fernsehen gesehen. Von dir können wir nichts erwarten. Du gehörst voll zum Establishment! Auf der Seite der Vischers, Merians, Sarasins und Wellers.»

«So, so!»

«Du tauchst immer dann auf, wenn einem Bonzen etwas passiert ist. Wundert mich nicht, dass du jetzt hier bist. Ist doch logisch. Der Alte wurde zwar von einem von euch abgemurkst, doch das darf nicht sein. Also zauberst du einen Schuldigen aus den linken Kreisen aus dem Hut. Ende gut, alles gut. Die Welt ist wieder im Gleichgewicht. Es interessiert dich doch überhaupt nicht, wers wirklich war.»

Nadine folgte belustigt der Diskussion zwischen Dagmar Lesser und dem Kommissär, der unentwegt an seinem Becher nippte. So denken die Leute also über mich! Ich bin Teil eines korrupten Systems. Von den Megareichen bezahlt, um sie aus der Schusslinie zu ziehen. Nicht etwa auf der Suche nach der Wahrheit, sondern nach einem gesellschaftsfähigen Sündenbock.

«Dann sind wir uns ja einig. Es geht mir nur darum, das schwächste Glied unter euch zu finden und einzusperren. Im tiefen Kerker ist noch jeder weichgeklopft worden», entgegnete Ferrari, der die Sinnlosigkeit erkannte, Dagmar vom Gegenteil überzeugen zu wollen.

«Du kannst dir deinen Sarkasmus sparen.»

Dagmar erhob sich und verliess den Raum.

«Dieser Joe, wie hat er euch informiert?»

«Übers Handy. Wie sonst?»

«Kommen wir nochmals auf den Mordabend zurück. Habt ihr rein gar nichts mitbekommen?»

«Nein. Eines muss man euch lassen, der Riegel war perfekt. Da war kein Durchkommen, auch wenn wir gewollt hätten. Und ehrlich gesagt, nach den Prügeln vor zwei Monaten waren wir nicht erpicht darauf, nochmals eins aufs Dach zu kriegen. Dagmar gehts seither mies, sie kann immer noch nicht richtig laufen. Aber wir wollten trotzdem Flagge zeigen. Damit diese rechte Sau weiss, dass wir alle seine Schritte beobachten.»

«Ist dir irgendetwas aufgefallen? Hast du jemanden wegrennen sehen?»

«Nö und du, Dagi?», wandte sich Ruedi Fink an Dagmar, die mit leicht geröteten Augen zurückgekehrt war.

«Es sind viele rausgerannt. Ziemlich panikartig. Aber ich habe im Durcheinander nicht gesehen, ob jemand von uns dabei gewesen ist.»

«Gut. Seid ihr hier bis nach Weihnachten zu erreichen?»

«Ja, bis Ende Januar. Dann ziehen wir weiter.»

Nadine gab Ruedi Fink ihre Visitenkarte.

«Wenn euch noch etwas einfällt, ruft mich an.»

«Keine Verhaftung? Kein Verhör in einem düsteren Keller? Keine Handschellen?»

Ferrari lachte.

«Ich muss dich enttäuschen! Unsere Zellen sind bis zur Decke gefüllt mit Verbrechern und die Foltergeräte, die laufen auf Hochtouren. Da müsst ihr euch hinten anstellen. Spass beiseite, du solltest wegen deines Beins unbedingt zum Arzt gehen, Dagmar.»

«Ich … ich kann nicht.»

«Und weshalb kannst du nicht?»

«Wegen dem Scheisssystem.»

«Aha! Das System ist schuld daran, dass du nicht zum Arzt kannst. Ich habe zwar etwas Glühwein getrunken, aber das verstehe nun, wer will.»

«Es nimmt mich kein Arzt.»

Ferrari sah Nadine verständnislos an.

«Sie will damit sagen, dass sie die Krankenkassenprämien nicht zahlen kann.»

«Verstehe …»

Von wegen! Manchmal bist du echt schwer von Begriff Ferrari. Der Kommissär erhob sich langsam, ging leicht beschwipst zum Fenster und führte ein kurzes Telefongespräch.

«Hast du etwas zum Schreiben?», wandte er sich kurz darauf an Dagmar.

«Das ist die Telefonnummer eines Freundes. Auch einer der Bonzen und ein ausgezeichneter Arzt. Er wird dir helfen, mit oder ohne Krankenkasse. Am besten du rufst gleich an.»

Dagmar nahm den Zettel.

«Danke.»

«Schon gut. Komm, Nadine, wir gehen … Ist noch was?»

Nadines Schmunzeln war ihm nicht entgangen.

«Kommst du in deinem Suff überhaupt noch die Leiter runter?», flüsterte sie Ferrari zu. Sie genoss sichtlich jedes einzelne Wort.

Mist! Daran habe ich nicht gedacht. Er schaute zum Fenster hinaus. Das war … das war hoch, verdammt hoch. Tja, da musste er durch. Gerade als er mutig auf die Leiter steigen wollte, hielt ihn Dagmar zurück.

«Sorry für vorhin. Ich gehe heute Nachmittag zum Arzt. Es ist etwas mit der Kniescheibe. Du bist echt in Ordnung, Ferrari. Aber, dass der Weller tot ist, um den ist es nicht schade.»

«Weller war mit Sicherheit kein unbeschriebenes Blatt, aber …»

«Er war eine Superdrecksau.»

«Hör auf», Ruedi Fink zog Dagmar zur Seite.

«Lass mich. Ich will es ihm sagen.»

Nadine gab Francesco einen Wink, sich nochmals

hinzusetzen. Sie warteten geduldig. Ruedi Fink lehnte an der Wand und schüttelte den Kopf.

«Das bringt doch nichts, Dagi.»

«Ich will es aber so. Weller war ein Schwein und sein Sohn auch.»

«Du kennst seinen Sohn?», hakte Nadine nach.

«Andreas gehörte zu uns. Vielmehr, Andreas mimte den guten Freund. Alles nur Show. Beim ersten Windstoss bekam er weiche Knie. Du kannst besser reden, Ruedi. Sag es ihnen, ich will, dass du es ihnen sagst.»

Ruedi Fink setzte sich an den Tisch.

«Andreas hat keine Eier! Ein mieser kleiner Feigling. Aber der Reihe nach: Wir waren gute Freunde, er gehörte zu unserer Clique. Zumindest glaubten wir das. Er hielt uns auf dem Laufenden, was in der rechten Politszene so abging. Er war sozusagen unser Informant. Inzwischen glaube ich aber, dass er nur sehr selektiv erzählte. Er gefiel sich in der Rolle des Spions.»

«Und dann ist etwas geschehen, was euch vom Gegenteil überzeugte?»

«Es hat nichts mit uns zu tun. Im Sommer sind wir total viel am Rhein und da gehen auch einige Mädchen auf den Strich. Eine von ihnen ist Irina. Andreas machte mit ihr rum. Zuerst wars nur gegen Geld, doch plötzlich wollte er sie vor ihrem Zuhälter retten. Das ging einige Wochen gut.»

«Wir haben ihn mehrmals gewarnt. Ihm gesagt, er solle die Finger von ihr lassen. Aber er lachte uns nur aus. Er sei verliebt und wolle mit Irina sein Leben verbringen.»

«Es ist so, wie Dagi sagt. Dann, eines Tages, sah ihn Wellers Schatten, dieser Wagner, zufälligerweise mit Irina und mir. Was danach geschah, können wir uns nur zusammenreimen. Vermutlich hat ihm sein Alter kurzerhand den Umgang mit Irina und uns verboten. Wie auch immer, er ward nie mehr gesehen. Andreas hat einfach gekuscht … stell dir das vor! Der hat wirklich keine Eier!»

Ferrari füllte sich nochmals einen halben Becher mit Glühwein. Ich sehe deinen Blick sehr wohl, Nadine, und entgegne schlicht: Carpe diem.

«Das ist alles gut und recht, Dagmar, aber noch lange kein Grund, einem Menschen den Tod zu wünschen.»

«Erzähl ihnen den Rest, Ruedi.»

«Nein!»

«Dann mache ich es. Ruedi wollte mit Andreas reden und fing ihn vor der Uni ab. Andreas war wie verwandelt, meinte, er wolle mit uns linken Säcken und dieser dreckigen Hure nichts mehr zu tun haben.»

«Ich habe an unsere Freundschaft appelliert, doch das ging ihm voll am Arsch vorbei.»

«Eine Woche später war Irina nicht mehr da. Sie ist einfach verschwunden. Das Gerücht ging um, Irina sei von Wellers Schergen unter Druck gesetzt worden. Und zwar dermassen, dass sie zurück nach Russland oder Polen geflüchtet sei. Ich weiss ehrlich gesagt gar nicht, woher sie ursprünglich kommt. Sogar ihr Zuhälter hatte null Ahnung, wo sie ist, und suchte sie.»

«Es macht noch eine zweite Story die Runde. Der alte Weller soll ihr Geld gegeben haben, damit sie für immer verschwindet», ergänzte Ruedi.

«Wie heisst der Zuhälter von Irina?»

«Keine Ahnung. Fritz irgendwie. Sie kam einmal mit ihrer besten Freundin zu uns. Auch aus dem Osten. Die ist noch nicht lange hier und kann kaum Deutsch. Helen, aber den Nachnamen kenne ich nicht.»

Ferrari lehrte den Becher.

«Ausgezeichneter Glühwein! Gibst du mir das Rezept?»

«Es ist eigentlich ein Geheimrezept … O.k., ich schreibe es Ihnen auf, weil Sie Dagi helfen.»

«Nicht vergessen, den Bonzen anrufen.»

«Mach ich, versprochen.»

Nadine kletterte locker die Leiter runter.

«Nun komm schon, es ist kalt.»

Ferrari stieg vorsichtig auf die vereiste Leiter. Ruedi und Dagmar schauten ihm von oben zu. Na also, geht doch. Vom Mut beflügelt, winkte er den beiden. Da geschah das Unausweichliche. Der Kommissär rutschte auf einer Stufe aus, verlor das Gleichgewicht und fiel rücklings in den Schnee.

«Aua! Ich habe mir den Rücken gebrochen! Ich kann nicht mehr aufstehen. So hilf mir doch, Nadine!»

«Quatsch! Das waren höchstens anderthalb Meter. Du bist weich im Schnee gelandet. … Alles in Ordnung!», schrie sie nach oben, «es ist ihm nichts passiert.»

Mühsam erhob sich Ferrari. Nadine klopfte ihm den Schnee vom Rücken.

«Mein Rücken! Ich habe mir das Rückgrad verrenkt. Uiuiui …»

«Unsinn! Los vorwärts, mir ist kalt. Reiss dich zusammen. Sei ein Mann!»

Ferrari winkte noch einmal nach oben und humpelte dann mit schmerzverzerrtem Gesicht zum Porsche.

«Was gibts da zu grinsen?»

«Im freien Fall besoffen von der Leiter gefallen. Die Kollegen werden sich vor Lachen kugeln.»

«Untersteh dich! Ich bin nicht betrunken. Das wäre mir noch wegen ein paar Gläsern Glühwein. Allerdings ist es unverantwortlich im tiefsten Winter mit Leder besohlten Halbschuhen auf einer Leiter in den Himmel zu klettern.»

«In die erste Etage. Versuchs doch einmal mit Stiefeln.»

«Das mag ich nicht. Im Büro ist es viel zu heiss. Da müsste ich ja ein zweites Paar Schuhe mitnehmen.»

Nadine verdrehte die Augen und wechselte das Thema.

«Das war jetzt wenigstens aufschlussreich. Es gibt eine Verbindung zwischen den Alternativen und

Andreas Weller. Und dann ist da noch die Geschichte mit der Prostituierten, die plötzlich verschwindet. Vielleicht wurde sie von Wellers Leuten umgebracht.»

«Jetzt siehst du Gespenster, Nadine. Weller mag ja mit harten Bandagen gekämpft haben. Aber Mord? Das glaube ich nicht. Eher schon die Version, dass er ihr so viel Geld angeboten hat, damit sich Irina absetzen konnte.»

«Vielleicht kann uns diese Helen weiterhelfen. Meinst du, unsere Kollegen können mit den spärlichen Hinweisen etwas anfangen?»

«Frag doch dein Riesenbaby. Der weiss alles, was in der Szene so abgeht. Ich schlage jedoch vor, dass du ihn dieses Mal aufsuchst. Denn, wenn er nochmals zu uns kommen muss, kriegt er bestimmt einen Herzinfarkt.»

Schöne Polizei! Ein Koloss, der alles vom Schreibtisch aus steuert, und ein schussliger, leicht angesäuselter Kommissär, der sich aus einem Meter fünfzig beinahe das Genick bricht. Und doch möchte ich keinen anderen Job an keinem anderen Ort der Welt haben, schmunzelte Nadine.

7. Kapitel

Das war nun wirklich eine der leichtesten Aufgaben für Georg Kaufmann. Die Stichworte Helen und Irina genügten vollauf, um Nadine mit Informationen zu bombardieren. Irina Löffler, geborene Kusow, stammte aus Bukarest. Dort hatte sie auch ihren Schweizer Mann, Fritz Löffler, kennengelernt. Fritz importierte sie in die Schweiz, wie Georg wörtlich meinte, und schickte sie auf den Strich. Bei Polizeikontrollen wurde sie mehrmals aufgegriffen, hatte aber seit rund einem Jahr nichts mehr mit der Polizei zu tun gehabt. Fritz Löffler seinerseits war arbeitsloser Bauarbeiter und lebte vom Einkommen seiner Frau.

«Den haben wir schon eingebuchtet. Ein ziemlich mieser Typ. Fing besoffen Streit auf der Baustelle an und bedrohte Irinas Kunden, die scheinbar zu wenig gezahlt haben. Letzteres trug ihm eine Anzeige ein. Mit dem ist nicht zu spassen. Was Helen Kristic betrifft, sie ist auch Rumänin und mit Sigfried Löffler, dem Bruder von Fritz, verheiratet. Der schöne Sigi, eine noch üblere Figur als Fritz! Er hat ihr ein Studio in einem Appartementhaus an der Missionsstrasse eingerichtet. Diese Helen ist bisher nicht aktenkundig geworden, nur der schöne Sigi. Wir wurden ein paar Mal von anderen Prostituierten im Appartementhaus angerufen, die sich um Helen sorgten. Sigi rastet nämlich immer dann aus, wenn Helen nach seiner Meinung zu wenig bringt. Eine ganz üble Ratte! Aber wir konnten ihn bisher nicht einkassieren, weil Helen ihn nicht anzeigt. Was wollt ihr von den beiden?»

Nadine fasste kurz zusammen, was sie von Dagmar und Ruedi erfahren hatten.

«Irina ist tatsächlich seit einiger Zeit nicht mehr da. Das kann also stimmen. Wann geht ihr zu Helen und Sigi?»

«Anschliessend.»

«Gut. Dann gebe ich euch Ernst und Werni mit.»

«Das ist …»

«Keine Widerrede, Mädchen! Ich lasse dich doch nicht mit Francesco allein auf den schönen Sigi los. Helen findest du um diese Zeit im Appartementhaus an der Missionsstrasse. Der schöne Sigi schnarcht bestimmt noch in ihrer gemeinsamen Wohnung an der Amerbachstrasse. Und wehe, ich erfahre, dass du mit Francesco allein dort gewesen bist. Dann gibts grausam Haue!»

Er drohte ihr mit dem Zeigefinger.

Missmutig sass Ferrari hinten im Streifenwagen. Ich sehe nicht ein, weshalb wir für eine einfache, routinemässige Befragung einen solchen Aufwand betreiben. Dieses Überfallkommando wirkt sich bestimmt kontraproduktiv aus, von wegen Einschüchterung und so. Wer führt denn hier eigentlich die Ermittlungen? Und seit wann brauchen wir Rückendeckung? Ich werde mit Georg noch ein paar ernste Worte unter vier Augen wechseln. Dass Nadine überhaupt einverstanden gewesen ist?!

«Brauchst du eine Sondereinladung?»

«Was? Wieso?»

«Wir sind da. Helen hat ihre Liegewiese im zweiten Stock, letzte Wohnung ganz hinten.»

Zu viert fuhren sie mit dem Lift nach oben.

«Am besten ihr bleibt vorerst draussen. Ein Gespräch von Frau zu Frau bringt sicher mehr», wandte sich Nadine an ihre männliche Begleitung und klingelte.

Noch besser. Dann hätte ich gleich im Büro bleiben können, Ferrari schmollte. In der Wohnung hörte man leise Stimmen, doch niemand öffnete die Tür. Einer der Beamten trat vor und klingelte erneut.

«Polizei! Personenkontrolle! Wir wissen, dass Sie da sind. Öffnen Sie bitte.»

Nach einer Minute öffnete sich die Tür einen Spalt.

«Was Sie wollen?»

Nadine zeigte Helen ihren Ausweis.

«Sie müssen keine Angst haben. Ich möchte nur mit Ihnen sprechen. Verstehen Sie mich?»

«Ich verstehen. Sie Polizei?»

«Ich bin von der Polizei. Aber ich komme allein zu Ihnen rein. Meine Kollegen warten hier draussen.»

«Ich Mann hier. Hat Angst zu gehen raus. Weil er sein Kunde.»

Auch das noch. Ferrari zog Nadine zur Seite.

«Sie hat einen Freier bei sich und der will nicht erkannt werden. Dumme Situation», erklärte Nadine leise.

«Tja, so ist das eben. Wer zu einer Prostituierten geht, muss damit rechnen. Pech gehabt.»

Die Stimme des Kommissärs war laut und deutlich. Helen hatte die kurze Diskussion zwar verfolgt, aber nicht alles verstanden.

«Sagen Sie dem Mann, dass wir Sie sprechen müssen. Es geht nicht um ihn. Wir werden ihn nicht kontrollieren.»

«Sie ihn nicht nehmen mit?»

«Nein, er kann gehen. Wir wollen nicht einmal wissen, wie er heisst.»

In der Wohnung fielen einige heftige Worte. Dann öffnete sich die Tür und ein Mann um die sechzig verliess mit gesenktem Haupt die Wohnung.

«Entschuldigung, dass wir Ihren Besuch hier stören. Aber wir müssen dringend mit Helen Löffler sprechen.»

«Schon gut …»

«Guten Tag, Herr Marti!»

«Grüezi, Herr Ferrari … und auf Wiedersehen …», er drängte sich am Kommissär vorbei.

«Du kennst ihn?»

«Am Rande. Kennen ist zu viel gesagt. Er ist einer

von Olivias Anwälten. Ein Moralapostel. Immer mit dem Zeigefinger unterwegs. Versucht die Leute zu missionieren. Lustig, lustig.»

«Ich gehe jetzt zu ihr rein. Gegenüber ist eine Bar. Ich komme dann zu euch, wenn ich fertig bin.»

«Auf gehts, Männer. Die Chefin hat befohlen. Trinken wir also drüben einen Kaffee.»

Nadine sah sich in der Einzimmerwohnung um. Doppelbett mit rosarotem Baldachin, eine Schminkkommode, daneben eine kleine Nische mit zwei Herdplatten und einem kleinen Kühlschrank. In einer Ecke stand ein Stuhl, auf dem ordentlich zusammengelegt ein paar Kleider lagen. Das Zimmer wirkte kühl und unpersönlich. Eindeutig eine Wohnung, die als Arbeitsort diente. Nadine erschauderte beim Gedanken, dass wahrscheinlich viele einsame Herzen hier ein wenig Wärme und Geborgenheit suchten. Menschen, die Sex kauften und sich nach Liebe sehnten. Deren einziger Begleiter die Einsamkeit war. Ja, die Einsamkeit. Wie hatte Mam immer gern zitiert? Nicht vor ihr fliehen, sich nicht in sie flüchten, aber die Einsamkeit von Zeit zu Zeit suchen und aushalten, damit die Heilung eine Chance hat. Nur, bestand wirklich Hoffnung auf Heilung?

Helen sass auf der Bettkante und räusperte sich nervös. Nadine, die langsam aus ihren Gedanken auftauchte, setzte sich zu ihr.

«Ich nichts getan.»

«Das weiss ich. Es geht auch nicht um Sie.»

«Nicht wegen mich? Wegen Sigi?»

«Nein, auch nicht um Ihren Mann. Wir suchen Irina.»

Helen begann zu zittern.

«Ich nichts weiss! Sie jetzt gehen!»

Nadine blieb sitzen und ergriff Helens zitternde Hände.

«Das Gespräch bleibt unter uns. Verstehen Sie mich? Es erfährt niemand etwas davon.»

«Du niemand sagen?»

«Nein. Es bleibt zwischen uns beiden. Wissen Sie, wo sich Irina befindet?»

«Ich nicht wissen … Sie mir müssen glauben, ich nicht wissen.»

«Wann haben Sie Irina zum letzten Mal gesehen?»

«In Oktober. Sie sagen, sie gehen weg, weg von Fritz. Fritz böse Mann, böse Mann wie Sigi.»

«Werden Sie von Sigi geschlagen?»

«Immer schlagen. Sie schauen», sie krempelte den Ärmel hoch und zeigte Nadine blutunterlaufene Druckstellen. «Sigi nie genug. Dann er schlagen.»

«Wenn Sie nicht genug anschaffen, verprügelt er Sie?»

«Ja.»

«Wurde Irina auch verprügelt?»

«Irina nicht.»

«Hatte sie denn genug Geld, um wegzugehen?»

«Sie sagen, sie gehen weg mit Geld. Geld von Mann mit ihr schlafen.»

«Kennen Sie diesen Mann?»

«Nicht gesehen. Viel Geld haben. Aber ich nicht glauben, dass sie mit Mann weggehen.»

«Wieso?»

«Sie plötzlich weg. Nicht alles mitgenommen. Schau hier», sie sprang hoch und zog eine Schachtel unter der Kommode hervor, «das Schmuck von Irina. Sie mir geben für Fest. Sie weg ohne Schmuck. Du weggehen ohne Schmuck?»

«Nein, ich hätte ihn bei dir geholt», entgegnete Nadine.

Ganz selbstverständlich hatten die beiden Frauen zum Du gewechselt.

«Fritz sie machen tot. Ich bin sicher.»

«Aus welchem Grund?»

«Ich nicht verstehen?»

«Wieso? Wieso sollte Fritz Irina getötet haben?»

«Irina reichen Mann. Liebe im Spiel, Fritz das wissen. Er machen sie tot.»

Nadine erhob sich.

«Du hast nichts mehr von ihr gehört?»

«Nichts gehört. Sie tot.»

Helen klammerte sich verzweifelt an Nadine fest.

«Du nicht Sigi sagen. Er mich machen auch tot.»

«Ich verspreche es dir, Helen. Hier hast du meine Karte. Wenn dich Sigi das nächste Mal schlägt, ruf mich an. Egal zu welcher Zeit.»

Nadine verabschiedete sich und ging hinaus. Für einen Bruchteil einer Sekunde lehnte sie sich an die verschlossene Tür und schloss die Augen. Was für ein Leben! Was für ein Scheissjob! Drinnen starrte Helen Nadines Visitenkarte an. Tränen liefen über ihre Wangen, als sie die Karte in tausend kleine Stücke zerriss.

Ferrari unterhielt sich angestrengt mit seinen uniformierten Kollegen. Small Talk war nicht sein Ding. Definitiv nicht.

«Wo wohnt dieser Mistkerl schon wieder?»

Die uniformierten Polizisten erhoben sich.

«Wen meinst du?», fragte Ferrari irritiert.

«Dieser schöne Sigi, wer sonst?!»

«Du hast mir gesagt an der Amerbachstrasse. Wieso?»

«Dann fahren wir jetzt sofort dorthin. Ich will mit ihm sprechen.»

Die Fahrt via Johanniterbrücke ins Kleinbasel dauerte eine halbe Ewigkeit, weil sich ein spektakulärer Unfall ereignet hatte. Ein Lastwagen war über das Trottoir geschlittert und hatte das Geländer gerammt. Glück im Unglück! Denn der Wagen hing nur mit den Vorderrädern im luftleeren Raum. Mit einer etwas höheren Geschwindigkeit läge der Laster womöglich bereits auf dem Grund des Rheins. Die Kollegen vom Verkehrszug hatten die Brücke auf beiden Seiten gesperrt und sogar die Schifffahrt wurde aus Sicherheitsgründen unterbrochen. Vom Kleinbasel ratterte ein tonnenschwerer Kranwagen langsam auf die Brücke. Die werden Stunden brauchen, um den Lastwagen rauszuziehen, dachte Ferrari, der dem Geschehen interessiert zusah. Doch ihr Streifenwagen konnte nach einigen Minuten passieren. Nadine blickte mit verbissenem Gesicht in die Weite. Sie schien keinerlei Notiz vom Unfall zu nehmen. Seltsam. Was war los? Irgendetwas musste sie aufgewühlt haben, und zwar bis ins Innerste. Der Kommissär fuhr sich besorgt mit der Hand durchs Haar. Zum ersten Mal war er um die Unterstützung der beiden Kollegen froh. Mein Gefühl, es sagt mir nichts Gutes. Ganz und gar nicht.

«Aber mit diesem Sigi lasse ich dich nicht allein, ist das klar?», wandte sich Ferrari an seine Kollegin.

«Vollkommen! Wir gehen rein, unterhalten uns nett mit ihm. Und die beiden Kollegen warten vor der Tür. Falls etwas passiert, können sie jederzeit eingreifen.»

«Einverstanden. So machen wir es.»

Ferrari war vollkommen überrascht, dass es keinerlei Probleme gab. Löffler begrüsste ihn und Nadine wie zwei alte Freunde, während die beiden uniformierten Kollegen im Treppenhaus warteten. Die Wohnung war geschmackvoll eingerichtet, pingelig aufgeräumt und blitzblank sauber. Wieder so ein Vorurteil, das Lüge gestraft wurde. Die Behausung eines Zuhälters steht vor Rauch, ist schmuddelig, voll herumliegender Alkflaschen und stinkt zum Himmel. Auch der schöne Sigi, wie war er bloss zu diesem Spitznamen gekommen?, entsprach nicht seinen Vorstellungen eines Zuhälters. Vielmehr sah er wie ein vor der Pension stehender Handwerker aus. Sympathisch und grundsolid. Vorsicht Ferrari, irgendetwas stimmt mit dem Kerl nicht. Das läuft alles viel zu glatt. Löffler führte sie in die Küche.

«Setzen Sie sich doch. Etwas zu trinken?»

«Danke, nein!», Nadine kam sofort zur Sache. «Wir suchen die Frau Ihres Bruders, Irina Löffler.»

«Fritz sucht sie auch.»

«Ihr Bruder weiss auch nicht, wo sie sich aufhält?»

«Die undankbare Kuh ist von einem Tag auf den anderen spurlos verschwunden.»

«Können Sie uns die Adresse Ihres Bruders geben?»

«Nichts Einfacheres als das. Er wohnt einen Stock höher. Aber sie werden ihn nicht antreffen. Er ist geschäftlich in Bukarest.»

«Um Irina zu suchen?»

«Unter anderem.»

«Oder um eine neue Frau in die Schweiz zu locken, die er auf den Strich schicken kann? Schliesslich muss man für Nachschub sorgen.»

«Was für böse Gedanken. Wir schicken doch niemanden auf den Strich. Irina und Helen machen das freiwillig. Es hat alles seine Ordnung. Wir versteuern ganz normal die Einkünfte der beiden.»

«Und spielen nebenbei den grossen Max.»

«Wie darf ich das verstehen?»

«Ganz wörtlich. Während die beiden Frauen freiwillig anschaffen, liegen Sie auf der faulen Haut. Wie wärs mit Arbeiten?»

«Wir leben in harten Zeiten, Frau Kommissärin. Fritz und ich finden keine Stelle mehr auf dem Bau. Die Konkurrenz ist gross. Die Jungen und die Ausländer, die zu Dumpingpreisen arbeiten, schnappen uns die Jobs weg. Echt hart. Ich bin beim Arbeitsamt gemeldet, muss leider stempeln. Und glauben Sie nur nicht, dass mir das gefällt. Die geben einem richtig zu spüren, dass man ein unnützer Almosenbezüger ist.»

«Mir kommen gleich die Tränen! Dann reicht das wohl nicht, was Ihre Frau anschafft?»

«Tja, auch da sind die Zeiten nicht mehr so, wie sie einmal waren. Irina hat in der Webergasse angeschafft und die Freier dann in einer Absteige bedient. Das brachte nicht wirklich viel. Ich habe Helen ein schönes Appartement eingerichtet, was echt Kohle kostet und die muss zuerst einmal reinkommen.»

«Und wenn nicht, dann helfen Sie schon mal nach.»

«Ich verstehe nicht ganz?»

«Wenn Helen nicht spurt, bezieht sie eine Tracht Prügel. Und das nicht zu knapp», Nadines Stimme fibrierte.

«Hat sie das gesagt?»

«Nein! Das ist aktenkundig.»

«Dann haben Sie sicher auch gelesen, dass ich Helen nie angerührt habe. Sie wurde ab und zu von einem Freier verprügelt. Berufsrisiko.»

Auch eine Sichtweise. Ferrari fragte sich, wie lange Nadines Nerven noch mitspielten. Die Situation drohte langsam, aber sicher zu kippen.

«Ihr Bruder ist also in Bukarest, um Irina zu suchen und Frischfleisch zu importieren.»

«Das gefällt mir! Frischfleisch importieren. Aber Sie irren sich. Mein Bruder hält sich geschäftlich in Bukarest auf. Wir haben eine Firma gegründet, die rumänische Handwerker vermittelt. Sie müssen wissen, die sind bei uns sehr gefragt. Fritz akquiriert. Es ist immer gut, wenn man noch über ein zweites Standbein verfügt.»

Er zwinkerte Nadine verschwörerisch zu.

«Sie …»

Ferrari drückte seine Assistentin auf den Stuhl zurück.

«Schon eigenartig, Herr Löffler. Einerseits jammern Sie, dass Ihnen die Ausländer den Job wegnehmen. Andererseits vermitteln Sie Handwerker aus Bukarest in die Schweiz. Und was wohl das Arbeitsamt zu Ihrem Nebenverdienst meint?»

«Vogel friss oder stirb, Herr Kommissär. Man muss sich zu helfen wissen. Es ist doch besser, am oberen Ende der Pyramide zu stehen. Wir sind nicht mehr die Jüngsten und das Verschwinden von Irina hat uns zu denken gegeben. Haut einfach ab, diese undankbare Nutte. Wir haben sie aus dem Dreck geholt. Zuerst dachten wir, dass sie mit diesem Weller abgehauen ist.»

«Sie wussten davon?»

«Klar. Solange er zahlte, war alles in Butter. Ein Kunde wie jeder andere auch. Als wir merkten, dass er plötzlich mehr wollte, sind wir eingeschritten. Wir verkaufen nur Sex. Die Liebe war ohnehin einseitig, Irina würde sich nie in so ein Bürschchen verlieben. Sie steht auf echte Männer, wenn Sie wissen, was ich meine. Allerdings war das Miststück schon immer berechnend. Gut möglich, dass sie die Fronten wechseln wollte.»

«In welcher Beziehung berechnend?»

«Mann, der konnte ihr doch mehr bieten als wir. Die Hure legte es voll darauf an. Aber die Tour haben wir ihr gründlich vermasselt. Das wäre aber auch so nichts geworden oder meinen Sie so einer steht offen zu einer Nutte?»

«Wann ist sie abgetaucht?»

«Das kann ich Ihnen ziemlich genau sagen. Vor knapp zwei Monaten, nach den National- und Ständeratswahlen.»

«Und seither gibt es kein Lebenszeichen von ihr?»

«Nicht die geringste Spur.»

Löffler schien wirklich nichts zu wissen. Ferrari wischte mit dem Zeigefinger über eine Kommode.

«Alles sauber, Herr Kommissär. Ich hasse Staub. Und Helen soll es doch schön haben, wenn sie nach der Arbeit nach Hause kommt.»

Das war des Guten zu viel. Nadine flog wie eine Stahlfeder vom Stuhl hoch.

«Du heuchlerischer …»

«Nadine!», ermahnte der Kommissär und zerrte sie vom feixenden Löffler weg.

«Na, na, Frau Kommissärin. Sie werden doch nicht auf einen unbescholtenen Bürger losgehen, oder? … Ah! Jetzt weiss ich es. Ich habe die ganze Zeit über gehirnt, woher ich Sie kenne. Sie sind der Lover von dieser Vischer! Mann, bei so viel Kohle begreife ich nicht, dass Sie noch bei der Polizei sind. Die Braut hat doch Milliarden.»

Ferrari schob Nadine zur Tür.

«Lass mich los, Francesco», zischte sie.

«Nur, wenn du mir versprichst, dass du nicht ausrastest.»

«Okay, ich habe mich im Griff.»

«Ist das dort Irina, Herr Löffler?», Ferrari deutete auf ein gerahmtes Foto mit Helen und einer schwarzhaarigen, jungen, attraktiven Frau.

«Ja. Da waren wir zusammen im Europa-Park.»

«Kann ich mir das Foto ausleihen?»

«Bitte. Dagegen ist nichts einzuwenden. Sie können es mit dem Rahmen mitnehmen. Aber Wiedersehen macht Freude.»

«Danke. Übrigens, Polizist sein ist mein Hobby, Herr Löffler. Es gibt nichts Schöneres, als Galgenvögel ihrer Bestimmung zuzuführen. Hier ist meine Visitenkarte. Falls Irina auftaucht oder Ihr Bruder Fritz sie zufälligerweise bei seiner Akquisitionstour in Bukarest findet und ins traute Heim zurückbringt, wäre ich froh, wenn Sie uns informieren.»

«Wenn er die Schlampe findet, wird er sie mit Sicherheit zurückbringen. Und dann wird sie merken, was es heisst, einem Löffler abzuhauen», brummte er leise, doch laut genug, dass Nadine jedes Wort verstand.

Blitzschnell drehte sie sich um, holte schwungvoll aus und rammte Löffler die Stiefelspitze in den Unterleib. Die Wirkung trat unmittelbar ein. Mit einem spitzen Schrei klappte er wie ein Sackmesser zusammen. Ferrari spürte den starken Schmerz unwillkürlich selbst in seinen Lenden und verzog das Gesicht. Die hereinstürmenden Beamten sahen ihn überrascht an.

«Alles halb so wild. Eine Art Notwehr», entgegnete der Kommissär ruhig.

Sein Blick ruhte auf Nadine, die sich an ihnen vorbeidrängte. Die zwei Polizisten sahen ihr bewundernd nach.

«Legt ihn aufs Bett. Mit Sex ist vermutlich in den nächsten Tagen nichts.»

Nadine schlug draussen mit der Faust gegen die Wand. Ihre Wut hatte sich kein bisschen gelegt. Ganz im Gegenteil.

«Wir müssen Helen beschützen, Francesco.»

«Und wie, bitte sehr, Frau Kommissärin?»

«Es muss doch einen Weg geben, sie aus den Händen dieses Abschaums zu befreien.»

«Es gibt jede Menge Helens. Was willst du konkret

unternehmen? Soll sie von Georgs Leuten beschützt werden? Das würde dann etwa so aussehen: Ein Polizist steht rund um die Uhr vor dem Appartement und kassiert die Freier ab. Ein Teil des Bumslohns geht an Helen, der Rest an die Staatskasse, um den Beamten zu finanzieren.»

«Ha, ha! Wirklich lustig!»

«Die Realität ist doch die – solange Helen nichts gegen diese glitschige Ratte unternimmt, ihn nicht anzeigt, sind uns die Hände gebunden. Und selbst dann, wenn sie sich zu diesem Schritt entschliesst, kriegt er im besten Fall eine kurze Gefängnisstrafe. In der Zwischenzeit führt sein Bruder Fritz die Geschäfte und, wenn er wieder draussen ist, lässt er seine Wut an Helen aus. Doppelt und dreifach. Das ist die bittere Realität, Nadine.»

«Ich rede mit Georg. Es muss doch einen Weg geben. Auf jeden Fall will ich sofort informiert werden, sollte Helen erneut geschlagen werden.»

«Und dann? Rast du jedes Mal in die Amerbachstrasse und trittst dem Zuhälter in die Eier?»

«Sehr witzig! Zuschauen ist natürlich die bessere Variante. Typisch Mann.»

Ferrari runzelte die Stirn, zog es aber vor, nichts weiter zu erwidern. Schweigen wirkte manchmal Wunder. Unten auf der Strasse warteten sie auf die beiden Kollegen.

«Lernt man das im Nahkampf?», wollte Werni wissen.

«Was?»

«Wie trete ich einen Mann in die Genitalien?»

«Nein, das ist Reflex. Ein natürlicher, versteht sich.»

Ferrari schaute auf die Uhr, halb fünf. In einer Stunde war er mit Monika auf dem Weihnachtsmarkt verabredet.

«Ich mache heute etwas früher Schluss. Ihr braucht mich nirgends abzusetzen, ich möchte ein wenig durch die Stadt schlendern. So kann ich am besten nachdenken. Wir sehen uns morgen, Nadine.»

Ferrari spazierte quer durchs Kleinbasel zur Mittleren Rheinbrücke. Das Aufeinandertreffen verschiedenster Kulturen faszinierte ihn immer wieder aufs Neue. Basel, seine Stadt, hatte so wunderbar farbige Facetten. Nach und nach gingen überall die Lichterketten an. Besonders schön waren die Weihnachtsbeleuchtung auf der Brücke sowie die grossen zauberhaft geschmückten Tannenbäume rund um und auf dem Marktplatz. Wie ich sie liebe, diese Vorweihnachtszeit. Die Stimmung ist einzigartig. An solch besinnlichen Tagen sollte man keinen Mord aufklären müssen. Wirklich nicht. Aber gab es überhaupt eine gute Zeit, um Straftaten aufzuklären? Wohl kaum. Ferrari schlängelte sich durch die ihm entgegenströmenden Passanten. Kein Lächeln weit und breit. Warum nur waren die Menschen im Dezember so gereizt und zum Teil extrem aggressiv? Und je näher die Weihnachtstage rückten, desto mehr verstärkten sich Hektik und Stress. Von Besinnlichkeit war dann nichts mehr zu spüren. So hat sich Jesus das Fest der Liebe sicher nicht vorgestellt – oder besser gesagt, das Fest der Geschenke. In diesem Jahr hatten sie erstmals entschieden, auf die Geschenkorgien zu verzichten. Na ja, eigentlich war es Monikas Idee gewesen. Keine Geschenke mehr für Erwachsene, nur noch eines für Nikki. Ferrari tat sich schwer mit diesem Gedanken, denn viele Päckchen gehörten zur Weihnacht wie … ja, wie … Adam zu Eva. Toller Vergleich. Es war einfach schön, sich ein Geschenk für einen anderen Menschen auszudenken, dieses süsse Geheimnis zu hüten, die eine oder andere Anspielung zu machen, um dann endlich an Heiligabend die Freude des anderen zu sehen. Und natürlich umgekehrt, das war genauso wichtig. Ganz abgesehen von der lieb gewonnenen Tradition, heimlich zum Weihnachtsbaum zu schleichen, um die mit dem eigenen Namen versehenen Geschenke zu befühlen oder gar zu schütteln. So ist das mit der Vorfreude, sie ist etwas vom Schönsten. Jetzt sollte plötzlich Schluss damit sein? Ferrari seufzte und hielt einen Moment inne. Früher gefiel ihm die Weihnachtsbeleuchtung in der Freien Strasse besser, denn da hingen riesige Herrnhuter Weihnachtssterne inmitten einer Lichterkette. Doch als die Jahre immer mehr Spuren hinterliessen, wurden die Sterne durch eine modernere Beleuchtung ersetzt. Bei den Heiligen Drei Königen, die wie jedes Jahr vor der

Hauptpost für einen guten Zweck sammelten, warf er zehn Franken in den Topf. Die Könige klopften zum Dank drei Mal mit ihren Stöcken. Auch eine der schönen alten Traditionen, die wir nicht aufgeben dürfen. Vor dem «Pfauen» spielte eine Gruppe Klassische Musik, und zwar gar nicht schlecht. Der Kommissär hörte sich im Gedränge drei Stücke an, warf erneut zehn Franken in einen am Boden liegenden Hut und drückte sich dann durch die Menge Richtung Barfüsserplatz.

Monika wartete bereits vor dem «Café Huguenin» auf ihn. Arm in Arm schlenderten sie gemütlich von Weihnachtsstand zu Weihnachtsstand, redeten über dies und das, tranken Glühwein, der nicht im Leisesten so gut war wie jener der Alternativen, befand der Fachmann Francesco Ferrari, und kauften die obligate Tasse dazu. Alle Jahre wieder, denn Monika hatte bereits eine stolze Sammlung solcher Tassen, die jeweils mit dem Jahrgang angeschrieben waren.

«Da ist ja nicht einmal mehr der Jahrgang eingeritzt», wetterte Monika enttäuscht.

«Dann musst du die Jahreszahl von deiner Freundin Judith einritzen lassen. Die besucht doch einen Abendkurs für Fortgeschrittene und …»

«Lass meine Freundinnen schön aus dem Spiel. Verstanden, Herr Kommissär?!»

Ferrari schmunzelte. Ja, ja, die lieben Freundinnen. Auf dem Theaterplatz bestaunte er fasziniert eine Art Schlittenbahn auf Rollen, von den Robi-Spiel-Aktionen betrieben. Die Kinder setzten sich in ein Holzgefährt, eigentlich war es nur eine Sitzschale auf einem Brett, und rutschten über eine Rollenbahn hinunter.

«Wie funktioniert das, Monika? Schau doch, der Schlitten liegt nur auf den Rollen. Wieso entgleist er in der Kurve nicht?»

«Ich bin kein Physiker. Kommst du jetzt?»

«Ja gleich. Der Schlitten ist unten vollkommen glatt und bleibt trotzdem in der Spur. Seltsam.»

«Komm jetzt endlich. Mir ist kalt vom Rumstehen.»

«Ich werde morgen Noldi fragen, wie das funktioniert. He … Monika, warte auf mich!»

Beim «Bell Chalet» holte er sie wieder ein.

«Du bist schlimmer als ein kleines Kind», lächelte Monika.

«Das ist doch viel spannender als der Rest hier. Viel Neues habe ich nicht gesehen. Jahr für Jahr wird das Gleiche feilgeboten: Weihnachtskugeln, Kleider, Kerzen, Schmuck, Kinderspielzeug und so weiter und so fort.»

«Stimmt. Aber darum geht es doch gar nicht. Es ist einfach nur schön, über den Weihnachtsmarkt zu spazieren und diese besondere Atmosphäre zu spüren. Findest du nicht?»

«Hm!»

Monika drängte ihn ins «Bell Chalet» hinein.

«Wir essen hier eine Kleinigkeit, du alter Brummbär. Vielleicht spürst du mit vollem Magen mehr. Ich habe es mir übrigens nochmals überlegt, Francesco.»

«Was hast du dir nochmals überlegt?»

«Das mit den Geschenken. Vielleicht sollten wir uns doch etwas schenken, aber nur eine Kleinigkeit!»

Ferraris Gesicht erstrahlte wie früher die Herrnhuter Sterne in der Freien Strasse.

8. Kapitel

So richtig voran ging es mit den Ermittlungen nicht. Bisher konnten sie nur einzelne wenige Mosaiksteine zusammentragen. Mehr nicht. Da gab es noch einiges zu sammeln, bevor die eigentliche Aufgabe, die wirkliche Bestimmung eines Kommissärs, in Angriff genommen werden konnte, nämlich das Jagen. Über Nacht war es wärmer geworden, der Schnee begann langsam zu schmelzen. Schade, dann gibt es wohl doch keine weisse Weihnacht! Ferrari stapfte in seinen Halbschuhen durch den Schneematch in Richtung Waaghof. In der Innenstadt sollte es keinen Schnee geben, denn das schöne Weiss verwandelt sich allzu schnell in eine braune unansehnliche Sauce. An der Heuwaage wartete der Kommissär am Fussgängerstreifen und liess einem rasant fahrenden Auto den Vortritt. Ein verhängnisvoller Fehler. Obwohl Ferrari blitzschnell zurücksprang, wurde er vom aufspritzenden Schneematch erwischt. BL 228452. Na warte, dich kriege ich. Bis zum Büro murmelte er die Nummer laufend vor sich her.

«Ah! Du bist auch schon da, Francesco. Wie siehst du denn aus?»

«An der Heuwaage hat mich so ein Idiot vollgespritzt. Er fuhr viel zu schnell auf den Fussgängerstreifen zu. Schau dir meine Hose an, die ist ruiniert!»

«Hast du dir die Autonummer gemerkt?»

«Sicher, Nadine. BL 128…, BL 204… oder BS 22… Hm! Sie fällt mir schon wieder ein.»

Sie tranken in Ferraris Büro Kaffee und gingen die bisherigen Ergebnisse durch. Fest stand, dass niemand den Täter wirklich gesehen hatte und somit auch nicht beschreiben konnte. Ein Phantom, das aus dem dunklen Nichts auftauchte und im Nirwana verschwand. Bei der verschwundenen Tatwaffe handelte es sich um ein rund zwanzig Zentimeter langes Messer aus rostfreiem Stahl, wie es in unzähligen Haushalten zu finden war. Nach Aussagen von Ruedi Fink und Dagmar Lesser hatte Andreas Weller Kontakt zur autonomen Szene, zog sich aber plötzlich von seinen Freunden zurück. Weshalb war unklar und ebenso, ob Irina dabei eine Rolle spielte. Einzig ihr Verschwinden im Oktober sprach dafür.

«Irina ist unmittelbar nach den Wahlen verschwunden.»

«Glaubst du, dass ein Zusammenhang besteht, Nadine?»

«Es könnte sein. Bis zum Oktober dümpelte Wellers Partei mit sieben Prozent vor sich hin. Mit einem Schlag verdoppelt die EFP ihre Stimmenzahl und Peter Weller, der rechte Querulant, wird auf einmal salonfähig. Man buhlt um ihn. Er kann sich keinen

Skandal leisten, denn er will Bundesrat werden. Mit Sicherheit haben seine Gegner das private Umfeld durchgeackert, und auf was stossen sie?»

«Auf seinen Sohn Andreas, der mit den Alternativen sympathisiert und ein Verhältnis mit einer rumänischen Prostituierten hat. Ein willkommenes Fressen.»

«Exakt. Das kann seine Karriere zerstören oder ihr zumindest schaden. Es sind schon andere Politiker über weit weniger gestrauchelt. Das weiss Weller nur zu genau. Die Verbindung zum linken Lager ist mit sofortiger Wirkung zu unterbinden und vor allem, Irina muss weg. Am besten ganz weit weg.»

«Du meinst doch nicht, dass er sie umbringen liess?»

«Nein. Das ist nicht sein Stil. Er hat seinen Sohn mit einer Abfindung an Irina freigekauft. Und dies wahrscheinlich nicht zu knapp. Irina packt das Nötigste zusammen und verschwindet auf Nimmerwiedersehen.»

«Zu deiner Theorie passt aber nicht, dass sie sich nicht einmal von ihrer besten Freundin verabschiedete und ihr sogar den Schmuck überliess.»

«Das ist richtig. Aber ich gehe davon aus, dass Weller keine halben Sachen macht. Der drückte ihr das Geld in die Hand und liess sie dann sofort durch seine Leute abschieben.»

«Was ist mit Dagmar und Co.?»

«Die machen mir einen vernünftigen Eindruck. Ich glaube nicht, dass die etwas mit dem Tod von Weller zu tun haben.»

Ferrari notierte sich auf einen Zettel «Toni anrufen». Nadine schaute ihn fragend an.

«Ich rufe nachher Toni an. Ich will wissen, ob Dagmar sich gestern Nachmittag bei ihm gemeldet hat. Das mit ihrem linken Bein gefällt mir nicht. Sie schleppt es richtig hinter sich her.»

«Du bist schon ein eigenartiger Vogel, Francesco. Das musste wieder einmal gesagt sein. Kümmerst dich um deine Mitmenschen, egal wer sie sind und wie lange du sie schon kennst. Du hast ein grosses Herz, echt.»

«Das Kompliment gebe ich zurück. Ich sage nur Helen!»

«Dann hätten wir noch deinen Freund Edgar. Was verschweigt er uns?»

«Ich glaube nichts, Frau Kollegin. Aber du bist anderer Meinung. Nur zu, verfolge deine Spur. Doch ausser weiblicher Intuition hast du zurzeit nichts anzubieten oder kannst du mir einen plausiblen Grund nennen, weshalb er Weller umgebracht haben soll?»

Nicht wirklich. Beinahe unmerklich schüttelte sie den Kopf. Immerhin waren sie sich einig, wie der nächste Schritt auszusehen hatte. Sie mussten unbedingt mit Andreas Weller sprechen. Nadine griff zum Telefonhörer, um ihr Kommen anzukünden. Andreas war zwar zu Hause, bat jedoch eindringlich, die Unterredung im Restaurant «Wasserturm» führen zu dürfen. Er wollte nicht, dass seine Mutter etwas mitbekam.

Unter lautstarkem Protest stieg Ferrari in Nadines Porsche, nachdem sie im vorgerechnet hatte, wie lange eine Tramfahrt dauern würde. Die Fahrt verlief ohne Probleme, da sich der Schnee inzwischen vollständig in Match aufgelöst hatte. Es ist eine BL-Nummer gewesen. BL 108… oder war es BL 20…?

«Woran denkst du?»

«An nichts.»

BL 228452. Jetzt hab ichs, BL 228452!

In diesem Augenblick riss Nadine einen Vollstopp. Ferrari wurde richtiggehend aus dem Sitz gehoben.

«Sorry, ich habe das Rotlicht nicht gesehen. Bist du in Ordnung?»

«Kein Problem …»

Wie war das doch gleich gewesen? BL 1204… oder war es BL 118…?

Andreas Weller sass an einem Tisch in der Ecke des fast leeren Lokals. Ferrari erkannte ihn sofort, er war das Ebenbild seiner Mutter.

«Ich bin Kommissär Ferrari und das ist meine Kollegin Nadine Kupfer.»

Andreas musterte Nadine fasziniert, sagte aber nichts.

«Sie wollten mich wegen des Mordes an meinem Vater sprechen? Ich werde Ihnen kaum helfen können, ich habe nichts gesehen.»

«Sie standen in der Nähe Ihres Vaters, oder?»

«Bitte duzen Sie mich. Das ist einfacher. Zu Ihrer

Frage, Frau Kupfer: Mam war an seiner Seite, Cornelia stand einige Meter weiter hinten und ich habe mir das Schauspiel vom Haus aus angesehen. Einfach ekelhaft.»

«Was war ekelhaft?»

«Die Fans und die Parteifreunde von Papa, alles Kriecher und Schleimer. Er hat es nur nicht gemerkt. Die einzige Ausnahme ist Patrick.»

«Herr Stolz?»

«Der war sein wirklicher Freund. Mit ihm kann man über alles diskutieren.»

«Das kam mir aber nicht so vor.»

«Sie kennen ihn halt nicht, Frau Kupfer. Er ist ein toller Typ, immer geradeaus, auch zu Papa. Das bewundere ich an ihm. Wenn alle den Kopf einzogen, genau wussten, was für einen Mist Papa rauslässt, widersprach ihm Patrick als Einziger.»

«Und das akzeptierte dein Vater?»

«Komischerweise schon. Obwohl er sonst keinerlei Kritik ertrug, vor allem nicht von Mam, Conny und mir. Aber Patrick konnte alles sagen, er hatte totale Narrenfreiheit.»

«Und Lutz Wagner?»

«Der? Auch so ein Schleimer, ohne eigene Meinung, ein Stiefellecker. Papa machte ihn immer wieder total fertig, und zwar vor allen anderen. Je mehr er auf ihm rumhackte, desto mehr ist er ihm in den Arsch gekrochen. Patrick sagte einmal, dass man Lutz bei meinem Papa mit einem Kaiserschnitt entfernen müsse. Damit traf er den Nagel voll auf den Kopf.»

«Du hast also alles aus der Distanz beobachtet.»

«Zuerst schon. Da war ja das Tor noch zu. Dann gab Edgar den Befehl, das Tor zu öffnen. Papa genoss seinen Triumph. Es war sein grosser Tag. Er winkte mir mehrmals zu, ich solle runterkommen. Also holte ich eine Jacke und ging zur Einfahrt. Bevor ich bei ihm war, wurde er niedergestochen. Wissen Sie schon, wer ihn umgebracht hat, Herr Ferrari?»

«Wir tappen leider noch im Dunkeln. Wie war das Verhältnis zu deinem Vater?»

«Mein Verhältnis?» Er dachte lange darüber nach. «Er war mein Vater.»

«Ist das alles?»

«Früher ist alles anders gewesen. Er hatte Zeit für Conny und mich. Für Mam schon lange nicht mehr, doch für uns ist er immer da gewesen. Klingt kitschig, aber es ist so. Als er in die Scheisspolitik einstieg, veränderte sich alles. Auch unsere Beziehung. Ich sah ihn kaum noch. Ich glaube, er wusste nicht einmal mehr, was ich studiere und wie es mir geht. Er hat sich in den letzten Jahren total verändert, verlor jeglichen Realitätssinn und gierte nur noch nach Macht.»

«Er wusste immerhin von deiner Beziehung zu Irina Löffler.»

Andreas sah Nadine kurz an.

«Beziehung? Die billige Hure nutzte mich nur aus. Mehr war da nicht.»

«Ruedi Fink sieht das aber ganz anders.»

Andreas lachte wild.

«Natürlich sieht diese linke Sau das anders. Er war doch selbst scharf auf Irina, aber sie liess ihn abblitzen. Jetzt ist mir auch klar, wieso. Ruedi hat kein Geld. So einfach ist das. Und ich Idiot habe wirklich geglaubt, dass sie mich liebt. Dabei war sie nur auf mein Vermögen aus. Gefühle sind für diese Schlampe ein Fremdwort.»

«Wann hast du sie zum letzten Mal gesehen?»

«Das war … so Ende September, Anfang Oktober. Ich sagte ihr, dass ich sie liebe, dass ich mit ihr mein Leben verbringen möchte, und schlug vor, zusammen ins Ausland zu gehen. Irgendwohin, wo uns niemand kennt. Ihre Reaktion erwischte mich eiskalt. Sie fragte bloss, von was wir denn leben würden? Du verdienst nichts und ich will nicht mehr länger auf den Strich. Das waren deutliche Worte. Ohne Zaster keine Liebe! Ich bin wortlos weggerannt und habe sie nicht mehr gesehen.»

«Weisst du, wohin sie gegangen ist?»

«Nein. Sie rief mich wenig später nochmals an. Es sei doch alles ganz anders. Nicht so, wie ich denke. Sie wolle mich treffen, in Ruhe alles besprechen. Sie brauche mich und so weiter und so fort. Immer wieder die gleiche Leier. Nix da! Ich hatte abgeschlossen, sagte ihr, dass sie sich einen anderen verliebten Trottel suchen soll. Das hat sie anscheinend nicht wirklich kapiert, denn sie rief mich ein paar Wochen später mehrmals an und schickte unzählige SMS. Darauf habe ich erst gar nicht reagiert.»

«Kennst du Fritz Löffler?»

«Ein brutaler Typ. Er drohte mir, und an einem Abend schlug er mich am Rheinbord zusammen. Ich hatte keine Chance gegen den alten Sack. Das kam ihm aber teuer zu stehen.»

«Hast du ihn angezeigt?»

«Viel besser. Ich erzählte es Patrick. Wenig später hörte ich, dass Löffler mit einem gebrochenen Kiefer und einigen Zähnen weniger im Spital liegt.»

Ferrari nickte. Das konnte er sich sehr gut vorstellen. Weniger, dass Stolz selbst Hand angelegt hatte, eher dessen Gefolgschaft.

«Danach machte er jedes Mal einen grossen Bogen um mich, wenn ich Irina traf.»

«Du warst mit Ruedi, Bodo und Dagmar befreundet.»

«Auch so eine Enttäuschung. Die wollten mich nur aushorchen. Ruedi gehört zum Schwarzen Block, ist einer der Anführer. Zuerst habe ich mitgemacht. Ich kam mir super gross vor. Protest gegen Papas Politik! Rebellion in Reinkultur. Er ist … war mir zu weit rechts. Ich gab Ruedi einige Tipps, wo und wann geheime Veranstaltungen der EFP-Spitze stattfanden. Da tauchten sie dann auf und machten Krawall. Doch eines Tages ist mir klar geworden, dass Ruedi wie mein Papa ist. Absolut machtbesessen, mit dem Unterschied, dass ihm der nötige Zaster fehlt, um seine Ideen umzusetzen. Dagmar und die anderen sind seine Marionetten. Sie hängen an seinen Lippen und machen alles für ihn. Blindlings. Er ist für sie so eine Art Guru. Das habe ich ihm auch genauso gesagt. Seine Reaktion war eindeutig. Er wollte mich nicht mehr sehen und wiegelte sogar die anderen gegen mich auf. Mit Erfolg. Geben Sie Ruedi die Möglichkeit, zu herrschen, und er ist hundert Mal schlimmer als Papa. Ein extremer Kommunist. Alle Macht dem Volke oder besser alle Macht dem Guru Ruedi Fink.»

Ferrari trommelte mit den Fingern auf den Tisch. Nadine sah ihn verärgert an. Hör auf damit! Das nervt.

«Glaubst du, dass die Alternativen in den Mord verwickelt sind?»

«Schon möglich. Zutrauen würde ich es Ruedi. Vielleicht war es auch irgendein Spinner.»

«Oder ein politischer Gegner oder jemand aus der eigenen Partei.»

«Denkbar. Patrick glaubt allerdings nicht, dass es jemand aus der Partei war. Ohne Papa sei sie nicht viel Wert. Die hätten ihn gebraucht.»

«Auch Herr Stolz?»

«Ja, auch Patrick. Er ist zwar genial, doch ohne das Geld von Papa kann die Partei einpacken.»

«Es gibt doch sicher reiche Mitglieder, die das alles locker finanzieren könnten.»

«Das glaube ich nicht. Den meisten war Papa zu weit rechts. In der Partei gibts keine Krösusse. Deshalb war Patrick gestern bei Mam, die ihm unmissverständlich erklärt hat, dass sie keinen einzigen Franken für die EFP aufwirft. Mam mag ihn nicht.»

Wie tragisch! Die EFP steht nach ihrem grössten Triumph kurz vor dem Aus. Nadine konnte sich ein Schmunzeln nicht verkneifen.

«Brauchen Sie mich noch? Ich muss zur Uni, meine Vorlesung beginnt bald.»

«Nein, im Moment nicht, Andreas. Vielen Dank für deine Hilfe.»

Ganz so harmlos, wie sich Ruedi Fink gab, war er anscheinend nicht. Falls man Andreas Worten glauben konnte und Ferrari zweifelte nicht daran. Was Irina betraf, so schien sie die Gunst der Stunde genutzt zu haben. Sie war, vermutlich mit einer stattlichen Abfindung, in ihre Heimat zurückgekehrt und entledigte sich so gleichzeitig ihres Zuhälters und Ehemanns Fritz Löffler. Eigentlich mehr als verständlich bei ihren Perspektiven. Das brachte sie wohl nicht weiter.

«Dass Patrick Stolz diesen Fritz Löffler auseinandergenommen hat, macht ihn mir schon fast wieder sympathisch.»

«Auseinandernehmen liess, Nadine. Ein Patrick Stolz macht sich die Hände nicht schmutzig.»

«Von Lutz Wagner?»

«Ja oder vielmehr von den Mitarbeitern. Darf ich daran erinnern, wie sie kampfbereit da standen. Du bist übrigens in den letzten Tagen auch ziemlich kampfeslustig. Stress mit deinem Noldi?»

«Er ist nicht mein Noldi und ich habe keinen Stress

mit ihm. Es ist diese Scheissweihnachtszeit. Da fällt mir jedes Jahr die Decke auf den Kopf.»

«Was machst du an Heiligabend?»

«Weiss noch nicht.»

«Kommst du zu uns?»

«Nein danke, das fehlt mir gerade noch. Heile Familienwelt, Geschenke, Weihnachtsbaum und Weihnachtslieder. Das wäre mir echt zu viel. Ich besuche vielleicht meinen Vater oder koche für Noldi und mich. Zwei einsame Herzen bei Kerzenlicht und einer Pizza aus dem heissen Ofen. Klingt doch romantisch.»

Oh, oh! Schlechtes Timing für eine Weihnachtseinladung. Eines meiner Talente. Ich finde treffsicher jedes Fettnäpfchen, dachte der Kommissär und bemühte sich schleunigst, das Thema zu wechseln.

«Ich werde Olivia Vischer noch einen Besuch abstatten, wenn ich schon hier bin. Und du?»

«Ich fahre ins Büro zurück und gehe nochmals die Akten durch. Inmitten einer Menschenmenge wird Weller erstochen. Keiner hat etwas gesehen, keiner hat ein Motiv. Zumindest kein offensichtliches. Dabei haben wir eine Liste von Namen: Ruedi Fink, Bodo Stein, den bisher keiner zu Gesicht bekommen hat, Dagmar Lesser, Edgar Huber, Patrick Stolz, Lutz Wagner und die beiden Löffler. Stolz und Wagner kommen noch am ehesten in Frage. Stolz wird neuer EFP-Präsident und Wagner erbt den Chefsessel in der Transportfirma. Hm. Vielleicht finden wir einen

Hinweis, wenn wir tiefer graben. Irgendetwas übersehen wir. Bloss was? Sollen wir Irina über Interpol suchen lassen?»

«Gute Idee. Ich glaube zwar nicht, dass sie in den Fall verstrickt ist. Aber vielleicht bringt sie uns auf eine Spur, sofern wir sie finden.»

«Ich lass sie ausschreiben. Wenn ich mit den Dossiers durch bin, gehe ich nochmals zu unseren alternativen Freunden. Kommst du mit?»

«Tut mir leid, ich kann heute Nachmittag nicht. Ich habe Monika versprochen, ihr beim Schmücken des Hauses zu helfen.»

«Das klingt nicht gerade begeistert.»

«Ich kann das nicht. Die Dekorationen stehen zum Schluss immer schief im Wind.»

«O du Fröhliche!»

«Ja, ja, schon gut. Ich liebe die Weihnachtszeit trotzdem und ich werde dich schon noch bekehren. Frag bitte Dagmar, ob sie beim Arzt gewesen ist. Dann sehen wir uns morgen.»

«Mach ich. Ciao, Francesco.»

Sie raste davon. Es ist schlagartig warm geworden. Ein Föhnsturm! Und nur noch rund eine Woche bis Weihnachten. Die Maler hatten die Sprayereien beseitigt, auch beim Einfamilienhaus gegenüber schien wieder alles in Ordnung zu sein. Olivias Butler öffnete das Tor.

«Ich habe Sie kommen sehen, Herr Ferrari.»

«Hallo, Alexander. Wie geht es Ihnen?»

«Gut, viel zu tun. Frau Vischer will zwar besinnliche Weihnachten im kleinen Kreis feiern. Nur ihr Vater und die Wellers. Aber zum Silvester soll eine riesige Party steigen. Das wissen Sie ja.»

«Ich?»

Alexander hielt sich den Mund zu.

«Das hätte ich nicht sagen dürfen! Sie werden mich doch nicht verraten?»

«Nur, wenn Sie mir auf der Stelle erzählen, was sich da hinter meinem Rücken zusammenbraut.»

«Sie, Ihre Gattin und Nicole sind an Silvester eingeladen. Ihre verehrte Gattin gab vor einigen Tagen ihre Zusage. Nun scheint es aber so, dass Sie gar nichts davon wissen.»

So läuft das also! Ohne mein Wissen, schlimmer noch, ohne meine Zustimmung wird der Silvester verplant. Obwohl Monika genau weiss, dass ich lieber zu Hause bleiben würde. Die Damen der Schöpfung schmieden mir nichts, dir nichts einen Komplott gegen mich … Aha! Jetzt fällts mir wie Schuppen von den Augen. Seit Wochen redet Monika davon, dass es schön wäre, den Silvester auswärts zu feiern. Jetzt ist mir alles klar. Die Fete soll bei Olivia und ihrer Schickimickitruppe steigen! Doch daraus wird nichts, meine Liebe. Du hast die Rechnung ohne den Wirt gemacht. Der gute alte Ferrari wird den Silvester zu Hause verbringen. Wie immer.

«Sie verraten mich doch nicht, Herr Ferrari?»

«Das bleibt unser Geheimnis, Alexander.»

«Es sollten mehr Morde auf dem Bruderholz passieren. Dann würdest du mich öfters besuchen, Francesco. Einen Drink?»

«Einen klitzekleinen Schluck von deinem ausgezeichneten Cognac.»

«Und, bist du schon weiter mit deinem Fall? Du hast übrigens eine verdammt attraktive Assistentin.»

«Ich bin leider noch keinen Schritt weiter. Woher kennst du Nadine?»

«Borer hat sie mir gestern vorgestellt. Ein Männertraum!»

«Kann man sagen. Sie kommt entsprechend bei den männlichen Kollegen an. … Du musst mir helfen, Olivia.»

«Gern, wenn ich kann.»

«Hm! Oder wenn du willst.»

«Was meinst du damit?», säuselte sie.

«Ich will nicht das gleiche Desaster wie bei den Ermittlungen im Fall Frank Brehm erleben.»

«Du meinst, wenn ich etwas weiss, soll ich es sagen. Und nicht so lange warten, bis es schon beinahe zu spät ist. Francesco, Peter und Frank sind nicht zu vergleichen. Damals war ich persönlich betroffen. Hier ist es anders. Eigentlich müsste ich dir jetzt böse sein. Du beleidigst mich», sie schmollte theatralisch.

«Entschuldige, das wollte ich nicht.»

«Schon vergessen! Was willst du wissen?»

«Erzähl mir mehr von der Familie Weller. Ich tappe schlicht und ergreifend im Dunkeln. Vielleicht geht mir plötzlich ein Licht auf. Jedes Detail kann wichtig sein.»

Olivia schenkte sich einen Cognac nach.

«Er ist wirklich gut. Du solltest schneller trinken, Francesco. Normalerweise genehmige ich mir um diese Zeit keinen Cognac. Nur, wenn du da bist. Also, die Wellers. Sie leben sicher schon dreissig Jahre hier. Der alte Widmer, Ines' Vater, baute die Villa. Es kam deswegen zu einem heftigen Streit mit meinem Vater, denn er wollte niemanden vor der Nase haben, der uns die Sicht auf die Stadt nimmt. Doch Widmer ist ihm zuvorgekommen und erhielt den Zuschlag. Nach seinem Tod ist Ines eingezogen. Zuerst allein. Ich muss zugeben, am Anfang war ich auf Ines eifersüchtig. Denn ich befürchtete, sie würde mit Frank schlafen. Aber sie war nicht sein Typ. Ich war sowieso eine eifersüchtige Kuh. Ines übernahm dann die Firma ihres Vaters und heiratete Peter Weller. Peter war Bankfachmann und hatte anfangs vom Transportgeschäft wenig Ahnung. Aber das Wissen eignete er sich im Handumdrehen an. Ines trat ins zweite Glied zurück, erst recht, als die Kinder kamen.»

«Was kannst du mir über Cornelia und Andreas erzählen?»

«Beide studieren in Basel, Conny Medizin und Andreas Jura. Das ist gar nicht so selbstverständlich. Während Conny alles zugeflogen ist, musste sich Andreas durchbeissen und hart arbeiten. Er war ein

Spätzünder und hat die Matura in einer Privatschule gemacht.»

«Dann ist Conny die Intelligentere?»

«Das würde ich so nicht sagen. Ich halte Andi für intelligenter. Conny hat eine rasche Auffassungsgabe. Aber frag sie ein paar Wochen später über ein Thema aus, dann ist alles schon längst vergessen. Sie hat ein gutes Kurzzeitgedächtnis. Optimal für gute Noten in der Schule, aber nicht fürs Leben. Andi ist langsamer, bedachter und irgendwie tiefgründiger.»

«Peter Weller?»

«Auf die Gefahr hin, dass ich mich wiederhole: Er war hinter jedem Rockzipfel her, meinem eingeschlossen. Ich liess ihn natürlich abblitzen. Ines ist ja meine Freundin. Davon abgesehen, war Peter nicht mein Typ, zu alt und seine politische Einstellung liegt mir gar nicht, milde ausgedrückt. Mich wundert wirklich, dass seine Affären noch nicht an die Öffentlichkeit gedrungen sind. Als Mensch war er sehr intelligent, äusserst ehrgeizig, egozentrisch, kompromisslos, aber auch sehr charmant, witzig und er hatte Charisma. Vater sagte oft, er wäre der Prototyp eines Sektenführers. Er nannte Peter immer Bhagwan.»

«Der Erleuchtete und seine Anhänger.»

«Genau. Inklusive Luxus zum Abwinken.»

«Seine Frau?»

«Ines, das Mauerblümchen. Seelenverwandt mit mir, aber das hatten wir ja auch schon. Sie ist intelligent, feinfühlig, eine wunderbare Mutter, pflichtbewusst, loyal und treu. In den letzten Jahren war sie oft allein. Sehr allein. Wenn ihr die Decke auf den Kopf fiel, kam sie rüber.»

Olivia musste lachen.

«Darf ich mitlachen?»

«Peters Ehe hätte vor zwei Jahren beinahe einen Knick bekommen.»

«Und wieso?»

«Ich habe Ines nicht ganz ohne Hintergedanken Gusti Böcklin vorgestellt. So konnte es ja nicht weitergehen. Der Herr lässt die Sau raus und Ines verkümmert.»

«Das ist doch einer deiner Anwälte? So wie der Marti.»

«Was ist mit Marti?»

«Nichts …»

«Komm schon, ich sehe es dir an. Ich kann ein Geheimnis für mich behalten.»

«Eine interne Angelegenheit.»

«Wenn du mir nicht sagst, was mit Marti ist, schweige ich den Rest deines Besuches wie ein Grab.»

«Na schön. Wir besuchten eine Prostituierte, Marti ist einer ihrer Freier.»

«Der kleine Marti! Wundert mich nicht. Gusti ist aber ein ganz anderes Kaliber als Martilein. Ich glaube, dass es zwischen ihm und Ines auch gefunkt hat. Aber dann traute sie sich nicht, den entscheidenden Schritt zu machen. Vielleicht ist jetzt die Zeit reif dafür.»

«Du kannst es auch nicht lassen, wie? Kaum ist Peter Weller unter dem Boden und schon wird über seinen Nachfolger im Bett der Witwe spekuliert. Olivia Vischer, die skrupellose Kupplerin!»

«Das macht mir Spass, Francesco. Zudem ist es nicht mehr als gerecht. Peter hatte ja auch sein Vergnügen und das nicht zu knapp und nicht unter der eigenen Bettdecke. Also darf Ines auch, jetzt erst noch legal.»

«Ist Böcklin politisch aktiv?»

«Nur sexuell, Francesco, so viel ich weiss. Politik interessiert ihn nicht.»

«Wenn wir gerade von Beziehungen reden, sind oder waren Conny und Andreas ernsthaft liiert?»

«Liiert? Was für ein schönes, altmodisches Wort. Conny ist die Tochter ihres Vaters. Kein Kind von Traurigkeit. Sie macht auch gar kein Hehl daraus. Man lebt nur ein Mal. Und eine feste Bindung kann ich eingehen, wenn ich alt und grau bin, so lautet in etwa ihre Devise.»

«Kenne ich jemanden von ihren Lovern?»

«Kaum … Doch, einen kennst du sicher, der war übrigens gestern hier. Diesen Patrick Stolz von der EFP.»

«Der Parteisekretär? Was wollte er von dir?»

«Was wohl?! Ich soll seinen Parteiapparat ölen, damit die Schweiz weiterhin in den rechten Händen bleibt. Er meinte wohl in rechtsradikalen Händen. Bei Ines ist er ziemlich böse abgeblitzt, bei mir natürlich auch. Die Bürgerlichen und die Linken unterstütze ich. Aber bei diesen rechtsradikalen Fritzen wird mir übel.»

«Wusste Peter Weller von der Affäre seiner Tochter mit Stolz?»

«Er forcierte sie sogar, sah seinen Parteisekretär bereits als Schwiegersohn. Das hingegen gefiel seinem Adlatus ganz und gar nicht.»

«Lutz Wagner?»

«Ja. Stolz und Wagner hatten richtig Zoff wegen Conny, was ihr wiederum sehr gefiel. Zwei Ritter der Tafelrunde kämpfen um die schöne Prinzessin. Stolz ging als Sieger vom Feld, jedoch nur, weil König Peter ihn unterstützte. Im Kampf Mann gegen Mann hätte der smarte Prinz Patrick gegen das Rauhbein Lutz mit Sicherheit den Kürzeren gezogen.»

«Du schaust dir zu viele Filme an», schmunzelte Ferrari, «aber sehr eindrückliche Schilderung. Ist die Liebe inzwischen erkaltet?»

«Da musst du sie selbst fragen. Ich vermute schon. Wie heisst es so schön, wo zwei sich streiten, lacht der Dritte.»

«Und der wäre?»

«Der Glatzenmann mit den Mukis.»

«Edgar Huber?»

«Seit er für Weller arbeitet, schleicht er um Conny rum.»

«Mit Erfolg?»

«Keine Ahnung. Ich weiss nur, dass es Peter gar

nicht gefiel. Im Sommer haben sich die zwei einmal ziemlich deftig in die Haare gekriegt.»

«Du Lauscherin!»

«Das war nun wirklich nicht zu überhören. ‹Lass Conny in Ruhe oder ich mache dich fertig. Meine Tochter ist viel zu schade für einen wie dich.› Und dann ist Peter in die Vollen gegangen. Unterste Schublade kann ich da nur sagen. Hirnamputierter Trottel konnte ich mir gerade noch so merken.»

«Wie hat Edgar reagiert?»

«Gar nicht. Peter tobte und der Muskelmann stand wie versteinert da, liess alles über sich ergehen.»

«Hat er danach Conny in Ruhe gelassen?»

«Das weiss ich nicht. Am besten du fragst sie selbst.»

«Dann wäre noch Andreas.»

«Der ist schwul!»

Das kam so überzeugend schnell, dass sich Ferrari mit dem Cognac verschluckte. Olivia klopfte ihm auf den Rücken.

«So schlecht ist der Cognac nicht. Du musst ihn trinken, nicht rausspucken. Willst du noch einen?»

«Ja … ich … ich habe eine Kröte im Hals …»

«Spül sie weg. Hier!»

«Wieso … wieso ist … Andreas schwul?»

«Den sieht man immer nur in Männerbegleitung. So komische Vögel im Afrolook und solche, die unzählige Decken und Tücher um sich gewickelt haben, damit sie nicht erfrieren. Alles Sonderlinge! Andreas hat einen ausgeprägten Sozialtick, hilft bei der Gassenküche und im Männerwohnheim.»

«Das heisst noch lange nicht, dass er schwul ist.»

«Ist er aber. Am letzten Silvester wollte ich ihn mehrmals verkuppeln, und zwar nicht mit irgendwelchen Tussis, sondern mit zwei Fotomodellen. Später mit einer schönen Intellektuellen. Und weisst du, was dann passiert ist?»

«Du wirst es mir sicher gleich sagen.»

«Er ist mit Bernhard Buser, der Supertunte, verschwunden. Jetzt sag mir nochmals, dass er nicht schwul ist.»

«Hm ... Das muss noch lange nicht heissen, dass er etwas mit ‹BB› hat!»

«Ja, ja. Immer schön den Kopf in den Sand stecken und nur die Dinge sehen, die man sehen will.»

«Gibst du am Silvester wieder eine Party?»

«Wie in jedem Jahr ... Wieso fragst du?»

«Nur so.»

«Möchtest du auch kommen? Ich rufe Monika gern an, ihr würde es sicher gefallen.»

Das denke ich auch, du Obermischlerin. Doch dieses Mal werden deine Pläne nicht aufgehen. Du wirst dich wundern. An Silvester sitzt Francesco Ferrari mit einem Glas Champagner gemütlich und in trauter Zweisamkeit auf seinem geliebten Sofa.

«Danke. Das ist lieb gemeint. Aber ich bleibe lieber mit Monika zu Hause. Ich passe nicht in deinen Schickimickikuchen.»

«Schade. Du kannst es dir ja noch überlegen.»

Der erste Teil des Dramas nahm zu Hause seinen Lauf. Francesco hatte die Leiter, die man ausziehen konnte und dem Nachbarn zur Linken gehörte, an die grosse Tanne im Vorgarten gelehnt. Vorsichtig kletterte er die ersten Stufen hoch, befand, dass die Leiter noch nicht richtig stand und stellte sie umständlich um. So, jetzt sollte es gehen. Monika reichte ihm eine Lichterkette.

«Das meinst du doch nicht im Ernst? Ich soll mit dem Ding da ganz raufklettern …»

«… und den Anfang oben festmachen. Dann schlängeln wir die Kette rund um die Tanne und schon ist der erste Teil erledigt.»

«Ich werde mir alle Knochen brechen.»

«Wenn du willst, frage ich Kurt.»

Soweit kommts noch! Der soll drüben in seinem Garten bleiben, der Giftzwerg! Ferrari kletterte vorsichtig die Leiter hoch. Hoffentlich hält das Teil. Sie sieht ziemlich unstabil aus. Kurz vor dem Ziel begann sie leicht zu schwanken. Bitte nicht! Ferrari hielt sich verkrampft an der Tanne fest und stiess ein Stossgebet aus.

«Gut, jetzt bist du hoch genug. Mach die Lichterkette fest.»

Wenn ich die Kette festmache, muss ich den Baum loslassen. Und dann … ich darf gar nicht daran denken.

«Na, was ist?! Mach schon, es ist kalt.»

Unter Einsatz seines Lebens befestigte Ferrari den

Anfang der Lichterkette. Geschafft! Nun versuchte er, die Kette um den Baum herum zu wickeln.

«Vorsicht, Francesco! Die Leiter schwankt!», rief Monika entsetzt.

Prima. Da jagt sie mich in schwindelerregende Höhen und, anstatt mich zu ungeahnten Leistungen anzutreiben, bekommt sie selbst Angst. Als würde meine nicht vollends reichen … Langsam stieg er hinunter.

«So geht es nicht. Ich muss die Leiter umstellen. Von der Seite kann ich die Kette erwischen und sie um den Baum schwingen. Anders ist es nicht machbar.»

Monika rollte mit den Augen, verkniff sich aber eine Bemerkung. Der Vorgang wiederholte sich in der nächsten halben Stunde mehrmals. C'est fait. Ferrari betrachtete von unten stolz sein Werk. Das habe ich gut gemacht! Und so schnell.

«Was glotzt du so? Wir sind noch nicht fertig. Jetzt ist der Schneemann auf dem Vordach dran. Dafür reicht unsere kleine Leiter.»

Oje. Die ist noch weniger standfest als die grosse. Vorsichtig krabbelte Ferrari aufs Vordach. Hoffentlich hält das Dach. Zum Test begann er ein wenig zu wippen.

«Das hält schon. Du musst nur den Schneemann festbinden, den Rest mache ich mit Nikki.»

Ai, ai, Kapitän. Ferrari wickelte einen Draht um den Hals des Plastikschneemanns und befestigte diesen am Vordach.

«Du solltest ihn nur festbinden, nicht erwürgen», klang es von unten.

«Hm!»

Mit einem zweiten Draht band er ihn an einem Haken am Haus fest. Schliesslich verknüpfte er die beiden Drähte mit einem dritten, den er Nikki durchs Fenster reichte. Sicher ist sicher.

«Der Schneemann soll nur zwei Wochen halten. Keine Ewigkeit», hörte er Monika rufen.

Ferrari überhörte die bissige Bemerkung und glitt langsam über den Dachvorsprung auf die … Das gibts doch nicht! Wo war die verfluchte Leiter?

«Mehr nach links. Noch ein Stück … Gut so.»

Sekunden später hatte der Kommissär wieder festen Boden unter den Füssen.

«Na also, geht doch. Aber du machst jedes Jahr das gleiche Theater. Es fehlt dir schlicht und ergreifend am guten Willen, Francesco. So, du bist jetzt erlöst. Den Rest machen Nikki und ich.»

Wie bitte? Es fehlt mir an gutem Willen?! Da riskiere ich mein Leben, breche mir fast sämtliche Knochen und das ist der Dank? Darauf muss ich dringend ein Glas Wein trinken.

«Gut. Ich gönne mir eine kleine Stärkung. Zur Feier des Tages, weil alles so wunderbar klappt.»

«Kriege ich auch eine», fragte Monika, die genau wusste, was Ferrari unter der kleinen Stärkung verstand.

«Aber sicher, du Sklaventreiberin.»

Sichtlich zufrieden standen die beiden im Wintergarten, nippten an ihren Gläsern und schauten auf den Wald.

«Das war der erste Streich, der zweite folgt …»

«Ja, ja. Ich weiss, mein Schatz. Wie könnte ich das vergessen.»

Ferrari zog Monika an sich und küsste sie. Drama zwei beinhaltete das gemeinsame Baumkaufen und das Aufstellen desselben im Wohnzimmer. Am richtigen Ort und kerzengerade versteht sich.

«Es ist so friedlich und ruhig hier, Francesco.»

«Stimmt. Hoffentlich schneit es nochmals. Ich wünsche mir so richtig weisse …»

In diesem Moment klingelte das Telefon.

«Lass es läuten, Monika.»

Doch der Anrufer liess nicht locker.

«Vielleicht ist es doch etwas Wichtiges.»

«Also, wenn mich meine Kollegen suchen, können sie ja auf mein Handy anrufen.»

«Und wo ist dein Handy?»

«Im Mantel …»

«Ich nehme ab.»

Damit war die Vorweihnachtsstimmung zerstört. Und nur, weil ein Vertreter Wein an die Frau oder den Mann bringen will. Vielleicht möchte jemand auch eine dieser intelligenten Umfragen machen. Wie ich das hasse.

«Es ist Borer, Francesco!»

Der Kommissär runzelte die Stirn.

«Ferrari … Wie? … Nein, es ist im Mantel. Was gibt es? … Was?! … Ich komme sofort.»

Ferrari legte den Hörer auf, sein Gesicht war blass geworden.

«Nadine liegt im Spital. Sie wurde zusammengeschlagen.»

«Los, beeilen wir uns. Ich sag nur rasch Nikki Bescheid.»

Monika und Ferrari rannten durch die Intensivstation. Staatsanwalt Borer erwartete sie bereits.

«Was ist mit ihr?», keuchte der Kommissär. «Wie geht es ihr?»

«Den Umständen entsprechend gut. Kommen Sie mit.»

Nadine trug einen dicken Verband um den Kopf. Sie sah ziemlich mitgenommen aus.

«Was machst du denn für Sachen?»

Ferrari umarmte sie vorsichtig, während ihr Monika liebevoll eine Kusshand zuwarf.

«He, du erdrückst mich. Nur keine Panik, ich lebe noch. So schnell werdet ihr mich nicht los. Ich habe lediglich eine kleine Gehirnerschütterung und ein paar Prellungen abbekommen.»

«Wie ist das passiert, Nadine?»

«Das würde mich auch interessieren, sehr sogar», betonte Borer, in dessen Stimme mehr als nur ein Anflug von Sorge mitschwang.

«Die haben Ruedi und seine Clique aufgemischt.

Leider genau zu dem Zeitpunkt, als ich zu Besuch war. Es kam vollkommen überraschend. Wir sassen gemütlich am Tisch und redeten. Dieser Bodo Stein war auch da und ein paar andere. Plötzlich klirrten die Fensterscheiben, ein paar Männer stürmten rein und schlugen alles kurz und klein. Wir versuchten, uns zu wehren. Dann traf mich einer voll mit einem harten Gegenstand. Mehr weiss ich nicht. Als ich aufgewacht bin, war Dagmar bei mir, sie hat die Polizei informiert. Und jetzt liege ich mit einer Sauwut hier im Krankenhaus und mit Schädelbrummen …»

Nadine griff sich mit schmerzverzerrtem Gesicht an den Verband.

«Gott sei Dank ist dir nichts Schlimmeres passiert.»

«Schon. Aber es macht mich rasend, dass sie uns so leicht überwältigen konnten. Ich bin doch keine Anfängerin, Monika.»

«Wie geht es Dagmar?», wollte Ferrari wissen.

«Du kannst sie selbst fragen. Sie liegt dort hinter dem nächsten Vorhang. Die Ärzte haben sie zur Sicherheit hier behalten.»

Gesagt, getan. Nach ein paar Minuten kam der Kommissär sichtlich erleichtert zurück.

«Dagmar hat einen leichten Schock erlitten. Glück im Unglück. Wer war es, Nadine?»

Ferrari betonte jedes einzelne Wort.

«Lutz Wagner. Den habe ich hundertprozentig erkannt, die anderen nicht.»

«Hat er Ruedi und Bodo mitgenommen?»

«Keine Ahnung. Wäre möglich. Vielleicht konnten sie aber auch abhauen.»

Wortlos verliessen Ferrari und Borer die Intensivstation. Der Kommissär zog mit finsterer Miene sein Handy aus der Manteltasche und wählte eine Nummer. Die zusammengekniffenen Augenbrauen versprachen nichts Gutes.

«Ist Georg da, Otto? … Verstehe. Er muss auch einmal schlafen. Hör zu, ich möchte, dass du mit einigen Leuten ins Dreispitzareal fährst, in die Florenzstrasse zur Logistik AG. Bring mir den Geschäftsführer Lutz Wagner … Ja, ich will ihn sprechen … Er wird dort sein, mit seinen Kumpels, glaub mir. Aber bitte, nimm genügend Verstärkung mit und seid vorsichtig, mit denen ist nicht zu spassen … Die Mittel? … Sind mir egal … Das Resultat zählt.»

«Die letzten Sätze habe ich nicht gehört, Ferrari!», wandte Borer ein. «Ich … ich habe überhaupt nichts gehört, wenn ich es mir recht überlege.»

Monika und Staatsanwalt Borer leisteten Nadine noch eine ganze Weile Gesellschaft, ungeachtet ihres heftigen Protestes, während Ferrari unverzüglich ins Kommissariat zurückkehrte. Seit Minuten schritt er in seinem Büro auf und ab. Seine Gedanken drehten sich im Kreis. Immer und immer wieder. Ich bin verantwortlich. Es ist meine Schuld. Nie und nimmer hätte ich Nadine allein zu den Alternativen gehen lassen dürfen. Auch wenn niemand ahnen konnte, dass Lutz Wagner mit seinem Schlägertrupp einen Anschlag plante. Trotzdem, ich bin verantwortlich. Ich bin schuld. Schuld daran, dass Nadine mit einer Gehirnerschütterung im Spital liegt. Nach gut einer Stunde wurde Lutz Wagner vorgeführt. Allem Anschein nach hatte er sich zu Wehr gesetzt. Sein linkes Auge war ziemlich geschwollen.

«Nehmt ihm die Handschellen ab und dann lasst uns allein.»

Otto Stebler zögerte.

«Sollen wir nicht bleiben, Francesco?»

«Das ist nicht nötig. Danke, Otto. Gute Arbeit … Setzen Sie sich, Herr Wagner.»

Zögernd liess er sich auf den Stuhl nieder.

«Mafiamethoden, Ferrari! Hat Nachspiel.»

«Das Spiel wurde heute bereits lanciert, Wagner. Von Ihnen und nach Ihren Regeln. Reden Sie also nicht von einem Nachspiel. Wo waren Sie zwischen fünf und sieben?»

«In der Firma. Disponentenbesprechung.»

«Eine Zeugin hat Sie aber in der Delsbergerallee gesehen. Wie erklären Sie das?»

«Unmöglich. War in Firma, kann beweisen.»

Ferrari lehnte sich zurück. Er war bereit, die Herausforderung anzunehmen.

«Sie glauben, dass Sie sich alles leisten können, nicht wahr?»

«Verstehe nicht.»

«Sie brechen in ein Haus ein. Schlagen alles zusammen und gehen auf wehrlose Menschen los.»

«Ist nicht so.»

Ferrari sprach leise weiter. Seine Augen funkelten.

«Wir spielen jetzt das Spiel nach meinen Regeln, Wagner. Wir beide wissen, dass Sie dort eingedrungen sind. Meine Kollegin hat Sie erkannt. Zweifel ausgeschlossen. Pech für Sie oder wie sagt man so schön? Dumm gelaufen.»

«Aussage gegen Aussage.»

«Es wird zu keinem Prozess kommen, Wagner.»

«Keine Anklage?»

«Wieso denn? Sie waren ja gar nicht dort, oder vielleicht doch?»

«War in Firma. Gibt jede Menge Zeugen.»

«Das glaube ich Ihnen. Im Vertrauen», der Kommissär winkte sein Gegenüber näher, «kann ich Ihnen verraten, dass ich es nicht hinnehme, wenn meine Kollegin von Ihnen und Ihresgleichen spitalreif geschlagen wird.»

«Waren wir nicht», frohlockte Lutz Wagner.

«Nehmen wir einmal an, dass Sie dabei gewesen sind. Reine Spekulation, ein Gedankenspiel sozusagen. Dann würde ich mich leider gezwungen sehen, Sie und Ihre Brut auszurotten. Das ist keine Drohung, Herr Wagner. Das ist ein Versprechen!»

«Mann, grosse Rede!»

Ferrari ging um den Tisch herum.

«Stehen Sie auf, Wagner.»

Er erhob sich. Noch immer lächelnd.

«Sie können jetzt gehen. Geniessen Sie Ihre Freiheit, solange Sie können, und denken Sie daran, ich kriege Sie. Früher oder später. Ich sitze Ihnen im Genick, warte geduldig, bis Sie einen Fehler machen. Und Sie machen einen Fehler. Sie sind nicht clever genug. Das haben Ihnen schon andere gesagt, etwa Ihr Freund Stolz und Ihr Mentor Weller. Die Wahrheit kann hart sein. Nicht wahr? Sie sind eben nur ein gutmütiger Mitläufer, ohne Hirn, dafür mit vielen Muskeln. Sehr beeindruckend.»

Wagner lief rot an. Für den Bruchteil einer Sekunde sah es so aus, als wollte er sich auf den Kommissär stürzen. Doch im letzten Moment hielt er inne.

«Na, was ist? Sind Sie zu feige?», feixte Ferrari.

Etwas in den Augen des Kommissär hielt Wagner davon ab.

«So nicht! Kollegen im Nebenraum. Dann bin ich dran. Und Patrick und Peter sagen das nicht.»

«Absolut feige, ich sag es ja! Das überrascht mich nicht. Gegen ein paar Wehrlose seid ihr stark, aber so ganz allein habt ihr keinen Mut. Worauf warten Sie? Sie sind mir doch kräftemässig weit überlegen? Na los!»

Wagner zögerte.

«Gut. Dann schlage ich vor, wir bleiben beim Spiel. Übrigens, ich verliere nicht gern, und Sie?», Ferrari machte eine kurze Pause und fuhr mit gekünstelter Stimme fort, «ich freue mich sehr, Ihnen mitteilen zu können, dass Ines Weller als neue Mitspielerin gewonnen werden konnte.»

Wagners Gesichtsfarbe wechselte schlagartig von Rot auf Weiss.

«Im Klartext heisst das, ich werde Ines über das Vorgefallene informieren. Sie wissen genauso gut wie ich, dass sie Gewalt verabscheut. Sie stehen also kurz vor dem Rauswurf. Und glauben Sie mir, Sie kriegen in Basel kein Bein mehr auf den Boden, wenn ich mit Ihnen fertig bin.»

Das war des Guten zu viel. Wagner sank auf den Stuhl und zupfte nervös an seinem linken Ohr.

«Haben Scheisse gebaut!»

«Ist das alles, was Sie dazu sagen?»

«Haben Kommissärin zu spät gesehen. Wollte dazwischengehen. War zu spät. War schon ohnmächtig. War dumm! Hat nichts mit ihr zu tun. Wie geht es ihr?»

«Sie hat eine Gehirnerschütterung. Was wolltet ihr da?»

«Diesen Fink. Hat Peter auf dem Gewissen.»

«Wer sagt das?»

«Verpfeife keine Kollegen.»

«Es behauptet also jemand, dass Ruedi Fink der Mörder von Peter Weller ist?»

«Ist sicher. Kann es beweisen.»

«Und Sie haben diese Beweise gesehen?»

«Nein! Muss ich nicht. Glaube ihm.»

Hm. Irgendjemand schien Lutz Wagner gegen Ruedi Fink aufzuwiegeln.

«Wo habt ihr Ruedi Fink hingebracht?»

«Dreckskerl ist entwischt, der andere auch. Durchs Fenster. Linke Säue! Haben nicht einmal Freunden geholfen. Finden diesen Ruedi. Machen ihn kalt.»

Ferrari stand auf und trat ans Fenster. Sein Blick verlor sich im eigenen Spiegelbild.

«Und jetzt?»

«Wie bitte? … Ach ja, Sie können gehen, Herr Wagner.»

«Nicht verhaftet?»

«Nein. Sie laufen uns nicht davon.»

Unsicher bewegte er sich auf den Kommissär zu. Er streckte seine Hand aus.

«Tut mir leid. Ehrlich. Um Kollegin.»

Ferrari schlug ein.

«War totaler, verfluchter Bockmist! Kommt nicht mehr vor. Unschuldige getroffen.»

An der Tür drehte er sich nochmals um.

«Wenn ich auf Sie losgegangen wäre?»

«Was dann passiert wäre? Das werden wir wohl nie erfahren.»

9. Kapitel

Der Turban stand ihr gut, die Prellungen weniger. Ihre Schönheit hatte zum Glück nur einen kleinen Makel erlitten, der durchaus reparabel war. Es ging ihr auf alle Fälle bedeutend besser, denn sie konnte bereits wieder in den höchsten Tönen schimpfen. Der Alltag und das Kommissariat hatten sie wieder.

«Du lässt ihn einfach laufen? Ohne ihn fertig zu machen? Was bist du nur für ein Freund?! Du bist nichts weiter als eine riesengrosse Memme!»

«Entschuldige mal, es ist nicht die Aufgabe der Polizei, jemanden zusammenzuschlagen. Zum Glück gibt es Regeln und Gesetze, die übrigens auch für dich gelten, meine Liebe.»

«Ha! Du fürchtest dich bloss vor seinen Mukis! Du hast eine grosse Klappe, doch wenn es darum geht, seinen Mann zu stehen, dann kriegst du den Kasperl?»

«Den was?»

«Das Muckensausen! Herzflattern oder für blutige Anfänger: Angst.»

«Ich habe mich nett mit ihm unterhalten und einiges Interessantes erfahren. Ganz nebenbei liess ich ihn wissen, dass ich es nicht ausstehen kann, wenn meine

Partnerin zusammengeschlagen wird. Übrigens, schön, dass es dir besser geht. Was macht der Kopf?»

«Der brummt! Ich bin krankgeschrieben, aber im Bett liegen will ich nicht.»

«Möchtest du einen Kaffee?»

«Den hole ich mir selbst.»

Sie schlug die Tür hinter sich zu. Einige Minuten später kam sie wie verwandelt mit zwei Kaffees zurück. Da soll jemand die Frauen verstehen. Sie stellte die Becher auf den Tisch und küsste Ferrari auf die Wange.

«Wofür war denn der?»

«Otto hat einiges deiner Unterhaltung mit Wagner mitbekommen.»

«Na und?»

«Du hast ihm gesagt, dass du ihn erschiessen wirst, wenn er mich nochmals anrührt.»

Eine höchst dramatische Schilderung der Ereignisse des vergangenen Abends. Aber Ferrari kam sie gerade recht.

«Das ist megalieb von dir!»

Wenn ich normal bin, bin ich ein Weichei. Wenn ich zum Tier, noch besser, zum Mörder avanciere, bin ich ein megageiler Typ.

«Nun rück schon raus mit den Neuigkeiten. Was hat dir Wagner erzählt?»

«Dass es ihm leid tut. Er wollte dazwischen gehen, als er sah, dass du es bist. Aber da war es schon zu spät. Du wurdest übrigens von einem Eisenrohr getroffen.

Eine fürchterliche Waffe. Ich darf gar nicht daran denken, was passiert wäre, wenn der Mann voll ausgeholt hätte …»

«Dann würde ich die Radieschen jetzt von unten zählen.»

Und Lutz Wagner würde jetzt wohl bereits in einem Sarg liegen!, ergänzte Ferrari im Stillen.

«Wagner wurde zum Überfall angestiftet.»

«Von wem? Andreas Weller, Patrick Stolz, Edgar Huber?»

«Ich tippe auf Andreas. Der hat eine unbändige Wut auf Ruedi Fink und ist total enttäuscht. Gut möglich, dass er Lutz Wagner aufgehetzt hat.»

«Na, dann wollen wir mal. Den treffen wir sicher an der Uni.»

«Da wäre noch etwas», Ferrari hüstelte künstlich.

«Raus mit der Sprache.»

«Olivia hat mir von einem Riesenstreit zwischen Edgar und Peter Weller berichtet. Es ging Weller gegen den Strich, dass sich Edgar für Conny interessiert.»

«Weil Conny für Stolz vorgesehen war?»

«Exakt. Weller tobte wie ein Irrer und muss übel über Edgar hergezogen sein.»

«Edgar liebt Conny. Weller will nicht, dass etwas aus der Beziehung wird. Edgar schafft Weller aus dem Weg. So einfach.»

«Wenn du mir jetzt noch sagst, von wem, dann beginne ich mich langsam mit dieser Theorie anzufreunden.»

«Von einem seiner Leute oder … er war es selbst.»

«Das konnte er doch gar nicht.»

«Wieso nicht? Ein Spinner will zu Weller durchbrechen. Es gelingt ihm zwar, aber im Getümmel nutzt Huber seine Chance, sticht zu und der Chaot entwischt. Der Vermummte wird zum Täter. Huber ist fein raus.»

«Gewagte Vermutung. Irgendwie zu konstruiert … Angenommen es war so, dann hat es jemand gesehen. Vielleicht sogar Conny, weshalb verpfeift sie ihn nicht?»

«Wohin die Liebe fällt, Francesco!»

In der juristischen Fakultät war Andreas Weller nirgends zu finden. Zum grossen Ärger von Nadine, hatte der Kommissär jede Tür geöffnet. Ein Wunder, dass er nicht noch unter jeden Tisch gekrochen war. Peinlich! So blieb ihnen nichts anderes übrig, als der Familie Weller einen Besuch abzustatten. Mit Todesverachtung stieg Ferrari in den Porsche, bereit, die erneute Tortur über sich ergehen zu lassen. Nadine raste wie gewohnt, ungeachtet jeglicher Verkehrsregeln, teilte lautstark Beleidigungen aus und heulte bei jedem kleinen Ruck auf. Die Gehirnerschütterung lässt grüssen, dachte Ferrari. Beim Anblick der Villa entspannten sich seine Gesichtszüge. Der Schrecken hatte ein gutes Ende gefunden. Uff. Ines Weller begrüsste sie herzlich.

«Hallo, Francesco, schön Sie zu sehen. Kommen Sie rein.»

«Das ist meine Kollegin Nadine Kupfer. Wie geht es Ihnen?»

«Etwas besser als in den letzten Tagen. Nehmt doch Platz. Möchtet ihr etwas trinken?»

«Nein, danke. Wir sind nur auf einen Sprung vorbeigekommen.»

«Was ist mit Ihnen passiert, Frau Kupfer? Bitte setzen Sie sich.»

Nadine schwankte zum Sofa. Ihr Schädel brummte heftig.

«Soll ich einen Arzt rufen?»

«Nein … nein … es geht schon.»

Ferrari sah besorgt zu Nadine.

«Wir möchten Ihrem Sohn einige Fragen stellen, Ines. Ist er da?»

«Ich rufe ihn.»

Einige Minuten später schlurfte Andreas im Jogginganzug ins Wohnzimmer.

«Sie wollen mich sprechen? He … was ist denn mit Ihnen passiert, Frau Kupfer?»

«Ich wurde zusammengeschlagen. Deshalb sind wir auch hier.»

Ines sah Nadine verständnislos an.

«Das müssen Sie mir jetzt aber schon näher erklären, Frau Kupfer.»

Nadine schilderte die Vorgänge des gestrigen Abends.

«Sind Sie ganz sicher, dass es Lutz Wagner und meine Leute gewesen sind?»

«Ich habe nur Lutz Wagner erkannt.»

«Dann ist mit grosser Wahrscheinlichkeit anzunehmen, dass es sich bei den anderen Personen auch um meine Angestellten handelte. Das hat Konsequenzen. Ich bin gegen jegliche Art von Gewalt. Gewalt löst keine Probleme und ich dulde in meiner Firma keine Leute, die zur Selbstjustiz greifen. Ich möchte mich für das Benehmen meiner Leute in aller Form entschuldigen. Es tut mir aufrichtig leid. Ich hoffe, dass sie keine bleibenden Schäden erlitten haben.»

«Das nicht. Nebst dem Schädelbrummen hat vor allem mein Ego stark gelitten. Ich bin noch nie ausgezählt worden.»

«Was hast du damit zu tun, Andi?!» Das war keine höfliche Frage, sondern kam beinahe einem Befehl gleich. Als er nicht sofort antwortete, verschärfte Ines den Ton. «Wir warten! Eine Antwort, bitte, und zwar subito!»

«Ich … ich weiss nicht.»

Ines schaute fragend zu Ferrari.

«Es ist nur eine Vermutung, Ines. Wir glauben, Lutz Wagner sei aufgestachelt worden. Jemand muss ihm gegenüber den Verdacht geäussert haben, dass Ruedi Fink, das ist ein junger Mann aus der alternativen Szene, den Mord an Ihrem Mann begangen haben könnte. Andreas kennt Ruedi, die beiden waren sogar einmal gute Freunde. Dann kam es zu Enttäuschung und Streit. Vielleicht wollte sich Ihr Sohn rächen? Diese Frage möchten wir gern klären.

Was diesen Ruedi Fink betrifft, der ist untergetaucht. Wir haben ihn zur Fahndung ausgeschrieben.»

«Andreas!»

«Ich bins nicht gewesen, Mam. Ich habe Lutz seit dem Tod von Papa nicht mehr gesehen.»

«Aber ich war es!» Conny Weller hatte unbemerkt den Raum betreten. «Der Tipp stammt von mir.»

Sie setzte sich aufs Sofa und schlug die Beine übereinander.

Nadines Kopfschmerzen hatten sich in den letzten Minuten verstärkt. Elender Mist. Der Arzt hat mich gewarnt. Ich solle zwei, drei Tage im Bett bleiben. Der hat Vorstellungen! Das geht doch nicht. Ich will wissen, wem ich den Schlag auf den Kopf zu verdanken habe. Wer hinter dem Ganzen steckt. Da muss ich durch.

«Und … weshalb bist du so sicher, dass Ruedi deinen Vater ermordet hat?»

«Von ermordet habe ich nichts gesagt. Keine Spur. Ich erwähnte lediglich, dass Ruedi aus dem Hof gerannt ist.»

«Moment mal! Du behauptest, Ruedi Fink sei in der Nähe deines Vaters gewesen und dann aus dem Hof gerannt? Hast du das gesehen? Und weshalb erzählst du uns das erst jetzt?»

«Ich erfuhr erst gestern davon, Nadine. Von Edgar. Und so habe ich es auch an Lutz weitergegeben. Dass der Trottel dann eins und eins zusammenzählt und daraus eine abstruse Mordtheorie schmiedet, konnte ich ja nicht ahnen. Na, ja, wundern tut es mich zwar nicht. Lutz war noch nie eine Leuchte. Aber nochmals, ich sagte ihm nur, dass Ruedi aus der Einfahrt gerannt sei. Fragt Edgar, er wird es euch bestätigen.»

Genau das werden wir als Nächstes tun. Hatte Edgar Huber Ruedi Fink wirklich auf dem Gelände gesehen? Und wenn ja, weshalb rückte er mit dieser Information bei ihrem Besuch in der Efringerstrasse nicht raus? Es gab zwei Erklärungen. Edgar Huber wollte den Mörder von Peter Weller selbst schnappen, um bei Stolz und Ines Weller die tödliche Schlappe wieder auszubügeln. Oder er inszenierte zusammen mit Conny ein Ablenkungsmanöver.

«Du musst fahren, Francesco. Die Schmerzen sind zu stark. Es dreht sich alles.»

Nadine reichte ihm die Autoschlüssel.

«Soll ich dich zum Arzt bringen? Oder nach Hause? Du gehörst ins Bett.»

«Ach was. So eine kleine Gehirnerschütterung bringt mich nicht um. Aber fahr bitte vorsichtig, ich häng an meinem Porsche … Ein cleverer Schachzug von Edgar. Er weiss, dass wir ihm auf der Spur sind und Simsalabim, zaubert er Ruedi Fink aus dem Hut.»

«Conny trifft sich mit Edgar. Daraufhin informiert sie Lutz Wagner in der Hoffnung, dass er Ruedi erwischt und ihn lyncht. Langsam, aber nur ganz langsam beginne ich an deine Theorie zu glauben.»

Ferrari fuhr vorsichtig den Bruderholzhügel hinunter, denn an einzelnen Stellen befanden sich sogenannte Tempostopper. Obwohl er im Schritttempo über die Hindernisse fuhr, verzog Nadine jedes Mal das Gesicht. Gemächlich gings weiter durchs Gundeli, am Bahnhof SBB vorbei, über den Aeschenplatz in Richtung Wettsteinbrücke. Endlich erreichten sie das Kleinbasel.

«He, du musst nicht mit Tempo dreissig fahren. Das ist kein Leichenwagen.»

Anscheinend war der Fahrer hinter ihnen der gleichen Meinung. Er hupte und überholte Ferrari mit einem gewagten Manöver am Wettsteinplatzkreisel.

«Das hast du davon. Jede Schnecke überholt uns. Gib endlich Gas.»

Ferrari schaltete in den dritten Gang. BL 104452 oder BL 108450? Ich muss es anders aufzäumen. Es war ein schwarzer BMW. Kein gewöhnlicher, ein grosser. Eine schwarze Limousine …

«Hallo! Nadine an Francesco, bist du noch unter uns? Hörst du mir zu?»

«Wie … sicher höre ich dir zu.»

«Was habe ich denn gesagt?»

«Ähm …»

Edgar Huber blätterte in einem Dossier, als der Kommissär und seine Assistentin eintraten.

«Was ist denn mit Ihnen passiert?»

«Daran sind Sie schuld!»

«Ich? Habe ich etwas verpasst?»

«Sie mit Ihrer Gerüchteküche.»

Nadine setzte sich unter Ferraris besorgtem Blick total erschöpft auf einen Stuhl. Du kannst machen, was du willst, Partnerin. Nachher fahr ich dich nach Hause. Ob du willst oder nicht.

«Indirekt stimmt es schon, Edgar», nahm der Kommissär den Gesprächsfaden auf. «Das geht aufs Konto von Lutz Wagner und seinen Spezies. Und du hast sie dazu angestachelt.»

«Ich? Spinnst du, Francesco?»

«Du hast Conny Weller erzählt, dass Ruedi Fink aus dem Hof gerannt sei. Sie gab das brühwarm an Lutz Wagner weiter. Der drehte durch und mischte mit seinen Leuten in der Delsbergerallee die linke Szene auf. Leider war Nadine unter den Alternativen, weil sie eine Befragung durchführen wollte. Quintessenz: Ruedi Fink ist verschwunden, Nadine hat eine Gehirnerschütterung und ich bin so etwas von sauer, dass mir langsam aber sicher der Kragen platzt.»

«Moment mal, Francesco! Diesen Schuh ziehe ich mir nicht an oder nur bedingt. Es stimmt, ich habe Conny das von Ruedi Fink erzählt. Nur gesehen habe ich es nicht. Die Info stammt von Patrick.»

«Na, bravo! Einer schiebt es auf den anderen.»

«Es ist die Wahrheit, Frau Kupfer. Möchten Sie einen Tee oder ein Glas Wasser?»

«Nein, danke. Es geht mir gut.»

«Sie sehen aber alles andere als gut aus», seine Stimme klang echt besorgt.

«Wie kann Patrick Stolz gesehen haben, dass Ruedi Fink aus dem Hof lief?» Ferrari schüttelte energisch seinen Kopf. «Das ist doch stupider Blödsinn. Stolz wurde umgestossen und lag genau neben Weller am Boden. Wie ist es in dieser Position möglich, aufs Tor zu sehen?»

«Das, mein lieber Francesco, musst du ihn selbst fragen.»

Ferrari fuhr ruckartig los.

«Autsch … ich habe fürchterliche Kopfschmerzen. Durch deinen Fahrstil werden sie nicht besser.»

Kommentarlos und äusserst vorsichtig setzte Ferrari die Fahrt fort. Nadine döste vor sich hin. Zwanzig Minuten und etliche Rotlichter später weckte sie der Kommissär sanft.

«Was ist los? … Ich … ich muss … eingeschlafen sein. Das ist … nicht das Parteigebäude …»

«Nein, hier ist deine Endstation. Du kommst jetzt brav mit oder ich wende Gewalt an. Steig bitte aus.»

Nadine stieg schwankend aus und liess sich ohne Gegenwehr ins Haus führen.

«Monika … Monika, bist du da?»

Monika kam die Treppe hinuntergerannt.

«Francesco! Nadine! Ist schon wieder etwas passiert?»

«Nein, nein. Sie ist bloss eine störrische Patientin,

die sich keine Ruhe gönnt. Aber mit einer Gehirnerschütterung ist nicht zu spassen. Bei ihr zu Hause wollte ich sie nicht lassen. Da büxst sie womöglich wieder aus. Somit bekommt unser Gästezimmer endlich wieder einmal einen Sinn.»

«Ich …»

«Ich dulde keine Widerrede! Du hast einen harten Schädel, Nadine. Aber unterschätz den meinen nicht. Er ist ebenso hart, wenn nicht eine Spur härter. Darüber hinaus bist du momentan nicht in der Lage, mit mir zu streiten. Also, ab mit dir ins Bett. Keine Sorge, du verpasst nichts. Ich unterhalte mich noch mit Patrick Stolz und informiere dich dann. Wenn du bei uns wohnst, bist du also direkt an der Quelle.»

Monika lächelte verschwörerisch und führte Nadine ins Obergeschoss. Nach einigen Minuten kam sie zurück.

«Sie schläft. Wie konnte sie der Arzt nur so gehen lassen? Unverantwortlich!»

«Sie ist bestimmt einfach abgehauen.»

«Wunderbar! Noch so ein Stierkopf! Ihr seid wirklich ein Dream-Team.»

Wir verfolgen ein Phantom. Trotz einzelner Verdachtsmomente drehen wir uns im Kreis. Jedes Mal, wenn sich ein Anhaltspunkt konkretisiert, löst er sich auch schon wieder in Luft auf. Es ist wie bei einer Stafette, der eine übergibt dem anderen den Stab, in diesem Fall den Schwarzen Peter. Nicht nur vom

Mörder fehlte jede Spur, auch Ruedi Fink konnte nicht gefunden werden. Die Fahndung war bislang erfolglos verlaufen. Vielleicht befand sich Ruedi doch in der Gewalt von Lutz Wagner oder lag bereits stumm wie ein Fisch im Rhein. Das gleiche Schicksal könnte auch Irina ereilt haben. Unsinn! So etwas kommt nur in schlechten Filmen vor. Ein Mord ist genug. Weiss Gott! Seit ich in Basel Dienst tue, gab es nur einen einzigen Fall mit mehreren Morden. Vielleicht fehlt es mir schlicht und ergreifend an Geduld. Gerade die Suche mithilfe von Interpol benötigt seine Zeit. Gut Ding will Weile haben. Wie dem auch sei, bis zum Weihnachtsfest werden wir den Fall nie und nimmer lösen. Wir ist gut, ich! Nadine fällt ja aus. Somit hat die Stadt ihren einsamen Rächer zurück, Francesco Ferrari, der bei Nacht und Nebel jeden Mörder zur Strecke bringt. Wie in den guten alten Zeiten … Na, ja, eigentlich waren die gar nicht so toll. Das Jetzt präsentiert sich um Meilen besser! Nadine ist eine ausgezeichnete Ermittlerin. Hochintelligent, analytisch, verbindlich, verantwortungsvoll, absolut loyal, ehrlich, teamfähig, emotional, impulsiv, extrovertiert und … einfach super. Ich kann mir meinen Job ohne Nadine nicht mehr vorstellen. Sie ist meine Partnerin. Genau. Und ich Idiot habe sie kläglich im Stich gelassen. Das nächste Mal werde ich zur Stelle sein. Blödsinn! Was heisst hier das nächste Mal. Es darf gar kein nächstes Mal geben.

Kurz vor Weihnachten schien das Transportgeschäft besonders zu florieren. Vor der Lagerhalle wurden mehrere Lastwagen mit Paletten beladen. In einer Warteschlaufe standen weitere acht Camions. Ferrari hatte sich das Parkieren einfacher vorgestellt, alle Besucherparkplätze waren besetzt. Lutz Wagner, wieder nur mit einem eng anliegenden T-Shirt bekleidet, gab ihm zu verstehen, dass er seinen Wagen ganz links auf einen für die Geschäftsleitung reservierten Platz stellen soll.

«Zu mir?»

«Nein, zu Patrick Stolz. Es ist ziemlich viel los hier.»

«Weihnachten! Gut fürs Geschäft. Frau Kupfer?»

«Nadine liegt im Bett. Es geht ihr nicht besonders gut.»

«Scheisse!»

«Sie hat einen ziemlich harten Schädel. Sie wirds überstehen.»

«Hat was gut bei mir. Soll sagen, wenn sie Probleme hat.»

Ich werde den Teufel tun. Sie wäre imstande und würde Lutz Wagner und seine Truppe zu den Löfflers schicken. Natürlich im Namen der Gerechtigkeit und sehr wahrscheinlich mit einer Klage wegen Anstiftung zur Körperverletzung oder mehr.

«Idiot!», schrie Wagner.

Ein Staplerfahrer hatte mit seiner Gabel einen Sack Kaffeebohnen durchbohrt. Lutz Wagner winkte einen der Lagerarbeiter zu sich.

«Sack verschnüren! Kaffee wegwischen!»

Es ging in der grossen Lagerhalle wie in einem Bienenschwarm zu.

«Ich bin beeindruckt», gestand der Kommissär.

«Letzte Tage. Danach wirds ruhiger.»

«Danke, dass ich hier parkieren darf.»

«Peters Platz. Steht leer bis Ines kommt.»

«Ist das schon entschieden?»

«Nein. Vermutung. Wäre gut. Ines guter Boss.»

«Und Sie? Wären Sie kein guter Boss?»

«Doch. Aber Ines besser … Muss weiter … Rolf, nicht schlafen, verdammt noch mal. Tempo.»

Ferrari sah sich das emsige Treiben einige Zeit an und erkannte allmählich das ausgeklügelte System dahinter. Innert Kürze waren die Camions beladen, während sich weitere Lastwagen in die Warteschlaufe eingereiht hatten. Trotz der Betriebsamkeit war keinerlei Hektik zu spüren. Ein gut eingespieltes Orchester mit dem perfekten Dirigenten Wagner.

Stolz empfing ihn sofort.

«Was verschafft mir die Ehre, Herr Kommissär. Und so ganz allein, ohne Ihre Kollegin?»

Du scheinheiliger Mistkerl! Du weisst doch ganz genau, was gestern Nacht passiert ist.

«Ich wollte mich mit Ihnen über Ruedi Fink unterhalten.»

«Ruedi Fink? Ruedi Fink … ah, jetzt weiss ich, wen Sie meinen. Den jungen Mann aus der linken

Szene. Der mit dem Ziegenbärtchen. Setzen wir uns doch.»

«Sie erzählten Edgar Huber, dass sich Ruedi Fink auf dem Weller'schen Grundstück aufgehalten hat und nach dem Anschlag durchs Tor rausgerannt sei.»

«Korrekt. War das ein Fehler?»

«Wie man es nimmt. Edgar gab die Information an Cornelia Weller weiter.»

«Das war eigentlich nur für seine Ohren bestimmt.»

«Und warum?»

«Ich bat ihn, Fakten zusammenzutragen, weil ich vermute, dass es einen Zusammenhang zwischen Ruedi Fink und Peter gibt.»

«Sie meinen, Ruedi Fink ist der Mörder.»

«Wieder korrekt.»

«Weshalb sind Sie mit Ihrer Vermutung nicht zu mir gekommen?»

«Weil wir dies auf unsere Weise regeln werden.»

«Das nennen wir Lynchjustiz!»

«Eine gar krasse Bezeichnung. Sagen wir dazu, einen Mörder seiner gerechten Strafe zuführen.»

«Nach eigener Aussage wurden Sie doch vom Täter zu Boden gestossen. Wie konnten Sie da sehen, dass Ruedi Fink zum Tor hinausrannte?»

«Kommen Sie mit, Herr Kommissär.»

Sie verliessen das Büro des Parteisekretärs und betraten das grosse Sitzungszimmer, in dem sie schon einmal empfangen worden waren.

«Bitte, nehmen Sie Platz.»

Patrick Stolz schob eine DVD in ein Abspielgerät, stellte eine bestimmte Sequenz ein und drückte die Playtaste. Eine Kamera zeigte die seitliche Ausfahrt der Weller'schen Villa. Zuerst hörte man Jubel, dann wildes Schreien. Im Hintergrund sah Ferrari schemenhaft die Polizei, die versuchte, Anhänger und Gegner voneinander fernzuhalten. Sekunden später wurde der Polizeikordon an einzelnen Stellen durchbrochen und einige Personen stürmten aufs Gelände, die unverzüglich von Edgars Leuten zurückgedrängt wurden. Kurz darauf rannten nochmals drei Personen vom Gelände auf die Strasse. Stolz hielt das Band an und zoomte.

«Voilà! Unverkennbar.»

Ruedi Fink rannte durch das Tor hinaus auf die Strasse. Auf der Höhe der Kamera drehte er sich nochmals um, wahrscheinlich, um zu sehen, ob ihn jemand verfolgte.

«Dieser Fink hat Peter umgebracht. Ich zweifle keine Sekunde daran.»

«Im Polizeiprotokoll steht, dass die Kamera abgeschaltet war.»

«Wohl ein bedauerlicher Irrtum oder glauben Sie, dass wir die Szene nachgestellt haben?»

Nicht provozieren lassen. Ferrari hielt sich zurück.

«Woher kommt die DVD?»

«Aus dem Aufzeichnungsgerät im Überwachungsraum.»

«Verkaufen Sie mich nicht für dumm, Herr Stolz!

Also, wie kommen Sie zu diesem Band?»

«Wie gesagt, aus dem Aufzeichnungsraum. Ich war gestern bei Ines wegen einer parteiinternen Sache. Ich bat sie, den Vorsitz zu übernehmen.»

«Und?»

«Sie denkt darüber nach. Wo waren wir? … Ah, ja. Mir kam der Gedanke, mich im Überwachungsraum umzusehen. Ines hatte nichts dagegen.»

«Und da lag dann die DVD auf dem Tisch, angeschrieben mit ‹Mordabend›.»

«Können Sie hellsehen, Herr Kommissär?»

Ferrari war klar, dass er bei Stolz auf Granit beissen würde. Nun denn. Irgendjemand hatte die Situation ausgenutzt, die Kamera ausgeschaltet und die Aufzeichnung im allgemeinen Durcheinander verschwinden lassen. Christoph und seinem Team konnte kein Vorwurf gemacht werden. Der Tatort war professionell gesichert worden und natürlich hatte man auch den Überwachungsraum gecheckt. Aber zu diesem Zeitpunkt war es schon zu spät gewesen. Wer hatte die DVD entwendet und warum? In Frage kam nur ein Insider, jemand, der Zugang zum Weller'schen Anwesen hatte. Sollte Ruedi Fink geschützt werden? Und wieso tauchen die Aufzeichnungen plötzlich wieder auf? Um genau das Gegenteil zu erreichen, nämlich Ruedi Fink zu überführen? Wohl eher Letzteres.

«Ich nehme das Band mit. Sie müssen mit einer Anzeige wegen Unterschlagung von Beweismaterial rechnen, Herr Stolz.»

«Damit kann ich leben. Eine Frage. Sie wirken ziemlich erregt, wenn ich das so sagen darf. Warum? Ich habe lediglich Edgar informiert, der wiederum Cornelia Weller gemäss Ihrer Aussage. Was ist so schlimm daran? Und aus welchem Grund haben Sie Conny überhaupt danach gefragt?»

Spielte er den Unwissenden oder wusste er es wirklich nicht?

«Das wissen Sie doch!», zischte Ferrari.

«Bei allem Respekt! Ich weiss nicht, wovon Sie sprechen.»

«Cornelia Weller erzählte es Lutz Wagner. Der stürmte daraufhin gestern Nacht mit seiner Schlägertruppe das Haus in der Delsbergerallee. Unter den Opfern des Angriffs war auch meine Kollegin Nadine Kupfer.»

Stolz sprang hoch. Die Überraschung schien echt zu sein.

«Dieser gottverdammte, hirnlose Idiot! Was haben sie mit Ruedi Fink gemacht?»

«Der ist entkommen. Im Gegensatz zu Nadine.»

Stolz atmete erleichtert aus.

«Zum Glück!»

«Was bitte heisst hier Glück?»

Ferrari sprach gefährlich leise, Stolz korrigierte sich sofort.

«Natürlich nicht für Ihre Kollegin. Diesen Übergriff bedaure ich sehr. Ich werde innerhalb der Partei sofort ein Disziplinarverfahren gegen Lutz Wagner einleiten. Wo kommen wir denn hin, wenn wir unsere eigenen Landsleute zusammenschlagen? Und erst noch eine Polizistin, die unseren Rechtsstaat vertritt. Das ist ungeheuerlich! Wagner missachtet auf sträfliche Weise unsere Prinzipien. Wir werden ihn massregeln. Vielleicht beantrage ich sogar einen Parteiausschluss! Ich bin lediglich froh, dass Ruedi Fink entkommen ist. Es muss alles seine Ordnung haben. Aus diesem Grund werden zuerst Nachforschungen betrieben. Edgar Huber verfolgt die Angelegenheit. Wir werden Fink erst ergreifen, wenn erwiesen ist, dass er der Mörder ist. Keine Sekunde früher, aber auch keine später. Das sind wir unserem Vorsitzenden schuldig.»

«Nein, ganz im Gegenteil. Sie leben in einem Rechtsstaat. Selbstjustiz ist eine Straftat. Peter Weller wäre …»

Die Worte verhallten im Nichts. Stolz befand sich längst in einer anderen Sphäre und warf einen verklärten Blick auf ein übergrosses Porträt von Peter Weller, das an der Wand hing. Ferrari konnte sich nicht daran erinnern, es beim ersten Besuch gesehen zu haben.

Der Kommissär fuhr mit dem Porsche nach Hause. Man könnte sich durchaus daran gewöhnen, mit dem Auto unterwegs zu sein. Vor allem im Winter. Es muss ja kein Porsche sein. Ein kleiner Mittelklassewagen würde vollkommen ausreichen. Vielleicht etwas Italienisches, ein Lancia oder noch besser ein Alfa Romeo. Alfa Romeo, das Wort verging wie Butter auf der Zunge. Wunderbar. Ein Alfa Romeo mit Winterreifen. Halt! Stopp! Wo sind deine Prinzipien, Ferrari?!, meldete sich sofort das schlechte Gewissen. Denk an die Umweltverschmutzung, an die Erderwärmung, an die Zukunft von Nikki. Basel verfügt nun wirklich über eines der bestausgebauten öffentlichen Verkehrsnetze der Welt. Da braucht es keine CO_2-ausstossenden Autos. Das hat man nun von seinem Gewissen!, brummte Ferrari. Vor dem Haus streifte er das Trottoir. Die gequälten Felgen gaben einen unangenehm quietschenden Laut von sich. Das auch noch! Der Kommissär stieg aus und sah sich das Malheur an, einen Hick! Hoffentlich merkt Nadine das nicht.

Monika sass mit Nadine am Küchentisch. Er küsste seine Lebenspartnerin und fischte sich ein paar Chips.

«Hallo, ihr zwei. Geht es dir besser, Nadine?»

«Nicht wirklich. Mir ist die ganze Zeit schwindlig. Monika hat mir erklärt, dass das normal sei. Gibts etwas Neues?»

«Kommt mit ins Wohnzimmer. Ich spiele euch eine DVD vor.»

Gebannt starrten sie auf die Szene, in der Ruedi Fink erschien.

«Im Bericht von Christoph steht aber, die Kamera war ausgeschaltet.»

«Das war sie auch, Nadine. Jemand hat sie unmittelbar nach der Tat ausgeschaltet und die DVD verschwinden lassen.»

«Und warum?»

«Es gibt eigentlich nur einen Grund. Wir sollten nicht wissen, dass Ruedi Fink auf dem Gelände war.»

«Das verstehe ich nicht, Francesco.»

«Ganz einfach, Monika. Die wollen den Mörder ihres geliebten Anführers selbst zur Strecke bringen. Sie sind überzeugt, dass Ruedi Fink ihr Mann ist.»

«Jetzt kapiere ich es. Wenn sie euch die DVD von Anfang an übergeben hätten, sässe dieser Fink bereits in Untersuchungshaft und somit wäre aus der geplanten Selbstjustiz nichts geworden.»

«Aber weshalb warten sie einige Tage, bevor sie zuschlagen? So riskierten sie, dass Fink untertaucht. Was ja auch geschehen ist.»

«Eine gute Frage, Nadine. Patrick Stolz könnte sie uns bestimmt beantworten, wird er aber nicht. Er ist ein gerissener Politiker. Vielleicht spielt er auf Zeit. Je länger die Untersuchung dauert, desto eher verliert die Öffentlichkeit das Interesse an diesem Fall. Heute Weller, morgen eine Katastrophe in Indien. Wenn dieser Mord zu den ungelösten Fällen gelegt wird, kräht kein Hahn mehr danach, sollte Ruedi Fink eines Tages für immer verschwinden.»

«Möglich. Stolz konnte aber nicht damit rechnen, dass Edgar bei Conny plaudert und die wiederum Lutz Wagner informiert. Das war ein Selbstläufer.»

«Stimmt. Eine unvorhersehbare Kettenreaktion.»

«Und wieso taucht die DVD nun plötzlich auf?», setzte Nadine nach.

«Nachdem sie Ruedi Fink nicht gefunden haben, holen sie uns mit an Bord. Ob Fink tatsächlich der Mörder ist, wissen wir nicht. Eines steht fest, so harmlos wie er uns glauben machen will, ist dieser Ruedi nicht. Er war auf dem Gelände. Die Kamera ist oben am Tor befestigt. Ruedi kommt von hinten links ins Bild und rennt dann rechts zum Tor raus. Die schwarze Kleidung passt ebenfalls zur dürftigen Täterbeschreibung. Dass er die Wollmütze nach oben geschoben hat, ist ein fataler Fehler. Als er sich nämlich nochmals umdreht, vermutlich um sicher zu stellen, dass ihm niemand folgt, ist sein Gesicht klar zu erkennen.»

«Somit ist erwiesen, dass er auf dem Gelände war. Er könnte der Mörder sein, der sich zwischen Huber und Stolz durchdrängt, zusticht, nach hinten im Dunkeln verschwindet und dann vorne rechts durchs Tor rennt. Pech für ihn, dass ihn die Kamera einfing.»

«Weshalb wählte er nicht die linke Seite, Nadine? Dann hätte ihn die Kamera nicht erwischt.»

«Links stand … lass mich überlegen … ja, links stand Edgar Huber. Wenn er dort durch wäre, hätte ihn Huber vielleicht erwischt. Stolz lag am Boden und alle anderen konzentrierten sich auf den niedergestochenen Peter Weller, Monika.»

«Durch das Video wird Edgar Huber ziemlich entlastet», murmelte Nadine nachdenklich.

«Stimmt. Trotzdem, irgendetwas gefällt mir nicht.

Wenn Edgar nichts mit dem Mord zu tun hat, worüber stritt er sich mit Conny?»

«Männliche Intuition?!», foppte Nadine.

«Du hast mir diesen Floh ins Ohr gesetzt und er lässt mich nicht mehr los.»

«Und wo versteckt sich Ruedi?»

«Hoffentlich an einem sicheren Ort. Denn jetzt hat die EFP die Jagd auf den Mörder ihres Bundesrates eröffnet, auch wenn mir Stolz weismachen wollte, dass zuerst Beweise gesammelt werden.»

Die letzten Worte sprach der Kommissär leise, denn Nadines Augen fielen langsam, aber sicher zu.

Ferrari fuhr nochmals ins Büro. Aber schön brav mit dem Tram, wie es sich gehörte. Es war wieder eine Spur kälter geworden. Ich bin zur Untätigkeit verdammt und kann nur hoffen, dass die Kollegen Ruedi finden. Er ist nicht der Mörder, das sagt mir mein Bauchgefühl unmissverständlich. Doch er war am Tatort, zumindest ganz nah am Geschehen. Stephan Moser, ein jüngerer Kollege, auch bereits Kommissär der Abteilung für Leib und Leben, wie der offizielle Name lautete, kam fluchend mit einem Stoss Akten rein.

«Hallo, Stephan. Das Archiv ist im Keller.»

«Das kommt davon, wenn man zur falschen Zeit am falschen Ort auftaucht», keuchte Stephan. «Mit einem lieben Gruss von Fat Georg. Das ist der Rest der Akten, die Nadine unbedingt einsehen wollte, einen Teil hat sie bereits durchgeackert. Du hast also Glück.»

«Wie man es nimmt. Gut, leg sie bitte auf den Klubtisch. Ich kümmere mich darum.»

«Georg möchte noch wissen, wie es Nadine geht und ob sie so ganz allein klar kommt?»

«Sie ist auf dem Weg der Besserung. Monika und ich haben über ihren Kopf hinweg entschieden, dass sie so lange bei uns wohnt, bis sie wieder fit ist.»

«Prima. Und dann soll ich dir von Georg noch ausrichten, dass Lutz Wagner nicht ungeschoren davon kommt.»

«Keine Sorge, das wird er nicht. Danke für den Papierberg, Stephan.»

«War mir ein Vergnügen.»

Missmutig blätterte der Kommissär die erste Akte durch. Fritz Löffler: mehrfach vorbestraft wegen schwerer Körperverletzung. Ein schönes Früchtchen, nur nicht so clever wie sein Bruder, von dem es zwar sinnigerweise eine Akte gab, doch verurteilt wurde der schöne Sigi nie. Mit Sicherheit war er der Schlimmere der beiden Brüder. Von Lutz Wagner existierte ebenfalls ein Dossier wegen Körperverletzung. Der Richter hatte Milde walten lassen und ihn freigesprochen. Denn er habe aus Notwehr gehandelt und durch sein beherztes Eingreifen seinen Chef vor einem Übergriff bewahrt. Im Zweifel für den Angeklagten. Lutz Wagner, er ist das schwächste Glied in der Kette. Eindeutig. Ein treuer Diener seines Herrn. Wenn ich ihn so richtig in die Mangel nehme, erfahre ich vielleicht mehr über die Partei oder die einzelnen Mitglieder. Ein Detail, einen Hinweis, der mich weiterbringt. Einfach wird es nicht, diese Nuss zu knacken. Aber es ist ein Versuch wert. Oder vielleicht sollte ich zuwarten und später Nadine auf ihn ansetzen? Er steht bei ihr in der Schuld und würde möglicherweise eher kooperieren. Vorsicht! Das Ganze könnte sich auch negativ auswirken. Ferrari verwarf seine Idee. Es muss einen anderen Weg geben, um an ihn heranzukommen. Der Kommissär schaute vom Fenster in den Hof hinunter. Autoreifen zeichneten sich im Schnee ab. Es hatte in der letzten Stunde ziemlich heftig geschneit. Ein Streifenwagen fuhr in den Hof. Zwei Polizisten stiegen aus, lehnten sich an die Motorhaube und rauchten. Ja, das ist gut. Sehr gut sogar. Ferrari hatte einen verwegenen Plan entwickelt. Mir wird Lutz Wagner nichts beichten, seiner Chefin schon. Der Kommissär griff zum Telefonhörer und sprach lange mit Ines Weller. Dann fuhr er mit dem Fünfzehner aufs Bruderholz.

Lutz Wagner sass wie ein kleiner Junge, der seine gerechte Strafe erwartete, auf dem Sofa, als Ferrari eintraf.

«Was ist mit Kollegin?»

«Sie liegt im Bett. Ihr Kumpel hat ziemlich stark zugeschlagen.»

«Wollten wir nicht!»

«Sie könnten mir noch einige Fragen beantworten.»

«Wieso hier bei Chefin?»

«Weil Frau Weller mitbetroffen ist. Nein, das ist nicht korrekt. Sie ist die Hauptbetroffene, sie hat ihren Mann verloren.»

«Kein guter Ort für Diskussion.»

Das kann ich mir gut vorstellen, mein Lieber. Für mich aber schon.

«Gab Ihnen Cornelia Weller den Tipp, dass Ruedi Fink der Mörder sei?»

«Wieso diese Frage? Wissen es ja schon.»

«Ich wollte Ihre Bestätigung. Kennen Sie einen Fritz Löffler?»

«Miese Kreatur!»

«Hatten Sie Streit mit ihm?»

«Ja.»

«Wegen Andreas?»

Er schaute seine Chefin fragend an. Ines nickte.

«Verprügelte Andreas. Konnten wir nicht zulassen. Habe ihm Zähne ausgeschlagen und Kiefer gebrochen. Warnung.»

«Wann war das?»

«Im Sommer.»

«Da ging es um Irina Löffler?»

«Richtig», murmelte er leise mit erneutem Seitenblick auf Ines Weller.

«Kennen Sie Irina Löffler?»

«Ein- oder zweimal gesehen. Wieso?»

«Sie ist spurlos verschwunden.»

«Falsch.»

«Wieso ist das falsch?»

«Zurück nach Bukarest.»

«Woher wissen Sie das?»

«Weiss es. Basta.»

Ines Weller wandte sich direkt an Lutz Wagner.

«Lutz. Ich betrachtete dich immer als treuen Weggefährten meines Mannes und jetzt als den meinen. Was ihr da gestern getan habt, kann ich nicht gutheissen. Aber wir stehen das gemeinsam durch. Ich schätze dich als kompetenten Fachmann. Du sollst wissen, dass ich wieder in die Firma einsteigen werde, doch erst im Laufe des neuen Jahres. Zuerst muss ich mir Zeit nehmen. Zeit zum Trauern, Zeit zum Nachdenken und Zeit, um zu mir selbst zu finden. Danach werde ich Verwaltungsratspräsidentin der Logistik AG und du wirst mein Geschäftsführer.»

Lutz Wagners Augen füllten sich mit Tränen.

«Werde dich nie enttäuschen, Ines! Kannst dich auf mich verlassen!»

«Das weiss ich. Ich schätze deine Loyalität und ich bitte dich jetzt, die Fragen von Herrn Ferrari zu beantworten. Du musst dabei keine Rücksicht auf mich nehmen. Ich weiss mehr, als du denkst. Auch die zahlreichen Affären von Peter sind mir bekannt. Ich bin nicht blöd, Lutz.»

Lutz Wagner ballte die Hände zu Fäusten.

«War immer dagegen. Konnte aber nichts tun.»

«Das weiss ich, Lutz. Bitte, Francesco.»

Der Kommissär hatte dem kurzen Intermezzo fasziniert zugehört und nickte Ines dankend zu.

«Sie wissen also, dass Irina zurück nach Bukarest gegangen ist. Weshalb sind Sie da so sicher?»

«War Teil des Deals.»

«Genauer, bitte.»

«Erhielt Schweigegeld. Grosse Summe! Ist am gleichen Tag abgerauscht.»

«Wann war das?»

«Nach erdrutschartigem Sieg von Peter bei National- und Ständeratswahlen im Oktober.»

«Haben Sie ihr das Geld übergeben?»

«Patrick.»

«Welche Summe?»

«Viertelmillion.»

«Das verstehe ich nicht. Was für ein Schweigegeld?», mischte sich Ines Weller ein.

«Diese Frage kann ich Ihnen beantworten, Ines», übernahm Ferrari. «Andreas hatte ein Verhältnis mit der Prostituierten Irina Löffler und verliebte sich in sie. Ihr Mann erfuhr von der Affäre. Ich gehe davon aus, dass er Ihrem Sohn den Umgang mit Irina verboten hat und ihn mit dieser Viertelmillion freikaufte. Ihr Mann wollte wohl einen Skandal vermeiden.»

«Stimmt das, Lutz?»

«Hat bezahlt. Viertelkiste durch Patrick.»

«Wo ist Ruedi Fink, Herr Wagner?»

«Weiss nicht.»

«Gut. Das wäre schon mal etwas. Ich danke Ihnen, dass Sie mir die Fragen beantwortet haben.»

«Ines?»

Sie nickte nachdenklich.

«Du kannst gehen, Lutz. Danke für deine ehrlichen Antworten … Bleiben Sie bitte noch einen Augenblick, Francesco.»

Sie hörten Lutz Wagner mit dem Auto wegfahren. Es vergingen einige Minuten, in denen keiner ein Wort sprach.

«Weshalb stellten Sie keine Fragen über Peter? Wollten Sie mich schonen?», nahm Ines Weller das Gespräch auf.

«Nein … ich meine … ja, natürlich wollte ich Sie schonen. Ich bin sehr zufrieden mit dem Gespräch. Wagner weiss jetzt, dass er mir die Wahrheit sagen muss. Und das wird er auch tun. Er wirkt durch seine abgehackten Sätze dümmlich, aber das täuscht. Ich halte ihn für ziemlich intelligent, sonst könnte er Ihr Geschäft nicht führen.»

«Er ist ein sehr kompetenter Mann. Sie werden ihn also über Peter demnächst ausquetschen und mich im Unklaren lassen?»

«Ines, was nutzt es, wenn ich im Dreck rumwühle, Staub aufwirble und Ihnen diesen dann vor die Nase halte? Nein, das ist nicht mein Stil. Behalten Sie Ihren Mann so in Erinnerung, wie Sie es sich wünschen.»

«Genauso wurden Sie mir von Olivia beschrieben. Einfühlsam, höflich, diskret. Nur niemanden verletzen. Das sind sehr schöne Züge, Francesco. Hat Andreas diese … wie heisst sie?»

«Irina.»

«Diese Irina geliebt?»

«Das müssen Sie ihn selbst fragen. Ich glaube schon.»

«Ja, die Liebe ist etwas Wunderbares, Einzigartiges. Doch es scheint so, dass in diesem Fall das Geld meines Mannes … mein Geld», korrigierte sie sich, «die Liebe zweier jungen Menschen besiegte.»

Eine Träne lief ihr über die Wange.

«Vielleicht war die Liebe nicht ganz so gross», entgegnete der Kommissär.

«Vielleicht, vielleicht aber auch nicht. Andreas ist sehr sensibel. Er macht sich unendlich viele Gedanken, über alles und nichts. Nur leider lässt er uns nicht an seinem Leben teilhaben. Ich habe nichts von dieser grossen Liebe gewusst, und das muss es gewesen sein, denn Andreas verliebt sich nicht so schnell. Ganz im Gegensatz zu seiner Schwester. Conny hat viele Liebhaber. Sie macht daraus auch absolut keinen Hehl und spricht unbekümmert über ihre Lover. Es ist schön, zu sehen, wie sie jeden einzelnen Tag geniesst, auch wenn ich mir manchmal mehr Verbindlichkeit wünsche, gerade bezüglich ihrer Beziehungen. Sie ist ein lebenslustiger Mensch. Und wenn sie glücklich ist, bin ich es auch.»

«War Patrick Stolz auch einer ihrer Liebhaber?»

«Eine kurze Affäre. Können Sie ein Geheimnis für sich behalten?»

«Natürlich.»

«Er ist eine Null im Bett! Zitat meiner Tochter.»

«Und Lutz Wagner?»

«Lutz würde für Conny alles tun. Aber sie steht nicht auf Muskelpakete, nur auf Intellektuelle. Doch die scheinen auch nicht alles zu sein.»

«Dann hätten wir noch Edgar Huber?»

«Edgar? Der passt überhaupt nicht ins Beuteschema meiner Tochter, ganz abgesehen von seinen Muskeln. Wie kommen Sie auf den?»

«Ich gehe nur alle möglichen Kandidaten durch. Vom Alter her passt er zu Stolz und Wagner.»

«Den können Sie vergessen. Das hätte übrigens mein Mann niemals zugelassen. Edgar war in seinen Augen nicht der Richtige. Vor einigen Monaten kam es zu einem heftigen Disput zwischen Peter und Edgar oder vielmehr zu einer klaren Ansage meines Mannes. Er hatte den Verdacht, Edgar mache sich an Conny ran und wies ihn daher klar und unmissverständlich in seine Schranken. Aber das wäre gar nicht nötig gewesen, Conny hätte Edgar hundertprozentig abblitzen lassen.»

Francesco erhob sich.

«Sie sehen müde aus», bemerkte Ines Weller.

«Es ist spät geworden und die letzten Tage waren ziemlich anstrengend. Vor allem der Angriff auf Nadine macht mir zu schaffen. Würden Sie mir bitte ein Taxi rufen?»

«Selbstverständlich.»

Gemeinsam warteten sie im Hof. Die Kälte tat gut.

«Wenn ich etwas über meinen Mann wissen möchte, geben Sie mir dann eine ehrliche Antwort?»

«Ja, das werde ich tun.»

«Gut. Vielleicht komme ich darauf zurück. Es gibt eine wunderbare Nacht. Solche Nächte liebe ich, nicht zu kalt und sternenklar … Peter fehlt mir, obwohl er seit Jahren gar nicht mehr da war. Verstehen Sie das?»

«Sehr gut sogar.»

«Ich werde mich um meine beiden Kinder und ums Geschäft kümmern. Alles andere lass ich auf mich zukommen. Aus den diversen Stiftungen werde ich mich zurückziehen müssen. Das ist schade.»

«Dafür bekommt die Logistik AG eine hervorragende Chefin.»

«Und vielleicht geht ja irgendwann wieder ein Stern für mich auf.»

«Es gibt Milliarden von Sternen, Ines. Darunter ist sicher mehr als nur einer, der sehnsüchtig auf Sie wartet.»

Das Taxi fuhr langsam die Einfahrt hoch. Sie küsste ihn auf die Wange.

«Danke für alles.»

Monika, Nikki und Nadine schmückten gemeinsam das Wohnzimmer. Für eine kranke Weihnachtsverweigerin war Nadine voll bei der Sache.

«Das ist endlich mal eine echte Hilfe, Francesco.

Nicht so wie du. Mit Nadine und Nikki geht das ratzfatz.»

«Entschuldige mal. Wer hat draussen unter lebensgefährlichen Bedingungen den Baum mit der Lichterkette dekoriert und den Schneemann aufs Vordach gestellt?»

«Du mein Schatz. Allerdings unter professioneller Anleitung, sonst wäre das nichts geworden.»

«Und meiner Kollegin gehts auch schon besser. Das freut mich.»

«Mit Betonung auf besser. Gut ist Nadines Zustand nicht. Das wird noch einige Zeit dauern. Ich glaube aber nicht, dass sie sich länger als diese Nacht ans Bett fesseln lässt.»

«He … ich bin auch noch da. Morgen bin ich wieder voll im Einsatz. Reichst du mir noch den Stern da, Nikki? Danke.»

Francesco verzog sich in die Küche. Jetzt habe ich drei dominante Frauen im Haus. Ein bisschen viel für einen Mann. Morgen frage ich Nadine nochmals …

«Was heckst du hinter unserem Rücken aus, Francesco?»

Beide Frauen standen im Türrahmen.

«Nichts … ich meine … ich wollte Nadine an Heiligabend zu uns einladen. Doch …»

«Das hat sich erledigt.»

«Erledigt? Ich verstehe nicht, Nadine.»

«Ich komme an Heiligabend gern zu euch und am Weihnachtstag zusammen mit Noldi.»

Ferrari blieb die Luft weg.

«Aber … du weisst, dass meine Mutter und Monikas Mutter … ich meine …», tapsig ging er auf sie zu und nahm sie in den Arm. «Ich freue mich. Willkommen in der Familie, Nadine.»

10. Kapitel

Am nächsten Tag ging es Nadine bedeutend besser. Sie wollte unbedingt mit ins Büro und erst noch selbst fahren. Die kaputte Felge hat sie nicht bemerkt!, frohlockte der Kommissär. Ein guter Arbeitsbeginn. Während der Fahrt brachte Ferrari seine Kollegin auf den neusten Stand.

«Das war ziemlich clever von dir.»

«Danke für die Blumen.»

«Hoffentlich finden wir Ruedi Fink bald. Weisst du, wie es Dagmar geht?»

«Gut! Sie wohnt bei meinem Freund Toni. Ein alter, eingefleischter Junggeselle.»

«Wie bitte? Bei dem ist sie eingezogen? Bei einem alten Lustmolch?»

«Moment mal! Toni ist um die siebzig, hoch anständig, ein Gentleman der alten Schule mit einem grossen Herzen. Er hat sie untersucht und danach an einen seiner Freunde verwiesen. Es ist etwas mit dem Kniegelenk nicht in Ordnung. Wahrscheinlich muss sie es operieren. Als sie nicht bei seinem Kollegen auftauchte, rief er mich an. Sie lag ja bei dir nebenan auf der Intensivstation. Während du einfach aus dem Spital abgehauen bist, ist sie nach ihrer Entlassung zu Toni gezogen. In der Delsbergerallee herrscht schliesslich Villa Durchzug.»

«Hm.»

«Nicht ‹hm›! Dagmar wusste nicht, wo sie unterkommen sollte. Deshalb bot ihr Toni an, sie über die Festtage aufzunehmen. Was ist denn da schon dabei?»

«Und wenn er ihr an die Wäsche geht?»

«Du bist ja richtig spiessig! So kenne ich dich gar nicht. Lustig. Toni hat Dagmar von Anfang an ins Herz geschlossen. Sie ist die Tochter, die er nie hatte. Und glaub mir, Dagmar ist erwachsen, kann also selbst entscheiden, was sie will und was nicht.»

«Du wirst es ja wissen.»

«Genau. Die beiden werden es gut haben. Der alte Junggeselle und die schöne Rebellin. Wenn sie von seinem Vatertick genug hat, kann sie ja einfach ausziehen. Aber ich wette mit dir, dass es ihr gefällt.»

«Ist dieser Toni reich?»

«Ziemlich. Seine Eltern waren Minderheitsaktionäre der Ciba-Geigy. So heisst er übrigens auch. Toni Geigy, wohnhaft in einem wunderbaren Anwesen im Gellert. Also, was ist? Ich wette mit dir um ein Nachtessen nach freier Wahl für vier Personen, dass die zwei bis ans Ende aller Tage glücklich sind. Und da Toni keine Nachkommen hat, wird er sie als Universalerbin einsetzen.»

«Du bist und bleibst ein Romantiker. Das wird teuer für dich! Ich denke mir schon mal ein Restaurant aus. Dagmar wird spätestens Anfang Januar ausziehen.

Back to the roots, um den Kampf gegen das Establishment weiterzuführen.»

«Gut, abgemacht. Die Wette gilt! Und jetzt machen wir einen Besuch bei Patrick Stolz. Vielleicht kann er uns etwas über die Viertelmillion verraten.»

Wie sie angenommen hatten, war Patrick Stolz auch am Samstag im Büro anzutreffen. Ein Workaholic wie aus dem Bilderbuch.

«Das wird ja richtig zur lieben Gewohnheit. Jeden Tag ein Besuch der Polizei. Und ich sehe mit grosser Freude, dass auch Frau Kupfer wieder unter den Lebendigen weilt. Was kann ich dieses Mal für Sie tun?»

«Wir fassen uns kurz. Kennen Sie Irina Löffler?»

«Irina … Irina? Nein, der Name sagt mir nichts.»

«Sollte er aber.»

«In welchem Zusammenhang, Frau Kupfer?»

«Vielleicht sagt er Ihnen etwas, wenn Sie das Stichwort eine Viertelmillion Franken hören.»

Patrick Stolz nickte.

«Okay, ich wollte nur sicher gehen, was Sie schon wissen. Es ist richtig. Ich habe Irina Löffler im Auftrag von Peter Weller das Geld übergeben.»

«Wofür?»

«Das weiss ich nicht.»

«Hören Sie doch auf mit diesem Theater, Herr Stolz. Damit wollte er seinen Sohn freikaufen.»

«Wenn Sie es schon wissen, weshalb fragen Sie dann, Herr Ferrari?»

«Das Geld war bestimmt an gewisse Bedingungen geknüpft.»

«Ja. Sie musste die Schweiz unverzüglich verlassen, ohne mit jemandem darüber zu sprechen. Das Risiko, dass sie bei ihrem Zuhälter oder bei einer Freundin plaudert, war uns zu gross. Das hat sie verstanden. Sie nahm den Koffer und ist abgehauen. Wahrscheinlich wird sie das Geld innert Kürze verjubeln und dann wieder in der Gosse landen. Aber jetzt …», er biss sich auf die Unterlippe.

«Jetzt ist Peter Weller tot und Andreas kann tun und lassen, was er will. Auch eine Prostituierte heiraten.»

«Sie sagen es, Frau Kupfer. Jetzt interessiert das kein Schwein mehr.»

«Das wars schon. Vielen Dank, Herr Stolz. Sie haben uns sehr geholfen», mit diesen Worten verabschiedeten sich Ferrari und Nadine.

Somit war klar, dass Irina nicht irgendwo verscharrt unter der Erde lag und dass Lutz Wagner die Wahrheit gesagt hatte. Vielleicht gelang es den rumänischen Kollegen schon bald, Irina aufzutreiben. Am besten, bevor sie in die Klauen von Fritz Löffler geriet.

«Wie wärs mit noch einem Besuch», schlug Nadine vor. «Wir könnten doch einen Abstecher zu deinem Freund Toni Geigy machen. Mich würde es interessieren, wie es Dagmar geht.»

«So, so und ganz nebenbei ein Auge auf den Lustmolch werfen … Einverstanden.»

Anton Geigy lebte in einer alten Villa mit grossem Umschwung. Nadine war beeindruckt.

«Bist du in Ordnung? Hast du Schmerzen?», fragte Ferrari besorgt, als er sah, wie sich Nadine an den Kopf griff.

«Nur, wenn ich ruckartige Bewegungen mache. Sonst gehts. Hallo, Dagi.»

Dagmar umarmte Nadine herzlich.

«Ich hätte dich heute auch noch angerufen, Nadine. Wie gehts dir?»

«Beim Zähneputzen habe ich noch Schmerzen. Und du?»

«Im Vergleich mit dir bin ich glimpflich davongekommen. Kommt doch rein.»

Stilvoll eingerichtetes Haus, das muss ich neidlos zugeben. Und tolle Kunstwerke an der Wand. Ah, da kommt der Herr des Hauses, dachte Nadine. Ein distinguierter älterer Herr mit Stock. Fast wie Doktor House.

«Herzlich willkommen, Frau Kupfer. Es freut mich sehr, Sie kennenzulernen. Francesco hat mir schon viel von Ihnen erzählt. Nur das Beste versteht sich.»

Sonore Stimme, der ich stundenlang zuhören könnte.

«Darf ich euch in den Salon bitten? Nehmt ihr auch einen Kaffee? Und etwas Süsses oder lieber ein Croissant?»

Gentleman der alten Schule. Schiebt mir sogar den Stuhl unter.

«Es ist schön, dich wieder einmal zu sehen, Francesco. Wissen Sie, Frau Kupfer, oder darf ich Nadine sagen?»

«Selbstverständlich.»

«Und ich bin Toni, meine Freunde nennen mich alle so. Weisst du, Nadine, Francesco macht sich ziemlich rar. Er kennt seine alten Freunde nicht mehr. Dabei sollte man einen alten Freund nicht fahren lassen, denn der neue kommt ihm nicht gleich.»

«Ich muss doch sehr bitten, Toni.»

«War ein Scherz mit einem klitzekleinen Funken Wahrheit. Ich weiss ja, Francesco, dass du viel um die Ohren hast. Du musst wissen, Nadine, Francesco hat mir vor Jahren bei einer sehr delikaten Angelegenheit geholfen. Dir kann ich das Geheimnis anvertrauen. Ich war damals an einem Ärztekongress in Wien. Ein Kollege bat mich, für ihn einen Koffer mitzunehmen. Ich bin eigentlich ein sehr vorsichtiger und bedachter Mensch. Aber weil die Bitte von einem Kollegen kam, habe ich mir nichts weiter dabei gedacht. Der Zufall wollte es, dass ich bei der Ankunft in Basel von einem Zollbeamten kontrolliert wurde. Zu meinem Entsetzen befand sich in dem Koffer eine ziemlich grosse Menge Rauschgift. Der langen Rede kurzer Sinn. Francesco boxte mich da raus und seither sind wir Freunde. Ah, da kommt endlich Dagmar. Aber wir hätten den Kaffee doch selber machen können. Vielen Dank, das ist lieb von dir.»

Nach dem Kaffee erhob sich Toni.

«Ich werde euch nun verlassen. Ihr wollt sicher etwas Wichtiges besprechen. Wir sehen uns später.»

Nadine sah dem alten, leicht humpelnden Arzt nach. Er hat das gewisse Etwas. Ja, das hat er.

«Den habe ich mir ganz anders vorgestellt», gestand Nadine.

«Er ist süss.»

«Dann gefällts dir hier, Dagi?»

«Super! Ich fühl mich total zu Hause. Das Haus ist ein wenig altmodisch eingerichtet. Aber das kann man leicht verändern. Toni sagt, dass ich so viel umgestalten darf, wie ich will.»

«Du willst also bleiben?»

Sie schaute Nadine irritiert an.

«Was für eine Frage! Selbstverständlich bleibe ich. So gut ist es mir noch nie gegangen. Toni ist wie ein Vater zu mir. Echt genial. Ich muss ihn allerdings ein wenig bremsen. Er überhäuft mich mit Geschenken. Das ist mir nicht recht. Er tut schon so unendlich viel für mich. Mein Knie soll noch vor Weihnachten im Merian Iselin operiert werden. Toni kennt dort einen Spitzenarzt und nur den lässt er an mich ran. Ach, Nadine, das ist wie im Paradies.»

Und deine Ideale, deine Visionen, der Traum von einer gerechten Welt? Deine Freunde auf der Strasse, Ruedi und Bodo? Hast du alles so schnell vergessen?

«Jetzt fehlen mir nur noch Bodo und Ruedi zu meinem Glück. Sie sind wie vom Erdboden verschwunden. Toni meint, dass sie hier bei uns wohnen können, solange sie wollen. Wisst ihr, wo sie sind?»

«Wir mussten Ruedi zur Fahndung ausschreiben, Dagi. Kannst du uns eine Frage beantworten?»

«So ernst, Nadine?»

«Ja. Ist Ruedi am Mordabend im Garten des Hauses gewesen?»

«Das ist nicht fair, Nadine.»

«War er da, Dagi? Es ist wirklich wichtig.»

«Er wollte mit Andreas reden, sich mit ihm aussprechen. Da ist er reingeschlüpft. Doch mit dem Mord an Andreas Vater hat er nichts zu tun. Das weiss ich, Nadine. Ich spüre so etwas, hier drinnen im Herzen.»

«Danke, dass du so ehrlich bist. Wenn Ruedi auftaucht, ruf uns bitte an. Wir müssen mit ihm reden.»

«Du verlangst viel von mir. Ruedi ist mein Freund.»

«Ich weiss. Aber ewig kann er nicht fliehen. Und wenn er nicht in den Mord verwickelt ist, muss er sich auch nicht verstecken. Ständig auf der Flucht zu sein, ist keine Lösung.»

Anton Geigy kam, diskret hustend, zurück.

«Störe ich?»

«Nein, du störst nie, Toni. Wir müssen weiter. Es war schön, dich wieder einmal zu sehen.»

Der alte Mann begleitete sie zum Auto.

«Du hast mir mit Dagmar einen wunderbaren

Schatz ins Haus gebracht, Francesco. Dafür möchte ich mich bei dir bedanken. Ich hoffe, dass sie sehr sehr lange bei mir bleibt. Sie versüsst meine alten Tage. Lebt wohl.»

Nadine fuhr los.

«Und?», fragte Ferrari zuckersüss.

«Eine unfaire Wette! Du wirst gewinnen.»

«Unfair? Weshalb?»

«Ich kannte Toni nicht. Er ist wirklich ein Gentleman der alten Schule. Die sind leider vom Aussterben bedroht. Jetzt würde ich nicht mehr mit dir wetten … dein Handy fibriert. Hörst du das denn nicht?»

Ferrari nahm ab, hörte aufmerksam zu und wandte sich dann an seine Kollegin.

«Fritz Löffler ist zurück aus Rumänien, sagt Georg. Er war gestern in eine Schlägerei verwickelt. Manchmal hat sogar eine Prügelei ihr Gutes. Soll ich allein zu ihm hin oder willst du mitkommen?»

«Was für eine Frage. Ich komme selbstverständlich mit.»

Der jüngere Bruder vom schönen Sigi pflegte seine Wunden.

«Ihr fehlt mir gerade noch. Bist du die Braut, die meinen Bruder in die Eier getreten hat?»

Nadine nickte.

«Aber du bist auch nicht ungeschoren davongekommen, wie mir scheint.»

Ferrari wollte sich auf keine lange Diskussion einlassen.

«Sie waren in Bukarest?»

«Geschäftlich.»

«Erfolgreich?»

«Nein. Leider nicht.»

«Sie haben Irina also nicht gefunden?»

«Das dreckige Luder versteckt sich gut, zu gut. Ich habe alle gängigen Spelunken abgeklappert. Ich glaube nicht, dass sie in Bukarest ist.»

«Sondern?»

«Keine Ahnung. Weiss der Teufel, wo.»

«Und die Frau Ihres Bruders weiss auch nicht, wo Ihre beste Freundin ist?»

«Ach die! Die hat doch nur Stroh in der Birne. Versteht die Hälfte von dem nicht, was wir sagen. Eine dumme Kuh. Bin gespannt, wie lange Sigi das noch mitmacht. Schafft zu wenig Kohle an. Das Weib ist zum Kotzen.»

«Haben Sie gestern bei der Schlägerei wenigstens gewonnen?»

«Scheisse! Die haben mich regelrecht zu Hackfleisch verarbeitet und Sigi gleich mit. Er liegt halbtot unten in der Wohnung.»

«Sie können ja eine Anzeige machen.»

«Um dann nochmals eins abzukriegen. Danke, das lass ich jetzt lieber auf sich beruhen.»

«Eine alte Rechnung?»

«Eine neue. Aber Ihnen werde ich das bestimmt

nicht auf die Nase binden. Sonst noch etwas?»

«Nein. Nur, falls Irina auftaucht, rufen Sie uns an.»

«Leckt mich!»

Nadines Wut staute sich. Zu gern hätte sie draussen wieder gegen die Wand geschlagen. Doch ihrem Kopf zuliebe, verzichtete sie. Wohlweislich.

«Diese verdammten Penner. Aber jetzt hat es sie wenigstens selber erwischt. He, wohin gehst du?»

«Zum Spunten an der Ecke, dem Ort des Geschehens.»

Das Lokal roch stark nach kaltem Rauch. Es war spärlich besetzt. Ferrari ging zur Theke.

«Sind Sie der Wirt?»

«Wer will das wissen?»

«Die Polizei. Ich bin Kommissär Ferrari.»

Der Beizer hielt den Ausweis vor eine Lampe.

«Sieht echt aus. Was wollen Sie?»

«Gehören Fritz und Sigi Löffler zu Ihren Stammgästen?»

«Haben die etwas ausgefressen?»

«Es geht nur am Rande um sie. Waren die beiden gestern Abend hier?»

«Gestern, vorgestern, beinahe jeden Abend. Fritz war einige Zeit im Ausland oder im Knast. Was weiss denn ich.»

«Und gestern kam es zu einer Schlägerei. Richtig?»

«Ja. Fritz und Sigi waren verabredet. Keiner von den Junkies, ein Vornehmer. Zuerst unterhielten sie sich ganz normal. Dann lauter. Plötzlich packte Fritz den geschniegelten Pinkel am Kragen. Er schrie ihn an: ‹Das steht uns zu. Wenn du nicht zahlst, bist du dran.› Weiter kam er nicht, denn einige vom Tisch nebenan mischten sich ein.»

«Auch Stammgäste?»

«Die habe ich noch nie gesehen. So richtige Bulldozer, die Sigi und Fritz nach Strich und Faden auseinandernahmen. Ich habe die Polizei gerufen. Wenn die nicht gekommen wäre, glauben Sie mir, die beiden Brüder wären hinüber. Kurz vor dem Eintreffen der Bullen ist die Schlägertruppe abgehauen.»

«Danke. Sie haben uns sehr weitergeholfen.»

Nadine atmete tief durch. Die frische Luft tat ihr gut.

«Interessant. Löfflers auf Erpressungstour, aber ziemlich erfolglos.»

«Das riecht nach Lutz Wagner.»

«An den habe ich auch sofort gedacht. Bloss, ein feiner Pinkel ist er nicht gerade. Könnte es Patrick Stolz gewesen sein?»

«Gut möglich.»

«Und jetzt?»

«Jetzt erhöhen wir den Druck. Wir besuchen nochmals die Herren Löffler, aber nicht alleine. Georg soll uns Verstärkung schicken. Du bist heute nicht in der Lage, dich mit einem der Brüder zu prügeln, und ich werde kaum beide schaffen. Auch wenn sie im Augenblick reduziert sind. Sicher ist sicher.»

«Ich bin für einmal ganz deiner Meinung», stöhnte Nadine und griff sich an den Kopf.

Es war ein eigenartiges Bild, das sich dem Betrachter bot. Zwei lädierte Brüder, eine Polizistin mit Turban und Kommissär Ferrari sassen im trauten Kreis an einem runden Tisch. Währenddessen warteten vier Polizisten draussen vor Sigis Wohnung auf ihren allfälligen Einsatz.

«Das ist Hausfriedensbruch!», beschwerte sich der schöne Sigi.

«Ach ja? Und das, was Sie Ihrer Frau antun, ist Nötigung und schwere Körperverletzung. Abgerundet wird Ihr Strafenregister von einer hübschen Erpressung.»

«Blödsinn! Hat mich Helen angezeigt? Und was faseln Sie da von Erpressung?»

«Nur so weiter, meine Herren. Wenn Sie es wünschen, können wir es gern auf die harte Tour machen», klinkte sich Ferrari ins Gespräch ein. «Das heisst, wir lassen die EFP und insbesondere Patrick Stolz und Lutz Wagner wissen, dass Sie nicht aufgeben wollen und mit Ihrem Wissen an die Öffentlichkeit gehen. Tja, ob Sie das überleben werden?» Der Kommissär machte eine kurze Pause. «Die vernünftigere und weniger schmerzhafte Version wäre allerdings, Klartext zu reden. Was haben Sie mit Stolz und Wagner zu tun? Und worum ging es bei Ihrem Streit gestern Abend?»

«Wir kennen keinen Stolz und keinen Wagner.»

«Auch gut. Das wärs dann. Auf Wiedersehen die Herren. Die Polizei wünscht Ihnen fröhliche Weihnachten. Komm Nadine, wir räumen das Feld.»

«Halt ... Warten Sie, Ferrari ... Wir ... wir wollten eine Abfindung.»

«Für Irina?»

«Sie gehört schliesslich mir. Wer schafft denn jetzt die Kohle an?»

«Sie Ärmster! Mir kommen gleich die Tränen», höhnte Nadine.

«Ja, schon gut. Aber ich muss jetzt Ersatz besorgen, das kostet Zeit und Geld. Da ist es nicht mehr als fair, wenn ich für meinen Verlust entschädigt werde.»

«Und das haben Sie Patrick Stolz gesagt?»

«Logo. Doch als dieses Würstchen mich nur auslachte, sind mir die Sicherungen durchgebrannt. Mann, sind die danach auf uns los. Ich hätte nie gedacht, dass ich einmal froh bin, die Bullen zu sehen.»

Die Tür öffnete sich. Helen wurde von einem der Polizisten in die Wohnung geschoben.

«Sie wollte wegrennen, als sie uns sah. Soll sie draussen warten?»

«Nein, das geht in Ordnung. Danke, Kollegen.»

«Die dumme Kuh hat immer Angst. Kennt ihr euch etwa?», zischte Sigi Löffler misstrauisch.

«Nein. Ist das Ihre Frau?»

«Richtig geraten. Setz dich zu mir Liebling. Die Dame und der Herr sind von der Polizei. Polizia! Aber sie sind nicht wegen dir hier, sondern wegen den bösen Männern, die uns gestern brutal zusammengeschlagen haben. Bumbum, bumbum!», wiederholte er.

Nadine und Ferrari erhoben sich.

«Bring die Herrschaften zur Tür und dann komm und pfleg mich», befahl der schöne Sigi in einem Ton, der keine Widerrede zuliess.

Helen tat, wie ihr geheissen wurde.

«Du morgen kommen zu mir. Wichtig!», flüsterte sie Nadine beim Hinausgehen zu.

«Was will sie von mir?»

«Wir werden es erfahren, mit der Betonung auf dem Wörtchen wir. Ich lass dich auf gar keinen Fall allein. Man kann dich ja sowieso nirgends allein hingehen lassen. Das Resultat sieht man dir an. Der Turban steht dir übrigens ausgezeichnet.»

«Ha! Ha! Sehr witzig. Apropos allein, morgen bist du mich wieder los. Ich bleibe noch heute Nacht. Danach ist Schluss mit dem Umsorgen und mit der Kontrolle.»

Nadine parkierte den Porsche vor Ferraris Haus. Als sie ausstieg, blieb ihr Blick am vorderen linken Rad hängen.

«Verdammter Mist! In den letzten Tagen läuft auch alles schief. Jetzt habe ich noch den Felgen geschlissen. Komisch nur, dass ich nichts gemerkt habe. Schau nicht so doof. Das kann jedem passieren. Ich muss wohl das Trottoir gestreift haben.»

Das Glück ist auf deiner Seite, Ferrari! Nein, so geht das nicht. Du musst es ihr beichten, jetzt sofort, meldete sich das schlechte Gewissen. Sei still, oder ich schaff dich ab, konterte der Kommissär verschmitzt lächelnd.

11. Kapitel

Helen Löffler würde sicher nicht vor zehn Uhr früh ihrer Arbeit nachgehen. Zeit genug, um nochmals einen Blick in die Akten zu werfen. Nichts zu machen. Auch bei wiederholter Durchsicht stellten sich keine neuen Erkenntnisse ein. Patrick Stolz war absolut sauber. Ebenso Edgar Huber, was für Ferrari keine Überraschung war. Ausserdem wäre sicher irgendwo etwas durchgesickert, wenn Edgar straffällig geworden wäre. Als ehemaliger Polizist wurde er nämlich von den Kollegen mit Argusaugen beobachtet. Edgar war einer der wenigen gewesen, die trotz bevorstehender Beförderung den Weg in die Privatwirtschaft gewählt hatten. Ein hervorragenden Polizist, der nicht blindlings den Gesetzen Folge leistete, sondern auch einmal ein Auge zudrückte, ganz im Sinne von Ferrari. Er hatte Edgars Weggang sehr bedauert.

«Wollen wir, Nadine? … Herr Staatsanwalt?! Was verschafft uns die Ehre? Heute ist doch Sonntag, der Tag des Herrn.»

Jakob Borer war ohne zu klopfen eingetreten.

«Nicht so zynisch, Ferrari. Ich könnte Sie dasselbe fragen. Mir war so, als hätte ich Ihre Stimme gehört,

Frau Kupfer. Sie sind doch krankgeschrieben. Was machen Sie hier?»

«Ich arbeite.»

«Nichts da, ab nach Hause. Ich will Sie erst wieder sehen, wenn mir ein Arzt bescheinigt, dass Sie absolut gesund sind.»

«Ich fühle mich gut.»

«Kommt nicht in Frage. Stellen Sie sich vor, es gibt irgendwelche Komplikationen und Folgeschäden, für die dann die Staatskasse aufkommen muss. Sie wären nicht die Erste, die sich so etwas ausheckt.»

Nadine griff sich an den Kopf. Die Schmerzen verstärkten sich.

«Das ist eine absolute Frechheit! Werfen Sie mir vor, dass ich hier auf IV mache?»

«Das habe ich nicht gesagt. Nur, dass es schon öfters vorgekommen ist. Die Mitarbeiter sind diesbezüglich sehr kreativ. Und glauben Sie ja nicht, dass Sie sich jetzt alles erlauben können, nur weil ich Ihnen einmal beigestanden bin. Es ging mir lediglich um die Einhaltung der Disziplin!»

Nadine sah hilflos zu Ferrari.

«Weihnachtskoller. Davor sind auch die härtesten Sünder nicht gefeit.»

«Habe ich Sie eben richtig verstanden, Ferrari?», raunte der Staatsanwalt.

«Ich denke schon. Bedauerlicherweise leiden Sie unter der weit verbreiteten Weihnachtsdepression.»

«Das ist unerhört! Auf diesem Niveau diskutiere ich doch nicht mit Ihnen beiden.»

«Wahrscheinlich sitzt der Herr Staatsanwalt an Weihnachten allein zu Hause, Nadine. Das ist traurig.»

«Sie! Was erlauben Sie sich?! Wie in jedem Jahr verbringe ich mit meiner Frau die Weihnachtszeit in Samedan. In unserem kleinen Chalet. Fein, aber mein. Zum Neujahr kommt dann unser Sohn mit seiner Freundin.»

«Danke für die Aufklärung, Herr Staatsanwalt. Dann ist ja alles in bester Ordnung.»

«Wie? Was? … Was erzähle ich da? Was geht Sie das überhaupt an, Ferrari?»

«Nichts. Ich habe Sie auch nicht danach gefragt. Sie sind eben ein kommunikativer Mensch.»

«Das ist die Höhe! Aber Ihr Ablenkungsmanöver zieht nicht. Nicht bei mir!» Seine Stimme überschlug sich. «Sie sind krankgeschrieben, Frau Kupfer. Basta. Und Sie, Ferrari, werden doch wohl in der Lage sein, den Fall allein zu lösen. Früher konnten Sie das jedenfalls oder sind Sie gar nicht so eine grosse Nummer, wie Sie immer behaupten?»

Jetzt dreht er vollkommen durch. Reine Provokation. Nur nicht darauf anspringen. Schön die Ruhe bewahren.

«Mein letztes Wort! Sie gehören ins Bett! Und wir unterhalten uns noch, Ferrari. Ich verlange einen Zwischenbericht bis Weihnachten. Noch besser, Sie präsentieren mir die Lösung des Falls. Ich will einen Täter.»

«Ich kann Ihnen gerne ein paar Vorschläge unterbreiten und Sie suchen sich einen aus. Einverstanden?»

«Sie wissen genau, was ich meine. Das ist meine letzte Warnung. Ich lasse mir nicht auf der Nase rumtanzen, Frau Kupfer! Einen schönen Sonntag allerseits.»

Und weg war er. Ferrari schmunzelte. Wenn es ihn nicht gäbe, müsste ich ihn erfinden. Der Unterhaltungswert ist unbezahlbar.

«Und jetzt?»

«Jetzt fahren wir zu Helen. Mir wird sie ihr Geheimnis nicht anvertrauen. Also gibts gar keine andere Möglichkeit, du musst mit. Was macht dein Kopf?»

«Ziemlich starke Schmerzen. Pulsierende. Ich darf mich einfach nicht aufregen, aber das ist leichter gesagt als getan. Wenn ich nur an diesen aufgeblasenen Gockel denke …»

«Pssssst. Tief durchatmen und auf zehn zählen. Eins, zwei, drei, vier, fünf, sechs …»

Helen öffnete vorsichtig die Tür. Sie wirkte nervös. An einem Sonntag kamen wahrscheinlich jene Freier zu ihr, die vorher oder nachher ihre Sünden in der Sonntagsmesse beichteten. So einfach war das.

«Du reinkommen, rasch. Ich nicht haben Zeit. Bald kommen erste Mann.»

«Was ist mit dir, Helen? Hat dir Löffler wieder gedroht oder dich geschlagen?»

«Ist nicht das. Ich Irina gesprochen, mich telefoniert.»

Sofort klingelten bei Nadine sämtliche Alarmglocken.

«Wann hat sie dich angerufen?»

Helen suchte nach den richtigen Worten.

«Gestern?»

«Ja.»

«Was hat sie gesagt? Wo ist sie?»

«Hat Angst, grosses Angst.»

«Wird sie von Fritz Löffler bedroht? Hat er sie in Rumänien gefunden?»

«Irina nicht in Bukarest. Sie in Basel.»

Nadine setzte sich aufs Bett. Das hatte sie nicht erwartet. Irina war vermutlich die ganze Zeit über in Basel gewesen. Weshalb? Wo steckte sie?

«Weisst du, wo sie ist?»

«Nicht wissen. Nur sagen, Mann sie verfolgen. Er sie wollen machen tot.»

Bei allem Verständnis für Helen, jetzt übertrieb sie gewaltig. Die Löfflers waren zwar skrupellose Zuhälter. Aber Mörder? Nein, das konnte sich Nadine beim besten Willen nicht vorstellen.

«Ich glaube nicht, dass Fritz oder Sigi Irina töten wollen.»

«Nicht Fritz, nicht Sigi … anderes Mann … Irina sagen, sie Angst vor ihm. Sie ihn kennen. Er sie gedroht. Sie nicht machen, was er sagen. Jetzt sie tot machen, wenn kriegt.»

«Wer ist dieser Mann? Und weshalb will er sie töten?»

«Nichts gesagt … nur sagen, sie Angst … ist wegen Bebe.»

«Ich verstehe dich nicht. Wegen Pepe? Wer ist das?»

«Nicht Pepe. Bebe.»

Helen deutete mit den Händen eine Wölbung an.

«Irina ist schwanger? Sie bekommt ein Kind?»

«Ja. Irina Angst … du ihr helfen?»

«Ich helfe ihr, Helen. Hast du noch meine Visitenkarte?»

«Ich zerreisst.»

«Dann nimm diese hier. Versteck sie gut. Hast du die Handynummer von Irina?»

«Nein, sie mir nicht sagen Nummer.»

«Wenn sich Irina nochmals meldet, dann gib ihr meine Handynummer. Sie soll mich sofort anrufen. Ich kann ihr nur helfen, wenn ich weiss, wo sie steckt.»

Helen nickte und begann zu schluchzen.

«Ich wollen heim … mit Irina und Bebe. Nadine, du uns helfen. Wir heim. Du Fritz und Sigi einsperren. Und finden diese Mann. Er nicht darf machen tot Irina.»

Nadine nahm sie in den Arm.

«Wir werden alles daran setzen, dass wir Irina vor diesem Mann finden. Und danach knöpfen wir uns Fritz und Sigi vor. Das verspreche ich dir. Es wird alles gut.»

Helen sah Nadine an.
«Ich dir glauben. Ich dir vertrauen.»

Aufgewühlt ging Nadine zur Bar, in der Ferrari am Fenster sass und einen Kaffee trank. Er hatte den Hauseingang keine Sekunde aus den Augen gelassen.
«Francesco! Irina ist noch in Basel. Wir müssen eine Fahndung nach ihr rausgeben. Helen hat mit ihr gesprochen. Irina ist schwanger und jemand verfolgt sie. Sie hat Angst, grosse Angst, getötet zu werden.»
Halt. Stopp. Das war zu viel auf einmal. Was hatte Irinas Schwangerschaft damit zu tun, dass ihr jemand auf den Fersen war? Und weshalb wollte dieser jemand sie töten?
«Ich glaube nicht, dass es zwischen der Schwangerschaft und der Jagd auf sie einen Zusammenhang gibt. Ganz offensichtlich hat Irina ihren Teil der Abmachung nicht eingehalten und vermutlich bekam Patrick Stolz Wind davon. Das wäre doch viel logischer. Ich hoffe, Irina meldet sich bald bei dir. Sonst stehen ihre Karten schlecht. Sehr schlecht. Lassen wir die Fahndung anlaufen. Immerhin wissen wir jetzt, dass sie sich noch in der Gegend aufhält. Ich schlage vor, wir unterhalten uns nochmals mit Andreas Weller. Ich bin gespannt, was er uns über die Schwangerschaft erzählen kann.»

Andreas Weller fiel aus allen Wolken, als sie ihn kurz vor Mittag mit Irinas Schwangerschaft konfrontierten.

«Davon weiss ich nichts. Ehrenwort! Sind Sie sicher?»

«Ja. Kannst du es dir vorstellen?»

Er lachte bitter.

«Wundern würde es mich nicht. Wir haben zwar immer ein Kondom verwendet. Aber vielleicht wollte die raffinierte Nutte mir einen Balg anhängen, um dann gross abzusahnen.»

«Du weisst auch nicht, wo sie sich aufhält?»

«Nein. Wie bereits gesagt, ich vermute, dass sie wieder in ihrer Heimat ist.»

«Hast du ihre Handynummer?»

«Sie schrieb mir vor Monaten eine Nummer auf, damit ich sie erreichen kann. Ich trug sie in die Agenda ein … Hier ist sie.»

Nadine riss ihm die Agenda aus der Hand und wählte die Nummer.

«Ausser Betrieb! Verdammter Mist!»

Ferrari trommelte mit der linken Hand ein Stakkato.

«Hast du Irina immer an … an ihrem Arbeitsplatz getroffen? Oder habt ihr euch auch ab und zu anderswo verabredet?»

«Meistens in der Webergasse, in einer Absteige. Ab und zu war ich mit ihr in der Petersgasse, in Mams Elternhaus. Papa hat einige Zimmer für ausländische Gäste eingerichtet, aber grundsätzlich steht es leer. Mam will es nicht vermieten. Da war ich ein oder zwei Mal mit Irina.»

«Hast du den Schlüssel zum Haus dabei?»

«Sicher.»

«Dann möchte ich dich bitten, uns zu begleiten. Vielleicht ist sie dort.»

Wenig später standen sie vor dem Haus, Andreas öffnete die Tür. Ferrari und Nadine suchten ein Zimmer nach dem anderen ab. Fehlalarm! Alles war ordentlich aufgeräumt, nirgends gab es eine Spur von Irina.

«Irina kann gar nicht hier gewesen sein. Sie hat keinen Schlüssel zum Haus. Wars das? Dann würde ich gern gehen.»

Nadine sah Andreas nach.

«Er lügt. Er wusste von der Schwangerschaft.»

«Wie kommst du darauf?»

«Andreas ist ein schlechter Schauspieler. Er lügt.»

«Aber sein Wutausbruch kam mir ziemlich echt vor», wandte der Kommissär ein.

«Ich bleibe dabei, er lügt. Er wusste, dass Irina schwanger ist. Vielleicht weiss er sogar, wo sie sich aufhält.»

Möglich. Wenn Nadine so überzeugt war, dann könnte etwas dran sein. Das Bauchgefühl täuschte selten.

«Wo kann sie nur sein, Nadine?»

«Vielleicht in einem Hotel. Geld hat sie ja. Oder sie ist bei einem Freier untergetaucht. Das kommt allerdings der berühmten Suche nach der Nadel im Heuhaufen gleich.»

«Hm. Wir müssen sie finden, und zwar rasch.»

Ferrari betrachtete nachdenklich die Fassade. Einer Ahnung folgend, ging er zu einem der Fenster und drückte auf den Fensterrand. Sein Fingerabdruck zeichnete sich ab.

«Der Kitt ist verhältnismässig neu, Nadine. Die Scheibe ist sauber, im Vergleich mit den anderen. Hier ist erst kürzlich ein Fenster eingesetzt worden, vielleicht sogar erst gestern.»

«Was bedeuten könnte, dass sie vielleicht doch da war. Du bist genial, Francesco.»

Ferrari wählte Ines Wellers Telefonnummer. Sie bestätigte ihm, dass in der Nacht auf Samstag ein Fenster eingeschlagen worden sei. Ein Nachbar hatte das Klirren des Fensters gehört, hinausgeschrieen, woraufhin die Person weggerannt sei. Danach alarmierte er die Polizei. Ines organisierte einen Notfallservice, der das Fenster in der Nacht mit einem Holzverschlag verbarrikadierte und am folgenden Morgen ein neues einsetzte. Ferrari dachte stirnrunzelnd an den Wochenendzuschlag. Der wird ganz schön happig sein. Doch Geld schien bei den Wellers ja keine Rolle zu spielen. Und in diesem Fall ging die Sicherheit vor. Der Kommissär notierte sich noch den Namen des Nachbars und legte auf.

«Wir haben einen Zeugen des nächtlichen Vorfalls. Er wohnt genau gegenüber. Dann wollen wir mal.»

Michael von der Mühll gab bereitwillig Auskunft.

«Ich sass noch in meinem Arbeitszimmer. Ich habe eine Maturaarbeit bearbeitet. Schrecklich, was die jungen Leute einem so abliefern. Absolut unbrauchbar. Ich werde Tage damit verbringen, alle Korrekturen einfliessen zu lassen.»

«Sind Sie Lehrer, Herr von der Mühll?»

«Professor an der Universität, Herr Kommissär. Bei diesem Lektorat handelt es sich um einen Freundschaftsdienst. Normalerweise lehne ich solche Arbeiten strikte ab. Das ist nämlich sehr undankbar. Aber, da es sich um meinen Neffen handelt, konnte ich nicht anders. Tja, die Verwandtschaftsbande.»

«Sie sassen also am Schreibtisch, von dem aus Sie das Haus von Frau Weller sehen konnten und korrigierten die Arbeit.»

«Ich habe sie lektoriert, Herr Kommissär. Lektoriert und nicht korrigiert! Das sind zwei verschiedene Dinge. Korrigieren heisst, die Arbeit auf Grammatik und Orthografie hin zu prüfen. Lektorieren bedeutet, dass ich darüber hinaus Aufbau, Inhalt und Stil der Arbeit begutachte. Eine anspruchsvolle Aufgabe. Vor allem, wenn ein junger Mensch derart schludrig arbeitet. Ich musste mich zuerst mit der Materie vertraut machen. Und jetzt überarbeite ich Seite für Seite. Schauen Sie sich diese Arbeit an!»

Nadine beugte sich über eine Anzahl von Blättern.

«Da mussten Sie wirklich viel lektorieren, Herr Professor.»

«Sie sagen es.»

«Das ist eine sehr interessante Tätigkeit, Herr Professor. Faszinierend. Darf ich Sie bitten, uns zu schildern, was Sie am Freitag gesehen haben.»

«Aber selbstverständlich, junge Dame. Ich sass hier. Von Zeit zu Zeit schaute ich zum Fenster raus. Man kann nicht stundenlang konzentriert arbeiten. Ab und zu braucht jeder Mensch eine Pause. In einem dieser Momente ist mir aufgefallen, dass sich jemand an einem der Fenster gegenüber zu schaffen machte.»

«Eine Frau oder ein Mann?»

«Das konnte ich nicht so genau ausmachen. Ich vermute, dass es eine Frau gewesen ist. Die Person war eher klein. Ja, sie wirkte eher weiblich. Aber bei den heutigen Kleidern weiss man ja nie, ob es sich um einen Mann oder eine Frau handelt.»

«Dann schlug diese Person ein Fenster ein.»

«Zunächst schien sie an dem Fenster zu rütteln. Ich bin sofort aufgestanden, so», er öffnete das Fenster, «und dann habe ich sehr laut gerufen», er drehte sich zu Nadine um, «etwa so: Hallo, was machen Sie da? Lassen Sie das. Sonst rufe ich die Polizei!»

Von der Mühll schloss das Fenster.

«Es ist kalt! Brrr, wirklich sehr kalt.»

«Und dann haben Sie die Polizei angerufen?»

Der Professor bedachte Ferrari mit einem missbilligenden Blick und wandte sich wieder Nadine zu.

«Danach habe ich die Polizei verständigt. Die ist auch sofort gekommen. Aber der Delinquent oder vermutlich die Delinquentin war bereits entflohen. Gestern Vormittag wurde das neue Fenster eingesetzt. Es ist eine Schande!»

«Was ist eine Schande, Herr Professor?»

«Das gab es früher nie. Die heutige Gesellschaft hat keinen Respekt mehr vor dem Eigentum anderer. Das ist noch nicht alles. Schauen Sie sich das Haus an, junge Dame. Schauen Sie es sich an.»

Er führte Nadine zum Fenster.

«Ist es nicht ein schönes Haus? Ein gepflegtes, historisches Altstadthaus. Und was ist mit diesem Haus?»

Nadine sah ihn fragend an.

«Es steht seit Jahren leer. Eine weitere Schande. Finden Sie nicht? So ein wunderbares Haus muss bewohnt sein. Es hat doch seine ganz persönliche Geschichte, die einer Fortsetzung bedarf. Ja, gut, ab und zu kommen Personen mit Koffern, die ein paar Tage hier wohnen. Mehr nicht. Das ist aber nicht dasselbe. Ein solches Haus muss leben, dreihundertfünfundsechzig Tage im Jahr.»

«Da haben Sie vollkommen recht, Herr Professor! Es ist nicht in Ordnung, dass ein solch schönes Haus einfach leer steht.»

«Ich kenne die Besitzerin des Hauses, Ines Widmer.»

«Sie meinen Ines Weller?»

«Was ich meine, können Sie getrost mir überlassen, guter Mann!», reagierte von der Mühll verärgert. «Ich kenne Ines aus der Jugendzeit. Sie war sogar eine meiner Schülerinnen, ein oder zwei Jahre lang. Sie müssen wissen, Frau Kommissärin, dass ich früher am Humanistischen Gymnasium unterrichtet habe, bevor ich dem Ruf an die Universität gefolgt bin. Nach den, ich bin mir beinahe sicher, zwei Jahren trennten sich unsere Wege. Ines besuchte auf Wunsch ihrer Eltern ein Internat, das um einiges, ich muss es neidlos anerkennen, um einiges besser ist als unsere staatlichen Schulen, obwohl ich und meine Kolleginnen und Kollegen immer unser Bestes geben.»

«Das Gymnasium in Basel war sicher auch nicht schlecht», brummte Ferrari.

«Hören Sie, welche Ignoranz aus Ihrem Kollegen spricht? Er vergleicht das private Internat mit einer staatlichen Schule. Unglaublich.»

«Das meint der Kommissär nicht so, Herr von der Mühll!»

«Doch, doch! Genauso denkt er. Wo war ich gleich noch … Ah ja, bei Ines. Sie ist dann diese unsägliche Liaison mit diesem Weller eingegangen. Ein Mann ohne Kultur. Schrecklich. Ich habe einige Male das Gespräch mit ihm gesucht. Ein Prolet! Wie konnte sich Ines nur mit einem solchen Menschen einlassen. Ich verstehe es bis heute nicht. Sie sind dann aufs Bruderholz gezogen. Natürlich aufs Bruderholz! Das Elternhaus von Ines war diesem Hochstapler nicht gut genug. Dekadent! Einfach dekadent! Ich versuchte mehrmals, Ines das Haus abzukaufen, leider ohne Erfolg. Ja, und jetzt steht es seit Jahren leer und lockt

Verbrecher an. Eine schlimme Zeit, in der wir leben.»

Von der Mühll nickte, als würde er seinen eigenen Worten zustimmen. Ferrari verlor langsam die Geduld. Es war höchste Zeit zum Gehen.

«Vielen Dank für Ihre ausführlichen Schilderungen, Herr von der Mühll. Sie haben uns wertvolle Hinweise gegeben. Komm, Nadine, wir gehen.»

Der Professor schüttelte Nadine väterlich lächelnd die Hand und nickte dann flüchtig Ferrari zu, ohne ihn anzusehen.

«Das ist eine sehr interessante Tätigkeit, Herr Professor», äffte Ferrari seine Kollegin nach, als sie ausser Hörweite waren. «Der Herr Kommissär meint es nicht so. Aber der degenerierte Trottel da oben denkt, dass er der geistige Führer der Menschheit ist. Ich bin ein Ignorant. Die Elite der Bevölkerung besucht natürlich ein Internat. Am besten in den Bergen oder am Genfersee oder so. Und nicht eine kümmerliche Staatsschule.»

«Was regst du dich so auf, Francesco? Das macht unseren Job doch abwechslungsreich und spannend. Immer wieder neue Menschen kennenlernen, die uns sonst nie und nimmer über den Weg laufen würden. So wie dieser kurlige Professor. Du musst das Ganze mit mehr Gelassenheit und Humor betrachten. Du kannst noch viel von mir lernen, Chef.»

Zurück im Kommissariat erkundigte sich Ferrari, ob am Freitagabend jemand bei einem Einbruchversuch in der Petersgasse erwischt wurde. Negativ. Die flüchtige Person hatte mit einem Glasschneider ein Loch ins Fenster geschnitten. Wahrscheinlich wollte sie eben ins Haus einsteigen, als von der Mühll sie ertappte.

«Ich denke, dass Irina, falls sie es gewesen ist, aus Versehen das Fenster einschlug. Sie hat sicher einen gehörigen Schrecken bekommen, als von der Mühll aus dem Fenster brüllte. Am linken Rand des Fensters konnten die Kollegen fein säuberlich einen Schnitt feststellen. Schade, dass es ihr nicht gelungen ist, unbemerkt einzudringen.»

«Wo ist sie nur, Francesco? Es ist saukalt. Sie ist schwanger. Hoffentlich finden wir sie, bevor ihr etwas geschieht. Sollen wir nochmals Helen aufsuchen?»

«Das bringt nichts. Jetzt können wir nur abwarten, Tee trinken und darauf vertrauen, dass die Kollegen sie finden. Gibt es eigentlich nichts Neues von Ruedi Fink?»

«Nein, immer noch keine Spur von ihm. Dagi hat versprochen, mich anzurufen, wenn sie etwas von ihm hört, und das wird sie auch tun. Was ist, wenn mich Borer hier sieht?»

«Das lass mal meine Sorge sein.»

Wie auf Befehl klopfte es an die Tür. Nadine zuckte zusammen und zog instinktiv die Schultern hoch. Doch es war nicht der Staatsanwalt, sondern Stephan Moser. Zum Glück.

«Ihr kennt das Wort Wochenende wohl auch nicht, was? Also meine Schicht ist in dreissig Minuten zu

Ende. Ich wollte euch nur daran erinnern, die Akten spätestens morgen zurückzubringen, vorausgesetzt ihr braucht sie nicht mehr. Georg ist diesbezüglich ziemlich pingelig.»

«Kein Problem, ich bringe sie ihm im Laufe des Tages.»

Stephan warf einen flüchtigen Blick auf das Foto, das auf Ferraris Klubtisch lag und Helen und Irina im Europa-Park zeigte.

«Die da sieht aus wie die Schwangere, die gestern in erbärmlichem Zustand am Rheinbord eingesammelt wurde. Weiss der Teufel, was sie dort unten wollte. Vermutlich ist sie ihrem Alten ausgebüxt oder so. Hat sich wohl eine Lungenentzündung eingefangen. Sieht nicht gut aus für das Kleine.»

Nadine spürte förmlich, wie ihr das Adrenalin durch die Adern schoss.

«Die hier?»

«Exakt. Gib mir mal das Foto … doch, das ist sie. Wir machen von Obdachlosen immer ein Foto. Aber es ist selten eine junge Frau dabei. Eine Ausländerin. … Doch, das ist sie. Das Foto liegt unten bei Georg auf dem Tisch.»

Nadine griff nach den Akten.

«Ich bringe sie Georg gleich zurück. Danke, Stephan.»

Einige Minuten später wussten sie, dass es sich bei der Obdachlosen tatsächlich um Irina Löffler handelte. Sie war unten am Rhein in der Nähe des Feuerwehrbootes aufgegriffen worden, eingehüllt in eine Wolldecke.

«Zum Glück haben wir die junge Frau rechtzeitig gefunden. Wir fahren ein paar Mal in der Nacht das Rheinbord ab. Vermehrt, wenn es so kalt ist, wie in den letzten Tagen. Eine so junge und erst noch schwangere Frau haben wir noch nie dort unten aufgegriffen.»

«Wo ist sie jetzt, Georg?»

«Sie liegt im Kanti. Vermutlich auf der Intensivstation. Was zum Teufel hat das junge Ding nachts am Rheinbord zu suchen? Einer meiner Leute wird sich heute Nachmittag mit ihr unterhalten. Sicher steckt irgend so eine Beziehungskiste dahinter.»

«Lass uns das machen, Georg. Wir kennen die junge Frau.»

«Dir kann ich nichts abschlagen, Nadine. Übrigens, der Kerl, dieser Lutz Wagner, der dich so zugerichtet hat, den haben wir unter Beobachtung. Wenn er sich nur das Geringste leistet, packen wir ihn am Schlafittchen. Das sind wir dir schuldig.»

«Danke, Georg. Ich weiss das zu schätzen.»

Ferrari und Nadine unterhielten sich zunächst mit dem Arzt, der Irina untersucht hatte. Sie war gerade noch rechtzeitig eingeliefert worden. Um das Kind musste sich die werdende Mutter keine Sorgen machen. Es ging ihm bestens. Nadine spürte, wie sich ein Kloss in ihrem Hals löste. Das waren gute Nachrichten. Irina Löffler lag in einem Zweibettzimmer. Ferrari bat deshalb den Arzt, sie in ein Einzelzimmer zu verlegen.

«Wir wissen nicht einmal, ob die Frau überhaupt versichert ist. Wir können sie beim besten Willen nicht wie eine Erstklasspatientin behandeln.»

«Mit Ihrem guten Willen scheint es nicht weit her zu sein, Herr Bodmer. Diese Frau ist möglicherweise eine wichtige Zeugin in einem Mordfall. Aus diesem Grund ist äusserste Diskretion erforderlich. Wir können eine Befragung nur in einem Einzelzimmer durchführen.»

«Das muss der Chefarzt entscheiden.»

«Dann holen Sie ihn. Bitte.»

Es dauerte einige Minuten, bis sich der Chefarzt die Ehre gab.

«Ich bedaure sehr, aber alle Einzelzimmer sind belegt, Herr Ferrari.»

«Gut. Ich glaube Ihnen zwar kein Wort, aber ich nehme es zur Kenntnis.»

«Ich muss doch sehr bitten!»

«Nein, das müssen Sie nicht. Wir beide sind fertig miteinander. Es gibt sicher noch einen Oberchefarzt oder weiss der Teufel, wie das bei euch heisst. Treiben Sie den auf, und zwar blitzartig oder ich mische diesen Laden auf. Sie behindern die Untersuchungen. Wir ermitteln in einem Mordfall, aber ich wiederhole mich. Und das tue ich ungern. Sehr ungern. Also, was ist jetzt?»

«Das muss der Direktor entscheiden.»

Minuten vergingen. Ferrari tigerte hin und her. Sind denn hier alle verrückt? Das ist wie in dem Asterix-Film, den ich zusammen mit Nikki angeschaut habe. Eine römische Behörde musste einen Pass ausstellen. Asterix und Obelix gingen von Schalter zu Schalter, bis ihnen der Kragen platzte. Bei mir fehlt auch nicht mehr viel. Nadine deutete auf eine Dreiergruppe.

«Jetzt kommen sie zu dritt.»

«Ja, bitte, was kann ich für Sie tun?»

Ferrari drehte sich langsam um. Seine Augen funkelten, ein untrügerisches Zeichen dafür, dass er zum Angriff bereit war.

«Hallo, Francesco, was machst du hier?»

«Felix? Die gleiche Frage könnte ich dir stellen.»

«Also ich arbeite hier. Ich bin der Spitaldirektor.»

«Umso besser. Dann kannst du uns sicher helfen.»

Innerhalb kürzester Zeit lag Irina Löffler in einem Einzelzimmer. Erstklassversicherung hin oder her! Tja, Beziehungen bewirken manchmal Wunder.

«Na also, es geht doch», triumphierte Ferrari. «Sprich du mit ihr, Nadine. Helen hat ihr bestimmt von dir erzählt. Ich warte draussen.»

Ferrari wählte die Nummer von Georg und bat ihn, einen Beamten zu Irinas Sicherheit vorbeizuschicken. Nur für einige Tage, bis der Fall geklärt war.

Nadine setzte sich neben Irina, die sie ängstlich ansah.

«Du bist Nadine. Helen hat mir von dir erzählt.»

«Wie geht es dir, Irina?»

«Nicht gut», sie schluchzte. «Ich möchte mein Baby nicht verlieren.»

«Das wirst du nicht. Der Arzt sagt, die Polizisten haben dich im richtigen Moment gefunden. Deinem Kind geht es gut. Du musst dir keine Sorgen machen. Weiss Andreas, dass du schwanger bist?»

«Nein. Ich habe ihm nichts gesagt. Ich will das Baby behalten. Es ist mein Baby, Nadine. Ich will ihm eine gute Mutter sein.»

«Das wirst du. Ganz bestimmt. Wo bist du denn in den letzten Wochen gewesen?»

«Zuerst bei einem Freund, den ich vom ‹Hirschi› kenne. Als ich dort nicht mehr bleiben konnte, habe ich Andreas angerufen. Er wollte nicht mit mir sprechen, nahm die Anrufe gar nicht erst an und auch auf meine SMS reagierte er nicht. Da gab ich auf. Aber Ruedi war für mich da. Er besorgte mir ein Zimmer. Alles ging gut, bis …»

«Bis?»

«Bis mich dieser Mann von Weller gefunden hat. Ich bin ihm noch im letzten Augenblick entwischt.»

«Lutz Wagner?»

«So heisst er nicht. Er ist ein ehemaliger Polizist.»

«Edgar Huber!»

«Genau. Er und seine Leute haben mich gefunden. Sie müssen Ruedi gefolgt sein. Da wusste ich, dass ich keine Sekunde länger bleiben konnte.»

«Wann war das?»

«Vor drei Wochen. Seither habe mich auf der Strasse rumgetrieben und ein paar Mal bei einem ehemaligen Freier übernachtet. Und gestern hat mich dann die Polizei gefunden.»

«Irina, vor wem hast du Angst? Vor Fritz Löffler?»

«Löffler ist ein schlechter Mensch. Er hat mich mit falschen Versprechungen in die Schweiz gelockt. Als ich im gelobten Land war, schickte er mich auf den Strich. Natürlich wollte ich das nicht, doch er drohte mir mit seinem Bruder. So fing alles an. Schrecklich. Dieser Sigi ist echt brutal. Er schlägt Helen.»

«Aber du fürchtest dich vor einem anderen Mann, oder? Wer ist es? Edgar Huber? Lutz Wagner?»

Sie überlegte lange. Ihre Hände zitterten, als sie zu reden begann.

«Vor diesem Mann von der Partei. Ich habe riesige Angst vor ihm.»

«Patrick Stolz?»

«Der Mann von der Partei, der immer neben Peter Weller stand.»

«Wie alt ist dieser Mann?»

«Fünfunddreissig, vielleicht vierzig.»

«Irina, wir wissen, dass dir ein Mann sehr viel Geld gegeben hat. Ist das der gleiche Mann, vor dem du dich fürchtest?»

Sie sah Nadine fragend an.

«Sehr viel Geld? Wer sagt das?»

«Moment mal! Das verstehe ich jetzt nicht.» Nadine

verschlug es für ein paar Sekunden die Sprache. «Irina, draussen wartet mein Kollege, Francesco Ferrari. Wir arbeiten zusammen. Darf er reinkommen? Du kannst ihm genauso vertrauen wie mir.»

«Einverstanden. Die Freunde meiner Freunde sind auch meine Freunde.»

Nadine holte den überraschten Kommissär ins Zimmer und fasste kurz zusammen, was Irina bisher erzählt hatte.

«Irina, man hat uns erzählt, dass du eine Viertelmillion Franken bekommen hast.»

«Wieso soll mir jemand so viel Geld geben?»

«Damit du dich von Andreas fern hältst. Sein Vater war gegen eure Beziehung.»

«Also, dieser Mann, dieser …»

«Patrick Stolz!»

«… ist zu mir gekommen. Er verlangte, dass ich verschwinde, und gab mir dreitausend Franken. Mehr nicht. Er drohte mir sogar. Wenn ich nicht aus Basel verschwinden würde, könne er für nichts garantieren. Was immer er damit meinte, er hat mir grosse Angst gemacht. Trotzdem bin ich in Basel geblieben.»

«Warum?»

«Weil ich nicht gehen wollte. Weil ein Kind mit seiner Mutter und seinem Vater aufwachsen sollte. Doch jetzt habe ich Angst und möchte mit Helen nach Hause. Nur ich kann nicht. Ich habe kein Geld mehr.»

«Bist du deshalb in der Petersgasse eingebrochen?»

«Ich war verzweifelt. Schwanger, ohne Geld und

auf der Flucht. Da fiel mir das Haus ein. Aber ich habs vermasselt, Nadine.»

«Hattest du in den letzten Tagen Kontakt zu Ruedi Fink?»

«Nein. Als er nicht in seinem Zimmer am Claraplatz war, rief ich im ‹Hirschi› an. Joe sagte mir, er sei mit Dagmar und den anderen in einer Abbruchbude im Gundeli. Ich wollte ihn besuchen, überlegte es mir aber anders, weil ich ihn nicht in Gefahr bringen wollte. Deshalb haben wir uns ja auch getrennt. Ich will niemanden reinziehen.»

«Weisst du, ob sich Ruedi und Patrick Stolz kennen?»

«Wieso fragst du das, Nadine?»

«Ruedi ist verschwunden. Stolz macht Jagd auf ihn, genauso wie auf dich.»

«Aber wieso? Das verstehe ich nicht. Wir haben ein Mal über diese Partei gesprochen, nur allgemeines Zeug. Ich glaube nicht, dass Ruedi diesen Stolz kennt. … Was … was passiert jetzt mit mir? Wie soll es weitergehen? … Ich fürchte mich so.»

«Vorerst bleiben Sie hier in diesem Spitalzimmer und erholen sich, Irina. Vor der Tür steht ein Polizist, der Sie rund um die Uhr bewacht. Sie brauchen also keine Angst zu haben. Es kann Ihnen nichts geschehen.»

Ferrari versicherte sich, dass die Ablösung unter den Kollegen reibungslos klappte. So lief der Hase! Der alte Weller hatte vermutlich über einen seiner Zuträger mitbekommen, dass Irina schwanger war. Nicht nur, dass Andreas ein Verhältnis mit einer osteuropäischen Prostituierten hatte, nein, sie bekam sogar noch ein Kind von ihm. Damit war das grösste aller Krisenszenarien eingetreten, der Supergau! Der Sohn des strahlenden Saubermannes schwängert eine Ausländerin, die nicht ins Bild des europäischen Übermenschen passt. Ganz und gar nicht. Daraufhin beschliesst Peter Weller, das Problem mit Geld zu lösen. Doch Patrick Stolz ist sich selbst der Nächste. Statt Irina die Viertelmillion auszuhändigen, speist er sie mit einem Bruchteil davon ab. Irina ihrerseits denkt gar nicht daran, die Schweiz zu verlassen. Sie bleibt, denn sie wünscht sich für ihr ungeborenes Kind nichts sehnlicher als eine intakte Familie, und taucht unter. Edgar Huber, der im Auftrag von Patrick Stolz Nachforschungen betreibt, spürt Irina auf.

«Wir sind nahe dran. Ich kann es förmlich riechen, Nadine.»

«Die Lösung muss mit Patrick Stolz zu tun haben. Sein Name taucht immer wieder auf.»

«Ganz meine Meinung. Morgen früh werden wir ihn nicht mehr mit Samthandschuhen anfassen. Die Schonfrist ist vorbei. Die Jagd beginnt! So, das wars für heute. Willst du nicht doch noch eine Nacht bei uns bleiben?»

«Das ist lieb von dir, aber es geht mir wieder gut.

Danke für alles. Ich fahre dich nach Hause und dann schaue ich, ob meine Wohnung noch steht.»

«Monika an Francesco!»

«Wie? Was meinst du?»

«Du sollst die Girlande ein wenig loslassen. Aber der Herr schwebt geistig in anderen Sphären. Soll ich Nikki fragen?»

«Entschuldigung», brummte Ferrari und liess die Weihnachtsdekoration langsam aus seinen Händen gleiten. «Ich dachte über unseren Fall nach.»

«Was für eine Überraschung!»

Das Schneetreiben verstärkte sich. Fröhlich wirbelten die Flocken durch die Luft und blieben sogar auf der Strasse liegen. Ein gutes Zeichen.

«So, fertig. Wie gefällts dir?»

«Wunderschön, wie immer!»

Ferrari half Monika von der Leiter.

«Jetzt noch der Weihnachtsbaum.»

Ferrari verzog das Gesicht. Das war die letzte Hürde, die es zu überspringen galt. Keine einfache Aufgabe.

«Nikki kommt mit. Sie hilft mir beim Aussuchen.»

Sehr gut! Wie gut, dass Kinder grösser und älter werden.

«Aber das Aufstellen bleibt dir nicht erspart. Da musst du durch, mein Schatz.»

«Das kriege ich schon hin. Ich werde von Jahr zu Jahr besser. Und meine Geduld ist sprichwörtlich.»

«Dann ist ja gut. Übrigens, wegen Silvester …»

Ah! Jetzt kommts. Die Spannung steigt.

«Wir bleiben zu Hause und machen es uns gemütlich.»

Ich muss mich verhört haben!

«Du … du bist damit einverstanden?»

«Das ist dir doch am liebsten, oder?»

«Schon … aber …»

Vorsicht, Francesco! Sie webt ein Spinnennetz. Raffiniert!

«Was stotterst du so? Willst du nun daheim bleiben oder nicht?»

«Das weisst du doch. Ich dachte nur … du hast gesagt, dass du gerne ausgehen möchtest.»

«Das hat sich erledigt.»

«Und wieso?»

«Olivia hat uns eingeladen, aber sie sagt die Party aus Pietätsgründen gegenüber den Wellers ab. Das finde ich gut. Stell dir vor, wie das aussieht? Olivia gibt ein rauschendes Fest und bei den Freunden im Haus nebenan ist es zappenduster. Sie rief mich vorhin an. Sie will das neue Jahr nur mit einigen guten Freunden feiern. Sozusagen im engsten Kreis ohne grossen Pomp.»

Nur wenige Gäste? Keine rauschende Party?

«Also … wenn es nur wenige Gäste sind, hätte ich nichts dagegen.»

«Bist du sicher? Das muss nicht sein, Francesco. Ich verstehe gut, dass du mit deinem Job viel um die

Ohren hast, und die ruhigen Momente zu Hause geniesst.»

«Das ist schon in Ordnung, Monika. Du weisst, ich hasse grosse Gesellschaften, aber im kleinen Kreis fühle ich mich wohler. Du kannst Olivia ruhig zusagen.»

«Ganz wie du willst, Francesco», flötete Monika.

Die Spinne hatte ihre Beute auf charmante und unwiderstehliche Art und Weise gefangen.

12. Kapitel

Patrick Stolz begrüsste Nadine und Ferrari jovial.

«Ah! Meine Freunde von der Polizei bei der täglichen Visite. Einen Kaffee?»

Der Kommissär winkte ab und setzte sich.

«Herr Stolz, Sie haben doch Irina Löffler im Auftrag von Peter Weller eine Viertelmillion übergeben. Korrekt?»

«Richtig ist, dass ich ihr einen Koffer mit Geld aushändigte. Ob wirklich eine Viertelmillion drin war, entzieht sich meiner Kenntnis.»

«Als Gegenleistung musste Irina Löffler jeglichen Kontakt zu Andreas Weller abbrechen und die Schweiz unverzüglich verlassen.»

«Exakt. Das habe ich ihr bei der Übergabe auch deutsch und deutlich gesagt.»

«Hatten Sie inzwischen nochmals Kontakt zu Frau Löffler?»

«Nein.»

«Und zu Fritz und Sigi Löffler?», nahm Nadine den Faden auf.

«Nein … doch! Ich traf die beiden in einem Lokal in der Amerbachstrasse.»

«Aus welchem Grund?»

«Sie wollten mich erpressen oder besser gesagt, Andreas. Sie gaben ihm die Schuld am Verschwinden von Irina Löffler und wollten nun Kapital daraus schlagen. Nach dem Motto, wir haben unsere Einkommensquelle verloren und möchten dafür entschädigt werden.»

«Haben Sie bezahlt?»

«Wo denken Sie hin! Ich warnte die beiden, dass sie ein gefährliches Spiel treiben. Dann ging dieser Fritz Löffler auf mich los. Ein einfach strukturierter Mensch, wie mir scheint.»

«Und den Rest übernahm Lutz Wagner mit seinen Kumpanen», ergänzte Nadine.

«Lutz? Nein. Edgar half mir aus der Verlegenheit. Er und seine Mitarbeiter. Sie glauben doch nicht ernsthaft, dass ich mich allein mit diesen Zuhältern treffe? Das wäre ja glatter Selbstmord. Ich gehe davon aus, dass diese Geschichte damit ein für alle Mal vom Tisch ist.»

Der Kommissär nickte. Oh, ja. Das denke ich auch. Zumal den Brüdern noch am Tag danach der Angstschweiss auf der Stirn stand.

«Weshalb suchen Sie nach Irina Löffler?», fuhr Ferrari fort.

«Ich suche nicht nach ihr. Wer behauptet das?»

«Irina!»

Patrick Stolz sah Nadine verunsichert an.

«Glauben Sie wirklich einer Nutte? Wie naiv! Ich hielt Sie für cleverer.»

«Doch, sie wirkte sehr glaubhaft.»

«Wo ist sie?»

«In Sicherheit. Nochmals zurück zur Frage, wieso sind Sie hinter Irina her?»

«Edgar sollte sie aufstöbern, weil sie sich nicht an die Vereinbarung hält. Wir vermuten, dass sie noch in der Gegend ist. Ich wollte mit ihr reden. Mehr nicht. Ist das verboten?»

Das wird ein harter Brocken! Ferrari ging in die Offensive.

«Frau Löffler gab zu Protokoll, dass sie kein Geld von Ihnen bekommen hat.»

«Lächerlich! Nun hören Sie aber auf. Was will denn die Hure noch? Weitere kleine Erpressungsversuche starten? Genügt ihr die Viertelmillion nicht?»

«Sie hätten ihr nur dreitausend Franken gegeben.»

«Jetzt ist aber Schluss! Ich bin nicht mehr bereit, weiter mit Ihnen darüber zu diskutieren. Zuerst behaupten Sie, sie hätte kein Geld erhalten. Jetzt sind es nur noch dreitausend Franken. Ein für alle Mal, sie hat den ganzen Betrag bekommen.»

«Aber Sie haben das Geld nicht nachgezählt.»

«Nein, weshalb auch. Peter gab mir den Auftrag und Lutz brachte mir den Koffer. Zur Sicherheit öffnete ich ihn. Trau! Schau, wem! Der Koffer war randvoll mit Hunderternoten gefüllt. Sonst noch etwas?»

«Nur noch eine Frage, wussten Sie, dass Irina schwanger ist?»

«Ja.»

Sie standen vor dem Gebäude. Die kühle Luft tat gut.

«Die Schweinebacke ist aalglatt, Francesco. Lügt Irina?»

«Ich weiss nicht. Stolz wirkt zwar sehr überzeugend. Aber es ergibt keinen Sinn. Wenn Irina das Geld hat, weshalb versucht sie dann, in der Petersgasse einzubrechen und landet unterkühlt im Spital? Sie hat mit Sicherheit das Geld nicht. Und, wenn Stolz das Geld auch nicht besitzt, wer dann?»

In diesem Augenblick fuhr Lutz Wagner mit einem schweren Lastwagen vor. Er sprang aus dem Führerstand. Ferrari fror bei seinem Anblick. Immer in einem anderen T-Shirt, die Muskeln spielen lassend.

«Zu mir?»

«Nein. Wir waren bei Patrick Stolz.»

«Frieren Sie eigentlich nie?»

«Nein! Immer in Bewegung. Besser, Frau Kupfer?»

«Es tut immer noch weh. Irgendwann komme ich bei Ihnen vorbei und haue Ihnen mein Bügeleisen über den Schädel.»

«Korrekt! Halte hin. Ausgleichende Gerechtigkeit. Hat er …», Wagner deutete auf Ferrari, «… gesagt, dass ich Schuld begleiche?»

Nadine sah misstrauisch zu Ferrari.

«Nein, das hat er wohl vergessen!»

Oje, oje, das wird ein Nachspiel geben.

«Wenn Sie mich brauchen, Anruf genügt.»

«Es gäbe da schon etwas …», überlegte Nadine laut.

«Nur sagen, ich bin da.»

«Nun reichts aber. Hier wird kein Komplott geschmiedet. Aber es ist gut, dass wir Sie hier treffen, Herr Wagner. Bei unserer Diskussion mit Patrick Stolz konnten wir etwas nicht klären.»

«Was?»

Das hätte Nadine auch gerne gewusst.

«Sie übergaben doch Patrick Stolz den Koffer mit dem Geld für Irina Löffler.»

«Korrekt.»

«Irina sagt nun, dass sie kein Geld erhalten habe», flunkerte der Kommissär erneut.

«Falsch! Von Patrick.»

«Stolz ist jedoch nicht sicher, ob überhaupt Geld im Koffer war.»

Lutz Wagner packte Ferrari am Mantelkragen.

«Sagt Patrick?»

«Sagt Stolz.»

Wagner liess den Kommissär augenblicklich los, um in der nächsten Sekunde die Tür zur Parteizentrale förmlich einzutreten. Danach riss er die Bürotür des Sekretärs auf, der überrascht von seinen Akten aufsah. Nadine und Ferrari waren schnellst möglich hinterhergerannt und sahen gerade, wie Wagner den überraschten Stolz über den Tisch zog, gegen die Wand schleuderte, ihn erneut hoch hob und dann kräftig zuschlug.

«Verdammte Drecksau! Immer Drecksau gewesen!»

Stolz lag blutend am Boden. Grund genug, um endlich einzugreifen, befand Nadine. Doch Ferrari hielt sie zurück.

«Noch nicht», flüsterte er.

«Habe Geld nicht. Nutte auch nicht. Aber du!», polterte Wagner weiter.

Stolz kam schwankend auf die Beine.

«Ich … ich habe das Geld nicht …»

Wagner schlug ihm seine Faust in den Magen. Stolz krümmte sich vor Schmerzen.

«Hast Geld. Sag es! Mache dich fertig.»

«Ich … nein … ich habe es nicht!»

Wagner schleifte ihn zum Fenster.

«Wo ist Geld? Sags oder werfe dich raus!»

«Ja … ja … schon gut … es liegt im Safe. So helft mir doch. Das Untier bringt mich um.»

Ferraris Lippen umspielte ein triumphierendes Lächeln. Also doch. Meine innere Stimme hatte recht.

«Es ist gut, Herr Wagner. Lassen Sie ihn los. Bitte.»

Wagner drohte Stolz noch immer mit der Faust.

«Habe genug. Verdammte Sau! Gleiche Sau wie Peter!», er klopfte sich auf die Brust. «Ines jetzt Boss. Ines guter Boss. Werde Klartext reden!»

«Du hältst gefälligst die Schnauze, du Idiot!», lallte Stolz mit einem Taschentuch vor dem Mund. «Ich habe immer gesagt, dass du hirnloser Trottel einmal zur Hypothek wirst.»

Wagner wollte sich nochmals auf Stolz stürzen, doch dieses Mal ging Ferrari dazwischen.

«Es reicht wirklich, Herr Wagner. Wir kümmern uns um Patrick Stolz. Aber bleiben Sie bitte in der Nähe. Wir möchten uns noch mit Ihnen unterhalten.»

«Verhaftet?»

«Nein. Wir wollen nur mit Ihnen reden.»

Stolz blutete noch immer aus der Nase.

«Mein Nasenbein ist gebrochen. Ich muss zum Arzt.» Er blinzelte Nadine und Ferrari hinter seinem Taschentuch an. «Was hat den Idioten nur geritten? … Sie! Sie stecken dahinter. Sie haben ihn aufgehetzt.»

«Sagen wir es so, der Zweck heiligt manchmal und nur unter gewissen Umständen die Mittel. Wir haben Herrn Wagner lediglich erzählt, dass Irina kein Geld erhalten hat beziehungsweise nur einen kleinen Betrag. Was Sie nun ja bestätigen.»

«Unter Gewaltanwendung! Das war reine Notwehr. Er hätte mich sonst umgebracht. Kein Gericht der Welt wird mich dafür anklagen. Aber euch! Ihr habt ihn aufgehetzt und es unterlassen, mir zu helfen. Das kommt euch teuer zu stehen.»

Ferrari nickte gelassen.

«Dann verklagen Sie uns. Ich bin gespannt, wie das Gericht entscheidet. Wenn ich eins und eins zusammenzähle, erscheint Ihre Beziehung zu Peter Weller plötzlich in einem ganz anderen Licht.»

«Die Vermutung liegt nahe, dass Sie nicht zum ersten Mal Gelder abgezweigt haben», führte Nadine aus.

«Spinnen wir die Geschichte weiter. Peter Weller kommt Ihnen auf die Schliche und will Sie nach seiner Wahl zum Bundesrat rauswerfen. Was bleibt

Ihnen anderes übrig, als Weller zum Schweigen zu bringen?»

«Natürlich nicht selbst. Das ist nicht Ihr Stil. Sondern durch einen Komplizen.»

«Hirngespinste! Und wer soll dieser Komplize sein?»

«Wie wärs mit Ihrem treuen Gefolgsmann Edgar Huber?»

«Blödsinn!»

«Oder mit Ruedi Fink?», ergänzte Nadine. «Den Sie genauso krampfhaft suchen wie Irina.»

Patrick Stolz schien sich langsam wieder zu erholen.

«So viel Unsinn auf einem Haufen habe ich schon lange nicht mehr gehört! Gut … das Geld liegt im Safe, das stimmt.»

«Und Peter Weller hat es erfahren.»

«Quatsch! Der Mann schwebte doch auf Wolke sieben. Der war nicht mehr auf diesem Planeten, sah sich schon als Retter der Schweiz und des ganzen Universums. Dieser Idiot! Er war überzeugt, dass Irina Löffler in Bukarest den Rest ihres Lebens verbringt. War dumm von mir!»

«Ihn umbringen zu lassen?»

«Das Geld zu behalten. Ich hätte ihr die Hälfte geben sollen. Ich dachte, wenn ich ihr zünftig drohe, reichen auch dreitausend Franken. Aber die Nutte besitzt mehr Rückgrad, als ich ihr zugetraut habe.»

«Können wir das Geld sehen?»

Patrick Stolz stand auf, musste sich aber am Stuhl festhalten.

«Lutz … dieser Idiot hat … mir sicher einige Rippen gebrochen.»

Er öffnete den Safe.

«Bitte! Hier ist das Geld abzüglich der dreitausend Franken. Es ist sozusagen ein Notgroschen für schlechte Zeiten. Das Geld wäre der Partei zugeflossen.»

«Alles schön und gut, Herr Stolz. Doch weshalb die hektische Suche nach Irina?»

«Ich wollte den Fehler wiedergutmachen, Herr Kommissär, ihr einen Teil des Geldes geben. Das schlechte Gewissen, Sie verstehen. Aber Irina war wie vom Erdboden verschluckt.»

«Dann haben Sie Edgar mit der Suche beauftragt.»

«Noch so ein Trottel! Er spürte sie auf und liess sie einfach in ihrem Versteck. Dieser Volldepp! Als wir sie holen wollten, war sie natürlich weg.»

«Warum suchen Sie nach Ruedi Fink?»

«Weil er Peters Mörder ist. Das geht doch aus der DVD eindeutig hervor.»

Draussen hielten sie Kriegsrat.

«Salamitaktik! Er gibt nur immer so viel zu, wie wir schon wissen. Glaubt er wirklich, Fink sei der Mörder?»

«Oder will er seinen Helfershelfer aus dem Weg räumen?»

«Daran dachte ich auch schon, Francesco. Verhaften

wir Stolz?»

«Der läuft uns nicht weg. Zudem mangelt es uns an Beweisen.»

«Stimmt.»

«Unser Fall bekommt langsam Konturen. Wir sind auf dem richtigen Weg, das spüre ich. Unklar ist mir aber nach wie vor das Motiv. Aus welchem Grund wurde Peter Weller ermordet? Es muss doch einen stichhaltigen Grund geben.»

«Liebe, Hass, Eifersucht, Geld und Macht. Geht es letzten Endes nicht immer um das Gleiche? Auf Patrick Stolz treffen die Motive Geld und Macht zu. Als Parteisekretär hat er grossen Anteil am politischen Erfolg und somit an der neu gewonnenen Macht, wenn er auch im zweiten Glied stand, direkt hinter Peter Weller. Dass er ganz nach oben wollte und deshalb Weller aus dem Weg räumte, ist unrealistisch. Das hatten wir ja schon. Der Zeitpunkt wäre der falsche gewesen. Dann hätten wir noch das Motiv Geld. Patrick Stolz missbraucht seine Position, um Parteigelder abzuzweigen. Niemand merkt etwas. So weit, so gut. Da passiert ihm ein Fehler. Irina, die nur einen Bruchteil des Geldes erhält, verlässt das Land nicht. So muss er ernsthaft befürchten, er könnte auffliegen. Das hätte das Ende seiner vielversprechenden Karriere bedeutet.»

«Nicht schlecht, Nadine. Aber die Geschichte hat einen Haken.»

«Und der wäre?»

«Peter Weller ist tot.»

«Ja, eben. Stolz tötet Weller, um seinen Betrug zu vertuschen.»

«Also gut, gehen wir von dieser Annahme aus. Dann gäbe es jetzt keinen Grund mehr, Irina zu jagen. Wer glaubt schon einer Prostituierten? Würde Weller noch leben, dann müsste sich Stolz fürchten. Aber so? Ich weiss nicht.»

«Es sei denn, Irina weiss etwas, das für Stolz zur Gefahr werden könnte.»

«Und was?»

«Keine Ahnung. Ach, Mist. Irgendwie drehen wir uns im Kreis … Übrigens, da wäre noch etwas …»

«Ich habe es vergessen. Das kann ja mal passieren. Ich bin auch nicht mehr der Jüngste.»

«So, so! Einfach vergessen.»

«Ja, genau. Und wenn du es genau wissen willst, absichtlich vergessen. Um dich nicht in Versuchung zu bringen, Lutz Wagner als Marionette gegen die Löfflers einzusetzen.»

«Darauf wäre ich gar nicht gekommen, Francesco. Aber besten Dank für den Tipp.»

Lutz Wagner drehte in seinem Büro Runden. Er hörte damit auch nicht auf, als Nadine und Ferrari eintraten.

«Drecksau! Verdammte Drecksau!»

«Sie können sich abregen, Herr Wagner. Stolz hat gestanden. Das Geld liegt im Safe. Irina sagt die Wahrheit.»

«Verhaftet?»

«Nein, das ist nicht notwendig. Wir glauben nicht, dass er noch weiteren Schaden anrichtet. Herr Wagner, wäre es nicht langsam an der Zeit, reinen Tisch zu machen?»

«Heisst?»

«Dass Sie uns erzählen, was Sie wissen.»

«Setzen. Kaffee? Tee?»

Sie warteten geduldig, bis er zu erzählen begann.

«Ines jetzt Boss! Bin loyal. Gespräch kann gegen Stolz und andere verwendet werden. Stehe dazu. Nur Ines darf nichts erfahren.»

«Wir werden dieses Gespräch vertraulich behandeln», versicherte Ferrari.

«Stolz zieht Fäden im Hintergrund. Schon immer. Peter nur Marionette. Nicht gemerkt. Glaubte sei Gott! Habe gesagt Peter, Patrick Verarscher! Mich ausgelacht. Meinte, sei eifersüchtig! Das mit Geld wundert nicht. Methode Patrick. Plötzlich im eigenen Sack.»

«Kennen Sie Irina?»

«Gesehen. Mehrmals. Zuerst mit Andreas und Fink. Im Sommer mit Peter.»

«Peter Weller kannte Irina Löffler?»

«Ja. Patrick sagte, Andreas bumst Irina. Peter ausser sich. Fuhr mit Peter zu ihr. Lange Unterhaltung unter vier Augen. Peter zurück. Gespräch mit Stolz. Dann Überraschung. Stolz redet mit Andreas. Nicht Peter. Andreas wütend. Grosse Szene. Dann Ruhe bis Wahlen. Danach neuer Anlauf. Stolz sagt, Irina muss weg. Peter einverstanden.»

«Weshalb aber sucht Stolz nach Irina?»

«Weiss nicht. Komplott gegen Nutte vielleicht.»

«Von wem?»

«Patrick und Ruedi.»

«Was hat Stolz mit Ruedi Fink zu tun?»

«Ruedi nicht das, was er vorgibt. Stolz und er im gleichen Spittel krank.»

«Es gibt also eine Verbindung zwischen Stolz und Fink. Sie wollen damit andeuten, dass die beiden unter einer Decke stecken?»

«Ruedi auch Sau! Mimt Freund von Andreas! Habe gewarnt. Andreas hört nur auf Patrick. Aber Ruedi und Patrick sind gleich.»

Ferraris Augen verloren sich für einen kurzen Moment in der Weite, während seine Finger ihr bestes Stakkato trommelten.

«Interessant … Es gibt also ein Dreieck. Bestehend aus Patrick Stolz, Ruedi Fink und Irina Löffler. Zwischen diesen drei muss sich etwas abgespielt haben. Bloss was? … Wir müssen uns nochmals intensiv mit Irina unterhalten. Am besten sofort. Ist das alles, was Sie uns sagen wollen, Herr Wagner?»

«Nein. Ruedi ist Mörder von Peter! Deshalb Angriff auf Delsbergerallee. Ist entwischt. Rächen Peter wegen Ines. Nicht wegen Peter. War grosse Sau! Hat Ines betrogen. Immer wieder. Hätte irgendwann Peter Genick gebrochen. Ist gut so, wie gekommen!»

Nadine fuhr mit ihrem Porsche in die Einfahrt der Notaufnahme.

«Also wirklich! Hier kannst du ihn nicht stehen lassen.»

«Es ist doch nur für einige Minuten.»

Ein Krankenwagen hinter ihnen hupte ungeduldig.

«Siehst du?!»

«Ja, schon gut. Hauptsache, du hast das letzte Wort», gab sich Nadine geschlagen und fuhr um das Spital herum in die Tiefgarage. Durch einen langen, farbig bemalten Korridor erreichten sie den Lift. Das erinnert mich an einen Science-Fiction-Film, dachte Ferrari, dem ein leichter Schauer über den Rücken lief. Als Frau würde ich jedenfalls nicht allein durch diesen Gang wandeln wollen. Der Kommissär suchte krampfhaft nach Videokameras. Vergeblich. Das gibts doch nicht! Fahrlässig ist das. Jawohl. Und wenn sich jetzt gleich die Lifttür öffnet, stürzen mit Sicherheit feindlich gesinnte Aliens auf uns.

«Du wirkst so angespannt, Francesco. Hast du was?»

Der Lift öffnete sich. Unwillkürlich trat Ferrari einen Schritt zurück. Ein älteres Ehepaar verliess den Fahrstuhl.

«Angespannt? Nein … du irrst dich, Nadine. Es ist alles bestens.»

Irina lag immer noch als Erstklasspatientin in einem Einzelzimmer. Vor ihrer Tür las ein Beamter in Zivil die Zeitung. Es wäre ein Leichtes, diesen Mann zu überwältigen, dachte der Kommissär. Nicht gerade das, was ich mir unter einem sicheren Personenschutz vorstelle.

«Alles in Ordnung?», fragte er seinen Kollegen.

«Ja. Nichts Auffälliges. Ziemlich langweiliger Job, Francesco. Wie lange müssen wir hier noch Wache schieben?»

«Ein, vielleicht zwei Tage. Sobald sie bei Kräften ist, müssen wir eine andere Bleibe finden.»

Irina schaute fern. Es schien ihr viel besser zu gehen.

«Hallo, Nadine. Guten Tag, Herr Ferrari. Ich ziehe mir meine Lieblingssendung rein.»

Ferrari schaute auf den Bildschirm. Ein dämlicher Richter, ein dümmlicher Staatsanwalt, ein doofer Verteidiger und eine Ansammlung von total dilettantischen Schauspielern verhandelten in einem Gerichtsfall.

«Die Frau hat ihren Geliebten ermordet, was sie bestreitet. Aber der Richter wird sie überführen.»

In diesem Augenblick, kurz vor der Lösung des Falls, wurde Werbung eingeblendet. «Bleiben Sie dran! Wir sind in wenigen Augenblicken zurück!», versprach die Fernsehstimme.

«Wie im richtigen Leben. Nur Werbeunterbrechungen gibts bei unseren Ermittlungen nicht. Eigentlich schade. Das wäre nämlich eine Superidee. Stellt euch vor: Francesco Ferrari ermittelt in Hugo-Boss-Kleidern! Seine Assistentin Nadine Kupfer trägt dazu ein Kleid von Christian Dior!»

Ferrari verzog das Gesicht. Obwohl er in solch

edlen Kleidern zweifelsohne eine gute Falle machen würde. Irina lachte herzhaft und schaltete den Fernsehapparat aus.

«Jetzt werde ich nie erfahren, ob sie ihren Geliebten wirklich umgebracht hat.»

«Sie ist bestimmt unschuldig. Wie geht es dir, Irina? Du siehst gut aus.»

«Es geht mir auch viel, viel besser. Die Leute kümmern sich total rührend um mich. Am liebsten würde ich hier bleiben. Es hat sich noch nie jemand so um mich gesorgt. Ich bin sehr dankbar.»

«Irina, wir müssen dir noch einige wichtige Fragen stellen.»

Irina drückte auf einen Knopf seitlich am Bett, um das Kopfteil senkrecht zu stellen.

«Kennst du den Vater von Andreas?»

Sie nickte, ohne etwas zu sagen.

«Hast du ihn einmal gesehen? Oder mehrmals?»

«Mehrmals. Er ist kein guter Mensch, Nadine. Ganz anders als Andreas. Er ist einige Male bei mir gewesen, mit diesem Gorilla. Weisst du, mit dem, der keinen ganzen Satz sagen kann.» Sie äffte ihn nach. «Bin draussen, Boss. Trinke Kaffee.»

Ferrari lachte.

«Gute Imitation, Frau Löffler. Entschuldigen Sie die Frage, war Peter Weller ein Kunde von Ihnen?»

«Er … er … muss ich das sagen, Nadine?»

«Es wäre besser. Vielleicht kannst du uns mit deiner Antwort weiterhelfen.»

«Ich bin ihm zum ersten Mal im Sommer begegnet. Da war dieser Gorilla auch mit dabei. Das war, nachdem Fritz Andreas zusammengeschlagen hat. Peter kam zu mir, erklärte mir klipp und klar, dass er das Verhältnis zwischen Andreas und mir als beendet betrachte. Ich solle ihm den Preis dafür sagen. Meine Antwort war ebenso deutlich. Ich sagte ihm, er solle verschwinden. Das, was zwischen Andreas und mir sei, ginge ihn nichts an. Irgendwie schockte ihn das. Nicht das Verhältnis, meine ich. Sondern, dass jemand wie ich es wagt, sich gegen ihn aufzulehnen.»

«Wie ging es weiter?»

«Je abweisender ich wurde, desto öfters tauchte er bei mir auf. Es turnte ihn richtig an. Pervers. Plötzlich wollte er Sex. Er war ganz wild darauf und bot mir zweitausend Franken für eine Nacht.»

«Und, bist du darauf eingegangen?»

Sie hob den Kopf.

«Das ist viel Geld, Nadine. Er ist immer wieder gekommen, bettelte, flehte. Dann machte er mir ein Angebot. Er würde mich von Fritz loskaufen und mir ein Penthouse einrichten. Ich hätte keine Sorgen mehr. Einzige Bedingung war, niemand dürfte etwas davon wissen und ich müsste auf Andreas verzichten.»

Ein entsetzlicher Gedanke schoss Nadine durch den Kopf.

«Irina … das Kind, ist das Kind gar nicht von Andreas? Ist es von Peter Weller?»

Irina schaute Nadine traurig an.

«Ich gehe zwar auf den Strich, Nadine, und sehe tagtäglich in menschliche Abgründe, aber ich habe mir einen kleinen Rest von Selbstachtung bewahrt. Ich wies Peter ab. Das machte ihn rasend. Bei unserem letzten Treffen hat er dann sein wahres Ich gezeigt. Er drohte, mich fertig zu machen, sagte, ich sei ein Untermensch. Solche wie ich müssten ausgerottet werden. Und wenn er mich nicht kriege, dann sein Sohn erst recht nicht. Was mich denn so an diesem Versager fasziniere, wollte er wissen. Wahrscheinlich seien wir uns ähnlich, denn wir seien beide schwache Kreaturen. Ich bekam richtige Angst vor Peter ... Aber das Baby ist von Andreas. Das schwöre ich, Nadine. Ich liebe Andreas!», die letzten Worte gingen in ein leises Schluchzen über. «Es ... die Beziehung zwischen Andreas und mir war etwas Einzigartiges. Bei ihm fühlte ich mich total geborgen, ich konnte einfach mich selbst sein. Weisst du, Nadine, am schönsten war es immer unten am Rhein.»

«Hat dich die Streife deshalb dort gefunden?»

«Die Polizisten fanden mich auf der anderen Seite. Andreas und ich ... wir sassen immer unterhalb der Helvetia im Kleinbasel. ‹Helvetia auf Reisen› ist faszinierend. Kennst du die Geschichte?»

«Ehrlich gesagt, nein.»

«Eines Tages verlässt sie das Zweifrankenstück, mischt sich unter die Leute und macht eine lange Reise. Nach einem anstrengenden Rundgang durch Basel stellt sie Schild, Speer und Koffer ab. Sie legt ihren Mantel über die Brüstung, ruht sich aus und blickt nachdenklich rheinabwärts. Ist das nicht wunderschön? Bei ihr fühlten wir uns richtig wohl, irgendwie aufgehoben, so als hielt sie ihr schützendes Schild über uns. Helvetia verstand uns, Nadine. Die Reise, die Sehnsucht, die Suche, der nachdenkliche Blick, genau wie bei Andreas und mir. Alle drei träumten wir von einem besseren Leben, von einer schönen Zukunft, von etwas Glück. Helvetias Traum vom Glück war auch unser Traum.»

Irina begann zu weinen.

«Unser Traum ist nicht in Erfüllung gegangen, Nadine. Nein, das ist er bei Gott nicht! Peter hat ihn zerstört, Peter … er ist nicht der Vater …»

Nadine setzte sich aufs Bett und streichelte ihr über die Wange.

«Entschuldige, Irina. Ich wollte dich nicht verletzen.»

«Schon gut, Nadine. Es hätte ja sein können. Viel hat nicht gefehlt. Die Versuchung war gross.»

«Hat Sie Peter Weller danach nicht mehr belästigt?», unterbrach Ferrari die Stille nach einer Weile.

«Er nicht. Dafür sind seine Hampelmänner aufgetaucht. Der Gorilla sollte mich einschüchtern. Dann dieser Exbulle, der auch nicht gerade zimperlich mit mir umging. Und zum Schluss dieser Parteimensch …»

«Patrick Stolz.»

«Der ist der Schlimmste von allen. Macht zuerst auf

vertraut. Wenn das nichts bringt, wird er brutal. In meinem ganzen Leben habe ich mich noch nie vor jemandem so gefürchtet wie vor ihm. Er ist ein Tier.»

«Und Peter Weller?»

«Den habe ich nicht mehr gesehen. Er hat die Lust an mir verloren.»

«Wer weiss, dass du schwanger bist?»

«Die ganze Welt, Nadine. Es ist langsam nicht mehr zu verheimlichen.»

«Im wievielten Monat sind Sie?»

«Im sechsten. Am Anfang war es schwierig. Ich musste zuerst mit mir ins Reine kommen. Unzählige Fragen und Ängste plagten mich. Will ich das Baby überhaupt? Würde ich eine gute Mutter sein? Was kann ich dem Baby bieten? Welche Folgen hat das alles? Dann entschied ich mich für das Kind, für mein Kind. Hoffentlich geht es ihm einmal besser als mir.»

«Kannst du mir sagen, wer Anfang Oktober davon wusste?»

Sie dachte nach.

«Anfang Oktober? Ist das wichtig?»

«Vielleicht ist es von Bedeutung.»

«Helen wusste es, von Anfang an. Sie ist meine einzige Freundin. Als ich ihr davon erzählte, drängte sie mich, abzutreiben. Wegen Fritz. Er würde ausrasten und mich dazu zwingen. Da hatte ich mich aber schon anders entschieden. Was auch immer geschehen würde, ich würde Fritz verlassen und das Kind bekommen.»

«Weshalb hast du Andreas nichts davon gesagt?»

«Ich wollte schon … dann kam die Geschichte mit seinem Vater dazwischen. Ehrlich gesagt, wusste ich auch nicht, wie er reagieren würde. Er geht noch an die Uni, hat seine Karriere vor sich. Ach, Scheisse, ich liebe ihn. Aber ich wollte nicht, dass er sich zwischen mir und seiner Familie entscheiden muss.»

«Andreas hat uns erzählt, dass er mit Ihnen durchbrennen wollte.»

«Das war lieb gemeint. Eine spontane Idee. Ich habe ihn dann aber schnell wieder auf den Boden der Realität zurückgeholt. Wovon sollten wir leben? Ein Student ohne Einkommen und eine Prostituierte, die ein Kind bekommt … was er aber nicht wusste …»

«Haben Sie noch jemandem von Ihrer Schwangerschaft erzählt?»

«Nein. Das heisst, Ruedi sprach mich darauf an … Ich verdanke ihm viel.»

«Weiss er, dass Andreas der Vater ist?»

«Ja, das habe ich ihm gesagt. Ruedi wollte auch wissen, ob Peter Weller einer meiner Kunden ist. Er hat mich einmal mit ihm gesehen. Nadine, was passiert jetzt mit mir? Ich will nicht mehr zu Fritz zurück und schon gar nicht mehr auf den Strich. Nadine, ich weiss nicht mehr weiter … ich … ich habe Angst!»

Sie begann leise in sich hineinzuweinen. Nadine nahm sie in den Arm.

«Vorerst bleibst du im Spital. Hier bist du gut versorgt und sicher. Dann sehen wir weiter. Kopf hoch,

Irina, es wird schon. Wir finden eine Lösung. Wir lassen dich nicht einfach hängen. Versprochen.»

Ferrari trottete neben Nadine her. Ich bin froh, wenn ich hier rauskomme. Spitäler sind ein absoluter Horror. Diese langen Gänge, der Geruch, das Licht, die halbtoten Menschen an Schläuchen, die Götter in Weiss, die Atmosphäre, einfach alles ist schrecklich. Ich kann nur hoffen, nie hier zu landen.

«Worauf wartest du?»

«Ich … worauf soll ich warten?»

«Einer deiner Freunde kann doch sicher Irina aufnehmen. Also, los! Nimm dein Handy und lass deine Verbindungen spielen.»

Wieso immer ich? Sie verspricht Irina den Himmel auf Erden und ich darf diesen dann herbeizaubern. Ganz herzlichen Dank. Ich bin doch nicht Pestalozzi! Als Nächstes holt meine überaus grosszügige Kollegin noch diese Helen mit an Bord.

«Und für Helen kannst du auch gleich einen Unterschlupf organisieren. Am besten mit Irina zusammen.»

Kaum gedacht, hat sie es schon ausgesprochen. Na, bravo!

«Das kommt überhaupt nicht in Frage! Diese Suppe kannst du selbst auslöffeln.»

Ferrari kniff die Augenbrauen leicht zusammen. Ein Zeichen dafür, dass sein Gehirn auf Hochtouren arbeitete. Ja, genau! Olivia hatte doch vor einiger Zeit gefragt, ob ich ein Bedienstetenehepaar für ihre Tante kennen würde? Das könnte die Lösung sein. Helen und Irina sind zwar kein Ehepaar, aber Fragen darf man bekanntlich immer. Vielleicht ist die Stelle längst besetzt und vielleicht ist die Vorstellung, zwei Prostituierte, eine im sechsten Monat schwanger, bei Olivias Tante unterzubringen, vollkommen absurd. Wir werden sehen. Die andere Variante heisst Familie Weller. Immerhin ist Andreas der Vater und als solcher hat er Pflichten. Zudem würde Ines, so wie ich sie kennengelernt habe, ohne Zögern für die drei sorgen. Nadine, die Francesco von der Seite beobachtete, schmunzelte. Noch ein paar Sekunden und er war so weit.

«Also gut. Ich rufe Olivia an. Ihre Tante sucht Haushaltspersonal. Aber zuerst sprechen wir bei den Wellers vor. Schliesslich ist Andreas der Vater. Den nehmen wir in die Pflicht.»

«Geht ja. Wieso nicht gleich so?»

«Und welche Strategie verfolgen wir, wenn Fritz Löffler Stress macht, weil er Irina zurückhaben will?»

«Wagner einschalten! Schuldet Nadine was. Bum, bum, gibt eins auf die Rübe.»

Das hingegen wollte Ferrari nicht gehört haben. In Gedanken war er längst bei Ruedi Fink. Alle Fäden schienen in irgendeiner Weise bei ihm zusammenzulaufen. Der Weltverbesserer war ein ziemlich gewiefter Bursche. Er kannte Andreas Weller, Irina Löffler und Patrick Stolz. Wie hatte es Lutz Wagner formuliert? Ruedi und Patrick sind gleich. Ja, das waren seine Worte. Worin gleich? Was verband einen Kommunisten mit einem Rechtsextremen? Geld? Macht? Letzteres hatte ja Andreas Weller in einem ihrer Gespräche angedeutet. Oder gab es zwischen den beiden eine Verbindung, die noch im Dunkeln liegt? Wenn die Kollegen nur endlich fündig würden. Dann könnte Ruedi Fink mit Sicherheit einige Fragen klären. Minutiös setzten Nadine und Ferrari ihre Mosaiksteine zusammen. Peter Weller hatte also Irina um jeden Preis gewollt. Aus Liebe? Oder um seinem Sohn ihr vermeintlich wahres Ich vor Augen zu führen? Doch sie lässt ihn abblitzen. Nach den National- und Ständeratswahlen wird sie für Peter Weller zur Hypothek. Sie muss weg, und zwar aus zwei Gründen. Erstens könnte sie ihrem Zuhälter erzählen, dass er ihr zu Füssen lag. Er, der designierte Bundesrat, vor ihr, einer ausländischen Hure. Zweitens bekommt sie ein Kind. Wusste Peter Weller überhaupt davon? Wenn ja, von wem? Etwa von Ruedi Fink? Und wer war der wirkliche Vater des Kindes?

«Können wir Irina vertrauen? Ist das Kind von Andreas? Oder ist Peter Weller der Vater?», wandte sich Ferrari an Nadine, als sie mit dem Lift in die Tiefgarage fuhren.

«Ich glaube Irina. Sie sagt die Wahrheit. Nenn es weibliche Intuition.»

Ferrari verzog das Gesicht. Ein bisschen viel weibliche Intuition in letzter Zeit.

«Trotzdem, es wäre möglich. Lass mich den Gedanken zu Ende denken, Nadine. Also, Peter Weller schwängert Irina Löffler und will sich dann freikaufen. Aber Stolz versaut den Deal. Peter Weller merkt, dass etwas schiefgelaufen ist. Möglicherweise hat sich sogar Irina bei ihm gemeldet, ihm mitgeteilt, dass sie sich mit lächerlichen dreitausend Franken nicht abspeisen lässt. Daraufhin stellt er Stolz zur Rede, der seinen Chef kurzerhand aus dem Weg räumt beziehungsweise räumen lässt. Denn Stolz stand an jenem Abend direkt neben Peter Weller. Er kann also unmöglich selbst die vermummte Person gewesen sein, die zugestochen hat. Ruedi Fink könnte den Mord im Auftrag von Patrick Stolz begangen haben. Für Wagner ist Fink sowieso der Täter … Wir müssen unbedingt herausfinden, was Fink und Stolz verbindet … Da!»

Ferrari rannte zu einem Wagen.

«Was ist denn jetzt schon wieder?»

«Das ist er!»

«Was? Kannst du bitte etwas deutlicher werden?»

«Der hat mich vollgespritzt. Ich bin mir ganz sicher. BL 228452.»

Nadine verdrehte die Augen.

«Hundertprozentig!»

Ferrari liess sich mit dem Verkehrszug der Basler Polizei verbinden und gab die Nummer durch.

«Jetzt habe ich ihn, Nadine! Der kommt mir nicht ungeschoren davon», flüsterte er mit der Hand auf der

Muschel. «Nur noch einige Sekunden, dann weiss ich Namen und Adresse dieses … Wie? … Bist du sicher? … Danke.»

«Und, wer ist der Verbrecher?»

«Der Wagen gehört Felix.»

«Deinem Freund, dem Spitaldirektor, der Irina selbstlos ein Einzelzimmer gegeben hat, obwohl es ihr gar nicht zusteht?» Nadine kicherte. «Na, worauf warten wir noch? Gehen wir rauf und vermöbeln ihn.»

«Hm!»

So ein Mist. Jetzt habe ich den Kerl endlich und dann ist es ein Bekannter, in dessen Schuld ich auch noch stehe. Unschlüssig stand Ferrari hinter dem schwarzen BMW. Soll ich oder soll ich nicht? Bei allem Respekt, in Ordnung war sein Verhalten nicht. Nein, das war es wirklich nicht.

«Vielleicht war es ein Notfall und er durfte keine Sekunde verlieren. Ja, so wirds gewesen sein.»

«Klar, sozusagen ein kaufmännischer Notfall … Komm schon, Francesco. Ich will mir hier in der kalten Garage nicht noch eine Erkältung holen. Lass es gut sein.»

«Aber sagen werde ich es ihm schon noch.»

«Bestimmt.»

13. Kapitel

Des Dramas zweiter Teil nahm seinen Lauf. Als Ferrari nach Hause kam, lag ein verschnürter Tannenbaum im Garten.

«Hallo, Schatz. Schön, dass du schon da bist. Dann kannst du doch bestimmt jetzt den Weihnachtsbaum aufstellen. Aber komm mir damit nicht durch die Eingangstür, geh bitte durch den Wintergarten. Und denk dran: zuerst aufstellen, dann das Netz abnehmen. Nicht wie im letzten Jahr.»

Ja, ja! Schon begriffen. Ich bin durchaus lernfähig. Vor einem Jahr hatte er im Garten das Netz aufgeschnitten. Den Baum hats gefreut, er reckte und streckte sich in alle Richtungen. Nur liess er sich dann leider nicht mehr so einfach durch die Wohnung ziehen. Er verlor auch einige seiner schönen Nadeln und Monika einige weniger schöne Worte. Ende der Geschichte. Ferrari drehte vorsichtig an den Schrauben der Baumhalterung. Dieses Jahr gehe ich auf Nummer sicher.

«Was willst du mit der Bohrmaschine? Und den Dübeln? Und dem Haken?»

Monikas Gesichtsausdruck sprach Bände.

«Nur keine Panik. Ich bohre hier ein Loch in die

Wand und bringe diesen Haken an, damit ich den Tannenbaum zusätzlich festbinden kann. So fällt er garantiert nicht um. Auf den Christbaumständer lege ich dann grosse Steine aus dem Garten. Du kannst sie ja mit einem weissen Tuch zudecken.»

«Spinnst du, Francesco?!»

«Überhaupt nicht. Lass mich nur machen, Monika. Du wirst sehen, in diesem Jahr steht der Baum perfekt wie eine Eins.»

«Mam hat recht! Du hast einen Vollknall.»

Das erste Mal in diesem Jahr waren Mutter und Tochter der gleichen Meinung. Ferrari liess sich nicht beirren. Er bohrte, schraubte, hievte den Baum in die Halterung, löste das Netz und fixierte zum Schluss die Tanne mit einer Schnur am besagten Haken. Perfekt!

«Er ist schief!»

«Ist er nicht!»

«Doch, er ist schief. Das sieht doch ein Blinder!»

Ferrari kroch unter den Baum und drehte an den Schrauben.

«Und jetzt?»

«Noch ein wenig … stopp, jetzt steht er kerzengerade.»

Ferrari betrachtete sein Kunstwerk.

«Jetzt ist er schief.»

«Unsinn … Nikki, komm mal ins Wohnzimmer … wie findest du den Baum?»

«Super! So gerade stand noch keiner unserer Bäume. Aber man sieht die Schnur. Das finde ich nicht schön.»

«Stimmt», bestätigte Monika. «Du musst unbedingt einen grünen Draht nehmen.»

Murrend stieg Ferrari in den Keller und tat, wie ihm geheissen. So, fertig!

«Jetzt ist er wieder schief!»

«Ist er nicht.»

«Ist er doch, Francesco. Siehst du das wirklich nicht oder willst du nur nicht?»

Kopfschüttelnd und total verschwitzt krabbelte Ferrari nochmals unter den Baum.

«Noch ein klitzeklein wenig … stopp. Jetzt steht er gerade.» Monika küsste ihn. «Danke, Francesco. Das hast du toll hingekriegt! Jetzt kann Weihnachten …»

«Du wirst gesucht, Paps. Dein Handy summt», unterbrach Nikki.

Es war Nadine. Ihre Stimme klang aufgeregt.

«Francesco, ich hole dich in zehn, nein, fünf Minuten ab. Okay? Ruedi Fink hat sich bei Dagi gemeldet. Er ist auf dem Weg zu den Wellers. Anscheinend will er aus der Schweiz verschwinden. Georgs Leute sind ebenfalls informiert und bereits unterwegs. Er darf uns nicht entwischen.»

Der Kommissär wartete am Strassenrand. Sein Verstand arbeitete auf Hochtouren, als Nadine quietschend vorfuhr.

«Was will Ruedi Fink bei den Wellers?»

«Keine Ahnung. Aber das können wir ihn hoffentlich bald selbst fragen.»

Die Einfahrt zum Weller'schen Anwesen war hell beleuchtet. Vor dem Tor standen die Kollegen der Fahndung.

«Er ist uns frischfröhlich in die Arme gelaufen», informierte sie der Leiter der Aktion.

«Danke, Sepp, ausgezeichnete Arbeit. Nehmt ihm bitte die Handschellen ab … Guten Abend, Ruedi. Wir haben dich gesucht.»

«Was wollt ihr von mir? Bin ich verhaftet?»

«Gäbe es denn einen Grund?»

«Sicher nicht! Aber ihr Bullenschweine sucht ja immer noch den Mörder von Peter Weller. Dagi hat mir gesagt, dass ihr mich verdächtigt.»

«Umso besser. Wir werden uns nachher in aller Ruhe darüber unterhalten. Sepp, darf ich dich bitten, Herrn Fink ins Kommissariat zu bringen? Danke. Wir kommen gleich nach.»

Schweigend gingen Nadine und Ferrari die Einfahrt hoch. Seltsam. Vor wenigen Tagen wurde hier ein Mensch ermordet.

«Guten Abend, Ines. Entschuldigen Sie, dass wir Sie so spät stören.»

«Kommt nur rein und nehmt Platz. Was bedeutet das Grossaufgebot der Polizei, Francesco?»

«Es galt Ruedi Fink. Kennen Sie den jungen Mann?»

«Flüchtig. Er war früher ab und zu bei uns. Ein Freund von Andreas. So ein linker Spinner», lachte sie. «Alle Macht dem Proletariat. Die Jungen haben zum Glück noch Visionen.»

«Was wollte er bei Ihnen?»

«Er besuchte Andreas ... Andreas! Kommst du bitte kurz runter?»

Es dauerte ein paar Minuten, bis Andreas erschien. Er wirkte müde und schlaff.

«Ja, Mam?»

«Herr Ferrari möchte dich etwas fragen.»

«Hallo, Andreas. Du hattest Besuch von Ruedi Fink. Was wollte er?»

«Geld, damit er ins Ausland abhauen kann. Er war total nervös, quasselte dauernd davon, dass die Polizei und Stolz hinter ihm her seien. Der spinnt doch. Ich will nichts mehr mit ihm und der ganzen Clique zu tun haben. Die haben mich verarscht.»

«Wir haben ihn tatsächlich gesucht. Er ist einer unserer Hauptverdächtigen.»

Andreas sah Ferrari schockiert an.

«Ruedi soll meinen Vater ermordet haben?»

«Das kann ich mir beim besten Willen nicht vorstellen, Francesco», schaltete sich Ines Weller ein.

«Ihre Überwachungskamera zeigt, wie Ruedi Fink kurz nach dem Mordanschlag aus dem Anwesen auf die Strasse rennt. Dies widerlegt seine eigene Aussage. Du hast ihm kein Geld gegeben, oder?»

«Nein! Ich lass mich nicht mehr benutzen.»

«Eine andere Frage: Wir haben dir doch erzählt, dass Irina schwanger ist.»

Andreas schnaufte verächtlich.

«Ja und wenn schon?! Die Hure treibts mit jedem. Irgendwann musste es ja einschlagen. Würde mich nicht wundern, wenn es von Ruedi ist.»

«Sie behauptet, dass du der Vater bist.»

«Ich … ich der Vater?», stammelte er. «Nein … das ist nicht wahr!»

Andreas rannte weg.

«Andreas!», das Wort klang wie ein Peitschenschlag. «Komm zurück! Sofort! … Was wird hier gespielt, Andreas?»

«Sie lügt, Mam! Ich habe mit ihr geschlafen. Das stimmt. Aber das Kind ist nicht von mir. Wahrscheinlich will sie mich erpressen.» Er warf sich theatralisch vor seiner Mutter auf die Knie. «Bitte, Mam, glaube mir. Ich bin nicht der Vater.»

Ines strich ihm zärtlich übers Haar und schaute fragend zu Ferrari. Der Kommissär nickte.

«Geh in dein Zimmer. Ich komme später nach … Wie glaubhaft ist diese Irina?», wandte sie sich an Nadine, nachdem Andreas den Raum verlassen hatte.

«Wir glauben ihr, Frau Weller.»

«Dann … dann möchte ich gerne für sie aufkommen. Zumindest bis zur Geburt. Andreas wirkte sehr bestimmt … Ein Vaterschaftstest wird diese Frage klären. Sollte er tatsächlich der Vater sein, werden wir uns um Irina und das Kind kümmern.»

«Das klingt nicht gerade sehr romantisch, Ines.»

«Im Leben hat es leider wenig Platz für Romantik, Francesco. Ich kann im Moment nicht mehr dazu sagen. Es ist viel geschehen in den letzten Tagen. Zu viel. Nadine, ich darf Sie doch so nennen?»

«Ja, natürlich.»

«Nadine, ich möchte diese Irina besuchen. Wäre das möglich?»

«Sicher. Sie liegt im Kanti.»

«Ist sie denn verletzt?»

«Nein, zum Glück nicht. Man hat sie unterkühlt am Rheinbord aufgefunden. Es geht ihr inzwischen viel besser.»

«Würden Sie mich begleiten? Sagen wir morgen?»

«Selbstverständlich.»

«Danke … Francesco, was hat Patrick mit der ganzen Geschichte zu tun?»

«Das wissen wir nicht. Noch nicht. Aber Ruedi Fink spielt eine Schlüsselrolle. Wir werden ihn heute Abend noch verhören. Und wenn es die ganze Nacht dauert.»

14. Kapitel

«Sorry, Francesco.»

Der Kommissär sah seine Assistentin fragend an.

«Das mit Irina ist mir so rausgerutscht.»

Das Fragezeichen auf Ferraris Stirn wurde grösser.

«Wo sich Irina befindet, meine ich.»

«Ach das! … Du glaubst doch nicht im Ernst, dass Ines etwas mit dem Tod ihres Mannes zu tun hat? Mit Stolz und Fink gar unter einer Decke steckt?»

«Déformation professionnelle! Ich sehe schon überall Gespenster.»

Ruedi Fink wurde vorgeführt. Trotzig setzte er sich im Verhörraum auf einen Stuhl und traktierte den Tisch mit gezielten Fusstritten.

«Ihr habts geschafft! Bravo. Ich bin euch ausgeliefert. Na, los. Macht schon! Ihr könnt jetzt so lange bohren und spinnen, bis das Lügennetz hält. Fein ausgedacht. Der Lackaffe da drüben im Büro und die Rothaarige begaffen mich auch schon.»

«Staatsanwalt Borer?»

«Ah! Das ist der Herr Staatsanwalt. Wie nobel. Das muss ich schon sagen.»

«Können wir uns normal unterhalten?»

Er trat nochmals mit aller Wucht gegen den Tisch.

«Ich sage kein Wort!»

«Auch gut. Dann lass mich etwas sagen. Es gibt eine DVD, auf der sieht man, wie du nach dem Anschlag aus dem Hof der Weller'schen Villa rennst. Du hast uns aber versichert, dass du nicht auf dem Gelände gewesen bist.»

«Dann habe ich mich eben geirrt.»

«Eine Gedächtnislücke? Das kann schon mal vorkommen, Ruedi. Es gibt dafür sicher eine plausible Erklärung.»

«Du kommst mir gerade recht! Machst auf Kumpel und so. Du hast dich bei uns eingeschlichen und Dagi auf deine Seite gezogen. Echt mies. Sie hat dir sicher gesteckt, dass ich zu Andreas gehe. Diese dreckige Verräterin!»

«Was wolltest du denn bei Andreas?»

«Geld! Um abzuhauen.»

«Aber er gab dir nichts.»

«Nein. Wieso sollte er auch.»

«Warum wolltest du verschwinden?»

«Weil ich nicht für einen anderen den Kopf hinhalten will.»

«Im Augenblick sieht es aber ganz danach aus, dass du der einzige Verdächtige bist.»

«Ha! So ist das also. Ich bin der Mörder. Damit habt ihr ja den Fall gelöst. Gratuliere. Und was ist mit Wagner, Stolz, Huber oder den Löfflers? Oder reicht euer Grips nicht so weit?»

«Doch, doch, der Gedanke ist uns auch schon gekommen», gestand Ferrari jovial. «Aber die kommen alle nicht in Frage. Sie haben ein Alibi für den Zeitpunkt des Mordes. Und die Täterbeschreibung, die alle einvernehmlich gegeben haben, trifft genau auf dich zu. Ausserdem ist da noch diese DVD.»

Ruedi Fink erhob sich langsam.

«Dann ist es ja gut. Ich möchte jetzt zurück in meine Zelle.»

Er drehte sich um und ging zur Tür. Nadine und Ferrari sahen sich irritiert an.

«Nehmen wir einmal an, dass wir dir glauben, Ruedi. Gehen wir davon aus, dass du nicht der Mörder bist. Wer ist es dann gewesen?»

«Das weiss ich doch nicht!», schrie er Nadine an.

«Was verbindet dich mit Patrick Stolz?»

«Mit diesem bourgeoisen Arsch? Dieser verdammten Drecksau? Nichts verbindet mich mit ihm. Absolut rein gar nichts. Fragt ihn doch. Fragt ihn, ob er nicht der Mörder ist.»

Ruedi setzte sich wieder auf den Stuhl. Seine Hände zitterten.

«Stolz ist es gewesen. Dieser Hurensohn! Und jetzt will er mich aus dem Weg räumen.»

«Stolz kann es nicht gewesen sein, Ruedi. Es gibt Zeugen, die das bestätigen.»

«Er war es … diese rechte Sau … er war es. Er hat mich aufgehetzt. Gegen Weller. Ich glaubte dem Schwein … er hat mich so lange aufgehetzt, bis ich ausgerastet bin … er hat Weller umgebracht», die letzten Worte lallte er. Ruedi Fink begann auf dem Stuhl hin- und herzuschaukeln. «Stolz war es … er war es … er hat mich aufgehetzt … diese gottverdammte Drecksau … er … ich habe ihm geglaubt … alles … jedes Wort … dabei sagte Irina die Wahrheit … Andreas … ich wollte es wiedergutmachen. Jetzt … jetzt ist es zu spät … Stolz ist der Mörder! So glaubt mir doch …», schrie Fink verzweifelt.

Dann war es still. Fink kippte vom Stuhl. Während Ferrari Erste Hilfe leistete, organisierte Nadine so rasch als möglich ein paar Kollegen.

«Bringt ihn bitte sofort ins Spital. Er hat einen Nervenzusammenbruch. Und ganz wichtig, er muss unter ständiger Beobachtung sein, denn er ist stark suizidgefährdet. Lasst niemanden an ihn ran. Ich will nicht, dass irgendjemand mit ihm spricht, abgesehen von den Ärzten und dem Pflegepersonal. Ist das klar?»

Ferraris Worte hallten noch lange nach. Mit dieser drastischen Wende hatte niemand gerechnet.

«Stolz weiss etwas von Fink, Francesco. Und damit erpresst er ihn. Der eigentliche Mörder ist Stolz. Ruedi war nur der verlängerte Arm», nahm Nadine das Gespräch wieder auf.

«Es wird nicht einfach sein, Stolz der Beihilfe zu überführen. Kennst du seine Privatadresse?»

«Er wohnt am Birkenweg.»

«Gibt es einen Birkenweg in Basel?»

«Nein, aber in Binningen.»
«Na, dann los. Die Nacht ist noch jung.»

Wenige Minuten später erreichten sie Binningen. Bei Stolz brannte noch Licht. Gut gelaunt und mit einem Drink in der Hand öffnete er.

«Was für eine Überraschung! Jetzt haben Sie auch zu später Stunde Sehnsucht nach mir. Kommen Sie rein in die gute Stube.»

Die freundliche Stimmung wird nicht lange anhalten, mein Lieber, dachte Ferrari.

«Setzen Sie sich. Möchten Sie etwas trinken?»

«Nein, danke. Wir haben nur ein paar Fragen, die keinen Aufschub dulden.»

«Ich helfe der Polizei jederzeit.»

«Wir haben Ruedi Fink wegen Mordes an Peter Weller festgenommen.»

«Das ist keine Überraschung. Es war also doch diese linke Socke.»

«Es gibt da noch eine Kleinigkeit, die wir aufklären müssen. Sie haben in den letzten Tagen eine richtige Hexenjagd auf Irina Löffler und Ruedi Fink angezettelt.»

Er erhob sich und Griff nach einer Zigarette. Er will Zeit gewinnen. Eindeutig.

«Auch eine?»

«Nein, danke.»

«Sie, Frau Kupfer?»

Nadine schüttelte den Kopf.

«Okay. Ich gebe es zu. Wie schon gesagt, ich muss einiges bei dieser Irina gutmachen.» Er drohte scherzhaft mit dem Zeigefinger. «Schauen Sie nicht so misstrauisch. Nicht das, was Sie denken. Sie glauben, dass ich sie aus dem Weg räumen wollte. Mitnichten. Ich wollte ihr einen Deal anbieten. Sie ist ja schwanger. Wir überlegten uns, wer wohl der Vater sein könnte. Da habe ich eins und eins zusammengezählt und bin auf Andreas gekommen. Wie Sie ja wissen, machen die Wellers eine harte Zeit durch. Sie brauchen dringend Ruhe. Denken Sie an die Schande, wenn publik würde, dass der Sohn des Bundesrates Weller ein Kind mit einer Hure hat, einer ausländischen Hure. Nicht auszudenken! Ich wollte mich mit ihr treffen und ihr das Geld geben. So hätte sie in ihrer Heimat ein sorgenfreies Leben führen können.»

«Wie edel von Ihnen! Sie sind ja ein richtiger Wohltäter!», zischte Nadine und griff sich an den Kopf.

«So bin ich eben. Kopfschmerzen? Möchten Sie eine Tablette?»

«Nein, danke.»

«Und wieso jagen Sie Ruedi Fink?»

«Das fragen Sie noch? Er ist der Mörder meines Freundes! Und der darf nicht ungeschoren davonkommen. Aber nun ist er ja überführt, Gott sei Dank!», säuselte er und strich sich dabei theatralisch übers Haar.

«Ruedi Fink bezichtigt Sie der Mittäterschaft!»

Für einen Sekundenbruchteil wirkte Stolz verunsichert.

«So, so! Dann gab er Ihnen sicher auch einen Hinweis, wie ich das eingefädelt haben soll. Wurde er von mir dafür bezahlt? Oder wurde er von mir erpresst? Nun denn, Herr Kommissär, ich bin gespannt auf das Märchen, das er Ihnen aufgetischt hat.»

Das lief überhaupt nicht nach Ferraris Vorstellungen. Stolz war clever und liess sich nicht aus der Reserve locken. Nun gut, es war noch nicht aller Tage Abend.

«Wir sehen uns wieder, Herr Stolz. Noch ist das Spiel nicht vorbei.»

«Welches Spiel, Herr Kommissär? Seien Sie doch glücklich und zufrieden. Der Mörder ist noch vor Weihnachten gefasst. Dem Fest der Liebe steht nichts mehr im Wege. Was wollen Sie mehr? Ich gratuliere Ihnen. Man wird Sie loben. Ich sehe die Schlagzeilen schon vor mir: ‹Superkommissär Ferrari verhaftet den Mörder von Bundesrat Peter Weller!› So, wenn Sie keine weiteren dringenden Fragen haben, möchte ich Sie jetzt bitten, zu gehen. Es ist spät geworden.»

Nadine schob einen gereizten Ferrari aus der Wohnung.

«Lass gut sein, Francesco. Wir können ihm nichts beweisen. Warten wir, bis Ruedi wieder ansprechbar ist. Vielleicht sehen wir dann klarer.»

«Mir geht einer von Finks Sätzen nicht aus dem Kopf, Nadine. Er sagte, er hat mich aufgehetzt. Gegen Weller. Womit aufgehetzt?»

«Wenn wir das wüssten.»

15. Kapitel

Ruedis Zustand hatte sich über Nacht nicht gebessert. Die Ärzte waren froh, dass es zu keinem weiteren Rückfall gekommen war. Als Nadine und Ferrari ihn aufsuchten, sass Dagmar im Vorzimmer. Wortlos folgte sie den beiden.

«Er schläft viel. Es geht ihm gar nicht gut, Dagi. Der Arzt meint, dass er sich erholen wird. Aber es braucht Zeit. Er hat einen totalen Nervenzusammenbruch erlitten. Es tut mir sehr leid. Daran sind wir schuld.»

«Er ist selber schuld. Wie geht es weiter, Nadine?»

«Ich fürchte, wir werden ihn nochmals verhören müssen.»

«Steht er das durch?»

«Ich weiss es nicht … ich weiss es wirklich nicht.»

«Ist Ruedi der Mörder von Weller?»

«Es spricht einiges gegen ihn.»

In diesem Moment öffnete Ruedi Fink die Augen.

«Dagi!»

«Ruedi!»

«Stolz … Stolz … ist … es … gewesen …», flüsterte er kaum hörbar.

Sie drückte seine Hand.

«Psst! Bitte sei jetzt still. Du musst dich erholen. Das ist das Wichtigste im Moment. Alles andere hat Zeit.»

«Stolz war es!», schrie Ruedi sich aufbäumend. «Die Drecksau! Die gottverdammte Drecksau! Er … er … wars. Mit mir … mit mir.»

Ferrari drückte auf den Notfallknopf. Sofort eilten zwei Krankenschwestern herbei, die beruhigend auf den Patienten einredeten und die Besucher anwiesen, das Zimmer zu verlassen.

Wir sind so nah am Ziel und doch schaffen wir diese letzte Hürde nicht. Ferrari haderte mit sich. Es war wie verhext. Die einzelnen Puzzleteile wollten kein Ganzes ergeben. Wenn ich nur wüsste, womit es Stolz gelungen war, Fink aufzuhetzen.

«Von ihm erfahren wir im Moment nichts. Er fantasiert. Wir müssen abwarten, Francesco», holte Nadine den Kommissär aus seinen Gedanken.

«Wenn Ruedi wirklich der Mörder ist, braucht er einen guten Verteidiger. Toni will den Anwalt bezahlen.» Dagmar schluchzte. «So weit hätte es niemals kommen dürfen. Gewalt hat in unseren Ideologien, in unserem grossen Plan vom Leben keinen Platz. Keiner hat es gemerkt, als aus dem politischen Spiel brutaler Ernst wurde. Grenzen wurden überschritten. Ein Zurück gibt es nicht mehr. Es wird nie mehr so sein wie früher. Das gilt es zu akzeptieren. Wir müssen vorwärtsblicken, dem Wandel eine Chance geben. Die Veränderung gehört nun mal zum Leben. Wichtig ist, dass man sich selbst treu bleibt. Ich möchte mein Glück teilen, mit der ganzen Welt und vor allem mit all meinen Freunden. Bodo ist bei uns eingezogen. Ist das nicht wunderbar? Als mich Ruedi gestern anrief, flehte ich ihn an, auch zu kommen. Er lachte nur und meinte, es sei zu spät. Ich weiss nicht, was er damit meinte. Zu spät für was, Nadine?»

«Wahrscheinlich für eine Kehrtwendung. Nach dem Mord an Weller sieht Ruedi keine Zukunft mehr für sich.»

«Mein Gott! Und alles nur aus Eifersucht! Wie kann man nur aus diesen niedrigen Gefühlen heraus einen Menschen umbringen?»

«Wieso aus Eifersucht?»

«Ja, wegen Irina.»

«Wegen Irina?»

«Ruedi liebt Irina. Aber sie wollte nichts von ihm wissen. Freund ja, Lover nein. Als er dann erfuhr, dass Irina von Peter Weller ein Baby erwartet, ist er vollkommen durchgedreht. Dass er ihn deswegen umbringt, das habe ich nicht kommen sehen. Echt nicht.»

«Woher weisst du, dass Peter Weller der Vater des Kindes ist?»

«Von Ruedi natürlich! Er war voll von der Rolle, meinte, sie bumse zuerst mit dem jungen, dann mit dem alten Weller. Und vom Alten kriege sie jetzt sogar ein Kind.»

«Wann war das?»

«Am Tag vor der Bundesratswahl.»

16. Kapitel

Ferrari sass mit Nadine im Kaffee des Kantonsspitals. Hatte Irina gelogen? War Peter Weller der Vater ihres Kindes? Das würde erklären, weshalb er sie mit so viel Geld abspeisen wollte. Als sich alle abwandten, fand Irina in Ruedi einen treuen Freund und Helfer. Sie machte jedoch einen entscheidenden Fehler. Sie beichtete Ruedi, von wem das Kind ist. Und diese brisante Wahrheit warf den heimlich verliebten Ruedi total aus der Bahn. Es war der Anfang vom Ende.

«Das glaube ich einfach nicht, Francesco. Irina lügt nicht. Ich bleibe dabei. Da stimmt etwas nicht.»

Ferraris Stakkato auf dem Tisch wurde schneller.

«Kannst du damit aufhören? Bitte. Es nervt.»

«Wie? Ach das. Es hilft mir beim Nachdenken.»

«Fink hat den Mord an Weller praktisch gestanden, wenn auch im Delirium. Aber wieso? Das verstehe ich nicht, Francesco. Was ist das Mordmotiv? Eifersucht? Das glaube ich nicht. Peter Weller hatte sich längst von Irina distanziert. Und was spielt Stolz dabei für eine Rolle? He, Francesco, hörst du mir überhaupt zu?»

«Wie? Ja. ... Rufst du bitte Irina an. Frag sie nochmals, ob sie Ruedi wirklich gesagt hat, dass Andreas der Vater ihres Kindes ist.»

Nadine griff kommentarlos zum Handy. Nach ein paar Minuten hatten sie Gewissheit.

«Irina ist sich sicher, Andreas ist der Vater und das hat sie Ruedi auch so gesagt.»

«Er glaubt aber, dass Peter Weller der Vater ist. Wann hast du mit Ines abgemacht?»

«Am Nachmittag.»

«Komm, Nadine, wir fahren zu Ines Weller.»

Ohne ein Wort zu sprechen, fuhren sie zur Villa. Ferraris Blick verlor sich in der Unendlichkeit. Er hatte dieses Gefühl. Nein, es war mehr als das – es war Gewissheit. Vor seinem geistigen Auge hatte sich das Bild zu einem Ganzen geformt. In solchen Momenten konnte ihn niemand erreichen. Das wusste Nadine nur zu gut und überliess ihn seinen Gedanken. Das Eingangstor stand weit offen. Wenig später öffnete Ines die Tür. In ihren Augen spiegelte sich eine tiefe Traurigkeit.

«Guten Tag, Francesco. Ich habe Sie erwartet. Es dauerte etwas länger, als ich dachte.»

«Dürfen wir reinkommen?»

Ines Weller ging voran.

«Sie haben es also herausgefunden, Francesco.»

«Nicht wirklich, Ines, nicht wirklich.»

«Aber Sie vermuten es. Sie verfolgen eine Spur. Ich wusste es, als Sie gestern diesen Ruedi mitnahmen.

Die Sterne stehen nicht gut für uns, Francesco. Gar nicht gut.»

«Ines … ich … es tut mir leid.»

Fasziniert und verwundert zugleich lauschte Nadine diesem sonderbaren Gespräch. Irgendwie hatte sie den Faden verloren. Verflixt noch mal, was ging hier eigentlich ab?

«Ich nehme an, Ruedi Fink hat es euch gesagt.»

«Fink ist nicht ansprechbar. Er ist beim Verhör zusammengebrochen. Aber er wird sich in den nächsten Tagen erholen, Ines. Er wird uns alles sagen.»

«Das wird nicht notwendig sein.»

Andreas und Conny kamen aus der Küche und setzten sich neben Ines. Sie nahm beide in die Arme.

«Das müssen wir jetzt gemeinsam durchstehen, meine Kinder und ich.»

«Wieso, Ines? Ich verstehe es nicht.»

«Francesco, wissen Sie … darf ich dich duzen?»

«Selbstverständlich.»

«Danke. So fällt mir alles ein wenig leichter. Der Mord wurde raffiniert eingefädelt, das Resultat aus Intrige und Manipulation. Aber du musst wissen, Francesco, dass Peters Abgang nicht erst jetzt stattfand. Seinen Untergang hat er selbst vor Jahren eingeläutet. Ich weiss, das klingt grausam. Kaum unter der Erde und schon fällt seine Frau über ihn her. Peter hat nie verstanden, dass die Familie, die Freunde, das Vertraute glücklich machen und nicht der Traum vom Glück.»

«Es laufen viele Mörder in der Gegend herum. Auch solche, die keinen Mord begangen haben.»

«Du kannst dich daran erinnern? Brachte euch dieser Satz auf die Spur?»

«Ja, im Zusammenhang mit Äusserungen von Ruedi Fink während der Befragung. Plötzlich wusste ich, Stolz ist der Mörder, der in der Gegend herumläuft, ohne einen Mord begangen zu haben, während Ruedi Fink das willige Werkzeug ist.»

«Der Satz bezog sich auf einen anderen Zusammenhang, Francesco. Ich meinte damit, dass Peter mich seit Jahren langsam umbrachte. Und jetzt … jetzt ist diese Bemerkung mit einem Schlag zur brutalen Realität geworden.»

Francesco nickte. Es fiel ihm sichtlich schwer, weiterzureden. Nach einer kurzen Pause wandte er sich an Andreas.

«Wieso hast du deinen Vater erstochen, Andreas?»

Nadine wäre beinahe das Glas aus der Hand gefallen.

«Ich … Mam!»

«Schon gut, Andi. Lass mich erzählen. Andreas verliebte sich hoffnungslos in diese Irina. Davon wussten wir nichts. Er hat nur einen ins Vertrauen gezogen, das war Patrick. Der wusste von Anfang an über alles Bescheid, unterstützte und beschützte ihn. Er war es auch, der Lutz auf Fritz Löffler hetzte, als dieser Andi zusammengeschlagen hatte. In einem Gespräch mit Peter prahlte Lutz, wie er auf diesen Zuhälter Löffler losgegangen sei. Peter wurde hellhörig, bohrte nach. Er wollte diese Irina kennenlernen. Damit besiegelte Peter selbst seinen … unseren Untergang. Was er wahrscheinlich selbst nicht für möglich hielt, geschah. Er verliebte sich in Irina.»

«Er wollte sie mir wegnehmen! Mein eigener Vater wollte mir die Freundin ausspannen! Doch das habe ich zu jenem Zeitpunkt noch nicht gewusst. Mir ist nur aufgefallen, dass Irina plötzlich anders war. Sie wandte sich von mir ab. Ich wusste nicht, warum. Was hatte ich falsch gemacht? Ich bin einfach nicht mehr an sie rangekommen. Sie ist mir ausgewichen, zog sich total von mir zurück.»

«Sie wollte dir nicht im Weg stehen. Deshalb hat sie dir auch nicht gesagt, dass sie schwanger ist.»

«Er hat mein Leben kaputt gemacht. Immer nur er … er … er», brach es aus Andreas heraus. «Seit er in diese Scheisspolitik eingestiegen war, drehte sich alles immer nur um ihn. Der grosse Peter Weller! Bundesrat Weller! Ich sollte die Finger von Irina lassen. Klar, er wollte sie für sich haben. Mein Vater konnte nicht akzeptieren, dass ich etwas habe, was er nicht kriegen kann.»

Ines nahm ihren Sohn in die Arme.

«Patrick spielte ein doppeltes Spiel, mimte den guten Freund von Andreas und unterstützte gleichzeitig Peter. Ein verwundbarer und erpressbarer Peter Weller kam Patrick sehr gelegen. Aber er hat die Rechnung ohne den Wirt gemacht. Als Peter merkte, dass er bei Irina abblitzt, zog er einen Schlussstrich unter die, man kann ja nicht einmal von einer Affäre sprechen, sagen wir unter seinen Fehler. Das war so seine Art. Von einem Augenblick zum anderen Schluss machen. Wahrscheinlich beichtete Irina ihm sogar, dass sie von Andreas ein Kind erwartet.»

«Das hat sie sicher. So, wie ich sie einschätze, machte sie reinen Tisch», bestätigte Nadine.

«Du kennst sie besser als ich.» Auch bei Nadine war Ines zum vertraulichen Du übergegangen. «Peter gab Patrick den Auftrag, Irina einen Koffer mit Geld zu übergeben. Damit war für meinen Mann das Problem gelöst.»

«Ich habe nicht mehr mit ihr geredet … Es wäre alles nicht passiert, wenn ich Irina zugehört hätte», schluchzte Andreas.

«Aber Stolz zahlte dann nur einen kümmerlichen Teil des Geldes an Irina aus und steckte den Rest selbst ein», setzte Nadine die Geschichte fort.

«Genau. Typisch Patrick», nickte Ines. «Das Risiko war gering, entdeckt zu werden. Wer weiss, wie viel Geld er schon zuvor abgezweigt hat. Wie auch immer, es kam alles anders, denn er hat nicht mit Irinas Reaktion gerechnet. Sie wollte nicht weg.»

«Irina … ich habe sie so unendlich vermisst. Eines Morgens wusste ich, ohne sie konnte und wollte ich nicht leben. Ich versuchte sie anrufen, aber ihre Handynummer war ausser Betrieb. Ich flehte Patrick an, seine Verbindungen spielen zu lassen. Lutz sollte diesen

Löffler so lange bearbeiten, bis er auspackt, wo Irina ist … Aber Patrick hatte mich längst hintergangen. Er beichtete, dass er Irina im Auftrag meines Vaters Geld gegeben hat. Viel Geld. Und damit sei sie nach Bukarest zurückgekehrt. Sie … sie war einfach weg …»

«Hast du deinen Vater darauf angesprochen?»

«Ich bin von Patrick direkt rüber zu Papa. Er war in einer Sitzung. Ich ging rein, schrie, ich wolle ihn sprechen, und zwar sofort. Er gab ohne Ausflüchte zu, dass er mich freigekauft hat. Er hat nicht einmal versucht, es abzustreiten. Unglaublich. Es sei zu meinem Besten. Das wäre nie und nimmer gutgegangen. Ich solle sie einfach vergessen. Aber das kann ich nicht. Ich liebe Irina!»

«Was ist danach geschehen?»

«Ich bin zu Ruedi. Er war mein letzter Strohhalm. Ich flehte ihn an, mir zu sagen, wo ich Irina in Bukarest finde. Für seine Hilfe versprach ich ihm mein ganzes Geld.»

«Hast du ihm auch von der Abfindung erzählt?»

«Natürlich. Er lachte mich nur aus. Das geschehe mir Kapitalistensau recht.»

«Na, klar …», Nadine fiel es wie Schuppen von den Augen, «Ruedi half Irina und erfuhr so, dass sie nur wenig Geld bekommen hatte. Mit diesem Wissen muss er Stolz aufgesucht und konfrontiert haben. Ruedi hatte ihn in der Hand, er wollte das Geld, vermutlich für Irina. Das war also die Verbindung zwischen den beiden.»

«Patrick ist an allem schuld!», schluchzte Andreas. «Er verspottete Ruedi. Es sei alles Unsinn, Irina habe das Geld bekommen. Da ist Ruedi der Kragen geplatzt. Er rief Papa in Bern an und drohte, die Medien zu informieren, dass ich eine rumänische Prostituierte geschwängert habe, wenn Irina nicht das ganze Geld bekommt. Papa bat ihn, einen Tag zu warten. Er würde die Angelegenheit nach der Wahl regeln. Das alles hat Ruedi mir gestern erzählt.»

«Das war also am Tag vor der Wahl … Weller wird Patrick Stolz deutlich gesagt haben, was Sache ist. Ende der Karriere», kommentierte Nadine.

«Patrick rief dann Ruedi an, sie verabredeten sich noch am selben Tag. Bei diesem Treffen hat er Ruedi erzählt, dass Irinas Kind nicht von mir ist, sondern von Papa … Deshalb auch die hohe Abfindung, die noch geregelt werde.»

Ferrari wusste, wie die Geschichte ausgegangen war.

«Doch das Geld hat Ruedi nicht mehr interessiert. Stolz' Aussage, Peter Weller sei der Vater, traf ihn schwer. Das hat uns seine Freundin Dagmar bestätigt. Während der Feier ist Ruedi durch den Polizeikordon geschlüpft und hat dir, Andreas, gesteckt, dass deine Freundin ein Kind von deinem Vater erwartet.»

«Ich … ich bin vollkommen durchgedreht. Das war es also. Sie haben es miteinander getrieben. Mein Vater mit meiner Freundin … eine schreckliche Vorstellung. Nie in meinem Leben habe ich mich so verraten und so verdammt einsam gefühlt. Wut stieg in mir hoch, eine unbändige Wut. Ich bin in die Küche gerannt, nahm ein Messer, zog mir die Skimütze über und bin runtergerannt. Sie waren alle so mit sich beschäftigt. Diese Selbstherrlichkeit und Selbstgefälligkeit! Ich habe Patrick umgestossen und auf meinen Vater eingestochen … Dann … dann bin ich ins Haus zurück gerannt.»

«Und das Messer?»

«Das ist wieder in der Küche bei den anderen Messern», antwortete Ines emotionslos. «Ich war mir zuerst nicht ganz sicher, ob es Andi gewesen ist. Die Daunenjacke, die Mütze, es hätte auch ein anderer sein können. Doch die Bewegungen und die Hand, die ich für einen Augenblick gesehen hatte, gaben mir Gewissheit. Als er das Messer fallen liess, warf ich mich auf Peter und steckte es in der allgemeinen Aufregung ein.»

«Und gestern erzählte mir Ruedi, dass Papa vielleicht doch nicht der Vater von Irinas Kind sei. Patrick habe ihm das gesagt und er habe es ihm abgenommen. Blindlings, ohne es zu hinterfragen. Aber seit Patrick auf ihn Jagd mache, hätte er so seine Zweifel. Es sei wohl alles ein Irrtum gewesen … Wir sind alle auf Patricks Intrigen reingefallen», flüsterte er. Tränen liefen über seine Wangen.

«Ein tragischer Irrtum, der ein Menschenleben gekostet hat. Das Leben unseres Vaters», konstatierte Conny traurig.

«Worüber hast du dich am Mordabend mit Edgar unterhalten, Conny?»

«Edgar hat Andreas erkannt und es mir gesagt. Ich konnte es nicht glauben und wurde hysterisch. Er schüttelte mich, ermahnte mich, still zu sein. Ausser ihm wisse es niemand. Wir haben uns nicht gestritten. Es sah nur so aus.»

«Edgar kam noch am gleichen Tag zu mir und sagte, dass wir von ihm nichts zu befürchten hätten. Wir konnten mit seiner hundertprozentigen Loyalität rechnen», ergänzte Ines.

«Wer hat die Überwachungsanlage ausgeschaltet?», fragte Nadine.

«Das war ich.»

«Weshalb, Conny?»

«Edgar meinte, ich sollte die Kamera unbedingt ausschalten und die DVD sofort an mich nehmen. Er wusste nicht, was alles aufgezeichnet worden war …»

«Und wieso habt ihr Patrick die DVD zugespielt?»

«Wir haben uns die Aufzeichnung angeschaut. Andreas war nirgends drauf, dafür sah man Ruedi. Es sollte ein Ablenkungsmanöver sein … Wir wollten doch nicht …»

«… dass Wagner oder Stolz Ruedi Fink umbringen. Das war ein verdammt gefährliches Spiel! Wenn wir nicht schneller gewesen wären, würde Ruedi jetzt auf dem Hörnli liegen – als Mörder von Peter Weller!», ergänzte Nadine.

Conny sah beschämt auf den Boden. Sekunden

vergingen, niemand sprach ein Wort. Es schien alles gesagt zu sein. Das Bild war vollendet, der Fall gelöst. Aber zu welch ungeheuerlichem Preis? Aus blinder, letztlich unbegründeter Eifersucht tötete Andreas seinen Vater. Angetrieben und manipuliert von Patrick Stolz, der hinter den Kulissen geschickt die Fäden zog. Beinahe wäre es ihm gelungen, seinen Kopf unversehrt aus der Schlinge zu ziehen. Aber eben nur fast. Doch was konnte man ihm zur Last legen? Anstiftung zum Mord? Dazu fehlten die Beweise. Blieb einzig und allein Unterschlagung. Die Stille wurde schier unerträglich.

«Wir können gehen, Herr Ferrari. Ich bin bereit. Ich hole nur noch ein paar Sachen, darf ich?»

Der Kommissär nickte. Conny begleitete ihren Bruder.

«Nadine, Francesco … ich … es fällt mir schwer … ich möchte euch um einen grossen Gefallen bitten. Lasst mich mit meinen Kindern Weihnachten feiern. Ich garantiere, dass sich Andreas nichts antut und auch nicht fliehen wird. Bitte.»

Nadine legte Ferrari ihre Hand auf den Arm und nickte zustimmend.

«Wir holen Andreas nach Weihnachten ab, Ines.»

Nadine schrieb auf ihrem Laptop den Abschlussbericht, wobei das Wort Abschluss nicht wirklich zutraf, denn ihre Ausführungen endeten mit dem Verhör von Ruedi Fink. Den Rest liess sie offen. Bewusst. Man kann ja nie wissen. Ein dummer Zufall, und schon weiss jemand mehr, als er sollte. Ganz abgesehen von den sprichwörtlich neugierigen Blicken der Kollegen. Ferrari stand am Fenster und hing seinen Gedanken nach. Die Welt stand Kopf. Das Gleichgewicht war gestört, empfindlich gestört. Wo blieb die Gerechtigkeit? Das Recht? Der Mensch muss das Recht suchen und das Glück kommen lassen. Das war sein Spruch, den er zigmal in ein Poesiealbum geschrieben hatte. Damals, vor Jahren. Ja, aber war es denn so einfach? Ganz im Gegenteil. Nichts war einfach. Schon gar nicht die Lösung eines Falls. Erst die Verbindung von Ruedi Finks Bemerkung, dass er etwas bei Andreas nicht mehr gutmachen könne, mit Ines' Satz über die Mörder, die keinen Mord begangen haben, hatte die leise Ahnung konkretisiert.

«Ah! Hier sind Sie. Und beide traut beisammen. Störe ich?»

«Überhaupt nicht, Herr Staatsanwalt.»

«Frau Kupfer, Sie sind natürlich bei der Arbeit, wider meinem ausdrücklichen Befehl. Aber es war nicht anders zu erwarten. Gegen Ihren sturen Kopf bin anscheinend selbst ich machtlos.»

«Es geht mir schon viel besser. Danke der Nachfrage. Und jemand muss ja die Büroarbeiten erledigen.»

«Schreiben Sie etwa am Zwischenbericht im Fall Weller? Der würde mich auch interessieren.»

«Sobald ich fertig bin, drucke ich Ihnen gern eine Kopie aus und bringe sie rüber.»

«Wunderbar! Aber bitte noch heute. Morgen verreise ich nach Samedan. Ein wenig Langlauf, ein wenig relaxen. Einfach die Seele baumeln lassen. … Sie haben Ruedi Fink entlassen, Ferrari?»

«Ja. Die Beweise reichen nicht aus, um ihn weiter festzuhalten.»

«Das bedeutet, Ruedi Fink ist nicht der Täter. Korrekt?»

«Er spielt in diesem Fall eine Schlüsselrolle. Er hängt da mit drin. Aber für eine Verhaftung reichen die Beweise nicht aus … noch nicht.»

«Hm! Dann haben Sie über Weihnachten noch viel zu tun, denke ich.»

«Wir verfolgen eine Spur. Nach Weihnachten wissen wir mehr.»

Der Staatsanwalt strich sich übers Kinn.

«Sie halten mich doch auf dem Laufenden? Wir sitzen nämlich im selben Boot. Eine Tatsache, die Sie von Zeit zu Zeit zu vergessen scheinen.»

«Sie sind der Erste, den wir informieren, sobald der Mörder verhaftet ist. Sie haben mein Ehrenwort.»

«Sehr gut! Nur, um beim Vergleich mit dem Boot zu bleiben, wieso werde ich den Verdacht nicht los, dass wir uns auf einem sinkenden Schiff befinden?»

«Keine Ahnung, Herr Staatsanwalt. Die Gefühle spielen uns zuweilen böse Streiche.»

«Ja, das tun sie manchmal, Frau Kupfer. Lassen Sie mich auf jeden Fall wissen, wohin unser Boot schaukelt. Schöne Festtage allerseits.»

17. Kapitel

Weihnachten war festlich wie immer und weiss, sehr zur Freude von Ferrari, der seiner Tradition auch in diesem Jahr treu blieb, und in einem unbemerkten Moment seine Geschenke schüttelte. Aber er konnte nicht erraten, was ihm Monika schenken würde. Sogar Francescos Mutter hielt sich an Heiligabend zurück. Aus Taktgefühl gegenüber Francescos Assistentin, wie sie Monika in der Küche zuflüsterte. Das Bübchen solle nur nicht glauben, dass er ungeschoren davonkäme. Dann eben erst im neuen Jahr. Na ja, das war auch ein Vorsatz für das kommende Jahr. Im Kreis der Familie und der Freunde wurde Weihnachten so zu einem wirklich schönen und rundum gelungenen Fest der Liebe, wäre da nicht der gelöste Fall gewesen. Wie ein Damoklesschwert hing er über Nadine und dem Kommissär.

Am Morgen des 27. Dezember besuchte Nadine Dagmar, Bodo und Ruedi, der auf dem Weg zur Besserung war. Er bestätigte die Aussagen von Andreas. Ines hatte Irina an Heiligabend aus dem Spital zu sich geholt und Lutz Wagner mit einigen Leuten zu den Löfflers geschickt. Fritz und Sigi aufgemischt!

Gepackt! Helen mitgenommen! Bei Ines abgeliefert! Fertig à la Lutz.

Die Wette zwischen Nadine und Ferrari hatte einen klaren Sieger, wenn auch die Voraussetzungen absolut unfair waren, wie Nadine wiederholt betonte. Dagmar würde bei Toni bleiben. Sie brachte Farbe in sein Leben und begeisterte ihn mit ihren Ideen. So unterstützte er seit Neustem alternative Projekte in der Schweiz und im Ausland.

Dann war es so weit. Gegen Abend des 27. Dezember fuhren der Kommissär und seine Assistentin mit einem Dienstauto der Basler Polizei den Hang zum Bruderholz hinauf.

«Es ist mir im ganzen Leben noch nie etwas schwerer gefallen, Nadine.»

«Mir auch nicht. Können wir ihn nicht einfach laufen lassen? Es gibt jede Menge ungelöster Fälle. Auf einen mehr oder weniger kommt es doch nicht an.»

«Das habe ich mir während der ganzen Weihnachtstage vor und zurück überlegt, nach einer Möglichkeit gesucht, Andreas laufen zu lassen. Es geht nicht, Nadine, es geht nicht.»

«Und dieses Schwein von Stolz kommt ungeschoren davon?»

«Er hat nichts verbrochen, zumindest nichts, was wir beweisen könnten. Es sind alles dumme Missverständnisse. Er kriegt höchstens eine Anzeige wegen Unterschlagung. Nicht einmal wegen Anstiftung zum Mord oder zum Totschlag. Er war clever genug, seine Hetztiraden immer unter vier Augen zu verbreiten. Dem können wir nichts anhaben.»

Andreas, Conny, Helen, Irina und Ines standen auf der Veranda. Der junge Mann umarmte alle zum Abschied. Irina wich keine Sekunde von seiner Seite, sie wollte ihn begleiten. Conny und Helen gingen zurück ins Haus.

«Ich bleibe noch einen Augenblick hier, Nadine.»

Ines winkte schluchzend dem wegfahrenden Auto nach.

«Wie lange, Francesco?»

«Ich weiss es nicht. Einige Jahre schon. Bei Totschlag im Affekt vielleicht vier bis sechs Jahre. Nach zwei Dritteln ist er wieder draussen. Schlimmer wirds, wenn er wegen Mordes verurteilt wird. Hat er einen guten Verteidiger?»

«Den besten, den es gibt. Vier Jahre sind eine Ewigkeit. Eine lange Zeit! … Francesco … es waren die schönsten Weihnachtstage meines Lebens. Wir waren eine richtige Familie.»

Ferrari nickte mit Tränen in den Augen.

«Es tut mir unendlich leid, Ines. Aber ich …»

«Pssst!», sie drückte ihm den Zeigefinger auf die Lippen. «Es ist gekommen, wie es kommen musste. Es gibt in den nächsten Jahren viel zu tun. Helen und Irina bleiben bei uns. Sie gehören jetzt zur Familie.

Irina ist eine starke Frau und ich freue mich riesig auf meinen Enkel oder meine Enkelin … Francesco?»

«Ja?»

«Welche Strafe bekommt Patrick?»

«Keine oder nur eine geringfügige.»

«Ist das gerecht?»

«Es ist recht, aber nicht gerecht.»

Der Kommissär sah Ines von der Seite an. Patrick Stolz würde keine ruhige Minute mehr in seinem Leben haben! Vielleicht lag darin ein wenig ausgleichende Gerechtigkeit.

«Es sind diese Nächte, die ich liebe, Francesco. Nicht zu kalt und sternenklar. Ich werde warten, hoffen und bereit sein. Denn eines Tages kommt das Glück zurück und ein lächelnder Stern wird für mich aufgehen.»

Kommissär-Ferrari-Krimis
im Friedrich Reinhardt Verlag

Anne Gold
Tod auf der Fähre

Kommissär Francesco Ferrari liebt Basel, seine Stadt. Sie ist beschaulich und friedlich. Zumindest meistens. Ein Anruf reisst ihn am frühen Morgen aus seinen Gedanken und führt ihn an den Tatort eines Mordes. Ferrari wird den Eindruck nicht los, das Gesicht der Leiche schon einmal gesehen zu haben. Mit Recht, der Tote ist ein berühmter Künstler aus der Basler Schickeria. Und ehe sich der Kommissär versieht, steckt er mitten in einem undurchsichtigen Sumpf von Korruption, Macht und bedingungsloser Liebe, umgeben von einflussreichen Verdächtigen, die aus ihrer Abneigung zum Ermordeten keinen Hehl machen.

3. Auflage
209 Seiten, Hardcover mit Schutzumschlag
CHF 29.80, € 19.80
ISBN 978-3-7245-1433-6

Auch als Taschenbuch erhältlich
CHF 14.80, € 9.80
ISBN 978-3-7245-1691-0

Anne Gold

Spiel mit dem Tod

Kommissär Ferrari braucht seine Ruhe. Nach einer durchzechten Nacht will er die ältere Dame, die überzeugt ist, dass ihr Ehemann einen Selbstmord plant, so rasch wie möglich loswerden: Er verspricht ihr, mit ihrem Gatten zu reden. Wie erwartet, löst sich die Selbstmordtheorie während des Gesprächs unter den Männern in Luft auf. Doch kurze Zeit später springt der Mann vom Dach seines Arbeitsortes. Selbstmord! Ferrari ist entsetzt. Wie hatte er nur die Bedenken der Frau auf die leichte Schulter nehmen können? Aber der Tote hatte absolut keinen verzweifelten Eindruck gemacht. Seltsam. Gegen den ausdrücklichen Befehl von Staatsanwalt Borer beginnen Ferrari und seine Assistentin Nadine Kupfer mit ersten Ermittlungen. Und schon bald weicht das schlechte Gewissen einem erschreckenden Verdacht…

2. Auflage
286 Seiten, Hardcover mit Schutzumschlag
CHF 29.80, € 19.80
ISBN 978-3-7245-1471-8

Anne Gold

Requiem für einen Rockstar

Im St. Jakob-Park finden gewöhnlich heisse Fussballspiele statt. Wenn aber in der Garderobe plötzlich ein berühmter Basler Rockstar ermordet aufgefunden wird, spielt Fussball selbst für einen angefressenen Fan wie Kommissär Ferrari keine Rolle mehr. Es gilt, einen grausamen Mord aufzuklären. Dabei werden der Kommissär und seine Assistentin Nadine Kupfer mit eiskaltem Egoismus, vernichtendem Hass, tiefen menschlichen Abgründen und den harten Bandagen konfrontiert, die in der Basler Rockszene herrschen.

279 Seiten, Hardcover mit Schutzumschlag
CHF 29.80, € 19.80
ISBN 978-3-7245-1538-8

Anne Gold

Und der Basilisk weinte

Drei Messermorde innert kurzer Zeit. Das Ungewöhnliche an den Opfern ist, dass es nichts Auffälliges an ihnen gibt – zumindest nicht auf den ersten Blick. Eine Spur führt Kommissär Ferrari und seine Assistentin Nadine Kupfer in die dunkle Vergangenheit. Bald schon beginnt ein spannender Wettlauf mit der Zeit.

316 Seiten, Hardcover mit Schutzumschlag
CHF 29.80, € 19.80
ISBN 978-3-7245-1610-1